コスタグアナ秘史

フィクションのエル・ドラード

コスタグアナ秘史

フアン・ガブリエル・バスケス
久野量一 訳

Colección Eldorado
水声社

本書は、寺尾隆吉の編集による
〈フィクションのエル・ドラード〉の
一冊として刊行された。

コスタグアナ秘史　★　目次

第一部
1 仰向けの蛙、中国人、内戦 015
2 アントニア・デ・ナルバエスの啓示 046
3 ジョゼフ・コンラッドが助けを求める 079
第二部
4 屈折という奇妙な法則 111
5 サラ・ベルナールと《フランスの呪い》 143
6 象の腹のなかで 173

第三部

7　千百二十八日、あるいはアナトリオ・カルデロンという男の短い人生　211
8　《大きな出来事》の教訓　237
9　ホセ・アルタミラーノの告白　266

訳者あとがき　313

本を抱えてやって来た

マルティナとカルロータに

いま私がかかりきりになっている作品について君に話しておきたい。自分の無謀さを打ち明けるのもおこがましいが、作品の舞台を南アメリカに、コスタグアナと名付けた共和国に据えることにした。

ジョゼフ・コンラッド「ロバート・カニンガム・グレアムへの手紙」

第一部

人間同士が助け合わない国に神はいない。

ジョゼフ・コンラッド『ノストローモ』

1 仰向けの蛙、中国人、内戦

思い切って言ってしまおう。男が死んだ。いや、それでは不十分だ。もっと正しく言おう。(こんな風に強調して)小説家が死んだ。誰のことを言っているのかお分かりだろう。分からない? では言い直そう。英文学の偉大な小説家が死んだ。ポーランドに生まれ、作家になる前は船乗りだった英文学の偉大な小説家が死んだ。ポーランドに生まれ、作家になる前は船乗りで、自殺未遂者から生ける古典に、ありふれた武器の密輸人からイギリスの至宝になった偉大な小説家が死んだ。紳士淑女の皆様。ジョゼフ・コンラッドが死んだ。ぼくは旧友を迎えるようにして、親しみとともにその訃報に接している。ぼくは生涯を、その訃報を待って過ごしてきたということに、それなりに悲しみをおぼえながら気づいている。

ぼくは、ロンドン中の新聞(文字がとても小さくて、記事は窮屈そうに雑然と並んでいる)を書き物机に載せた緑の革の上に広げて書き始めている。ぼくの人生で実にさまざまな役割を果たした新聞——時には人生を崩壊しようとし、またある時には人生をわずかに輝かせてくれた——を通じて、ぼくはコンラッドの心臓発作とその時の状況を知る。看護婦のヴィントン、階下から聞こえる叫び声、読書用の椅子から落ちる体。ご都合主義のジャーナリズムを通じて、ぼくはカンタベリーの葬儀に参列する。記者たちが厚かましく報じてくれるおかげで、ぼくはコンラッドの遺体が降ろされ、墓碑が、あの間違いだらけの墓碑（kが間違った場所にあり、名前の一カ所で母音が入れ替わっている）が据えられるのを見る。今日、一九二四年八月七日、遥か我がコロンビアではボヤカの戦い百五周年を祝っているとき、ここイギリスでは偉大な小説家の喪失を壮麗かつ厳粛に嘆いている。コロンビアがスペイン帝国に対する独立軍の勝利を記念しているとき、別の帝国のこの地は、ぼくから……を盗んだ男に永久の別れを告げていた。

いや、違う。

まだ、違う。

まだ、早い。

その盗みの方法と性質を説明するにはまだ早い。盗まれた品が何で、泥棒の意図がどういうものであったのか、犠牲者がどんな被害を被ったのかを説明するにはまだ早い。平土間席にいくつかの問いが響き渡っているのがすでにぼくの耳に届いている。名高い小説家と、名もない追放された哀れなコロンビア人とのあいだに共通点などあるのか？　と。読者たちよ。我慢していただきたい。何もかも最初から知ろうとしないでいただきたい、詮索を、質問をしないでいただきたい。この語り手は、善き父親のように、物語が進むにしたがって必要となるものを与えるだろう……言い換えれば、すべてぼくの手に任せていただきたい。語りたいことをいつどのように語るのか、いつ隠し、明かし、いつ語りの快楽に溺れて記憶の片隅で迷子になるのか、それはぼくが決める。ここでぼくはみなさんに、およそ本当とは思えない殺人と予測もつかない絞首刑について、洒落た宣戦布告といい加減な平和協定について、火事、洪水、陰謀を企てる船、謀反をたくらむ列車について話すだろう。しかしみなさんに語ることのすべては、何らかの形で、ぼくの人生にあらかじめ運命づけられていた出会いを引き起こす一連の出来事の鎖をひとつひとつ説明すること、また自分がそれを理解することを目的にしているだろう。

したがってこう理解されたい。運命という忌まわしいものが、このすべての責任を負っているのである、と。数えきれない経線によって離れて生まれたコンラッドとぼくは、半球が異なることが特徴であるぼくたちの人生は、最も疑り深い人間にとってさえ、最初の瞬間から明々白々の共通の未来があった。こういうとき、すなわち離れた場所で生まれた二人の男が出会うように運命づけられているとき、地図は事後的に描かれるものだ。ほとんどの場合、出会いは唯一無二である。フランツ・フェルディナント大公はサラエボでガヴリロ・プリンツィプと出会い、彼と妻が、十九世紀が、ヨーロッパのあらゆる確かさが死ぬ。ウリベ・ウリベ将軍はボゴタで、ガラルサとカルバハルという二人の農民に出会い、その直後ボリーバル広場で頭蓋骨に斧を突き立てられ、背中にはいくつかの内戦の重みがのしかかったまま死ぬ。コンラッドとぼくは一度しか出会っていない。しかし、それよりはるか前に、出会いかけたことがある。二つの出会いのあいだに二十七年が経過した。中絶した出会い、出会いそうで出会わなかった出会いは一八七六年、コロンビアのパナマ州でのことだ。もう一つの出会い、真に忌まわしい出会いは一九〇三年十一月の終わりのことだ。それはここで起きた。ロンドン、混沌とした、帝国の、衰退しつつある街で。いまぼくが筆を進め、予想どおり死がぼくを待つ街で、空は灰色で炭の臭いが漂う街で、説明するのは簡単ではないが、避けがたいいくつかの理由によってぼくがやって来たこの街で。

ぼくがロンドンに来たのは、多くの人がさまざまな場所からここに来るのと同じように、たまたま自分に割り当てられた歴史から逃げようとして、いや、たまたま自分に割り当てられた国の歴史から逃げようとしてのことだ。言い方を変えよう。国の歴史から放逐されて、ぼくはロンドンに来た。別の言い方でもいい。ロンドンに来たのは、ここでは歴史がすでに止まっているからだ。この土地ではもう何も起きない。何もかもがすでに発明済みで、終わったことだ。あらゆる着想がすでに胚胎し、あらゆる帝国がすでに生まれ、あらゆる戦争がすでに戦われた。だから、ぼくは**大いなる瞬間**が**小さな命**に押しつける災厄から永遠に安全でいられるはずだ。ここに来ることとはしたがって、正当防衛としての行動である。ぼくを裁く裁判官はそれを考慮しなければならない。

ぼくもまたこの本のなかでは告発されるだろう。ぼくもおなじみの被告席に座るだろう。とはいえ辛抱強い読者は、ぼくがどのような罪で告発されているのかを発見するために、ページを繰らなければならない。**大きな歴史**から逃げ出したぼくは、自分の小さな歴史の奥底に至るために、一世紀をまるごとさかのぼり、自分の不幸の根っこを調べるつもりだ。ぼくたちが出会った夜、あの夜、コンラッドはぼくがこの物語を語るのに耳を傾けた。さあ、親愛なる読者のみなさん――ぼくを裁く読者、陪審席の読者たち――、みなさんの番だ。というのはぼくの語りが成功するには、コンラッドが知ったことをすべてあなたたちも知らなければならないからだ。

（しかしもう一人いる……　エロイーサ、お前もまたこの回想を、この告白を知るべきだ。お前も適切な時期が来れば、ぼくを免罪するのか、あるいは有罪とするのかを明らかにするはずだ。）

ぼくの物語は、シモン・ボリーバルが解放されたばかりのぼくの国に凱旋してから五カ月後の一八二〇年二月に始まる。あらゆる歴史には父があり、この歴史はぼくの父、ドン・ミゲル・フェリペ・ロドリーゴ・ラサロ・デル・ニーニョ・ヘスース・アルタミラーノの誕生とともに始まる。友人たちには**最後のルネサンス主義者**として知られたミゲル・アルタミラーノは、分裂症の街サンタ・フェ・デ・ボゴタに生まれた。ここから先はサンタ・フェあるいはボゴタ、果ては**あのクソの場所**と呼ばれるだろう。ぼくの祖母が助産婦の髪の毛を力いっぱいに引っ張って、奴隷たちを怖がらせる怒号を放っているとき、すぐ近くで法律が承認され、ボリーバルが祖国の父として、かまどから取り出されたばかりのあの国の名前を選び、国は厳かに命名式を終えた。したがってコロンビア共和国――後にヌエバ・グラナダ、あるいはコロンビア合州国、果ては**あのクソの場所**と呼ばれる――は腕に抱かれた少女で、まだ銃殺されたスペイン人の死体が生き生きとしていた。しかし国の洗礼というどうでもいい儀式以外には、父の誕生を記念するような歴史的な出来事はない。そのとおりだ、告白しよう。ぼくは、父の誕生を**独立**と重ね合わせるという誘惑に駆られている。時間にして何カ月かずらすだけだ。（自問せずにはいられない。いったい誰が気にするのか？　いや、さらに言えば誰が気づくのか？）こう告白したからといって、みなさんのぼくへの信頼が失われないように願っている。陪審席の読者のみなさん。ぼくは自分が歴史修正主義と神話化に傾きがちであることが分かっている。時に道から逸れることがあるのも分かっている。しかしすぐに語りという囲いのある場所に、正確と誠実という厄介な規則に戻るのだ。

ぼくの父は——すでに言ったとおり——**最後のルネサンス主義者**だった。貴族のように青い血が流れていたとは言い難い。そういう社会的な地位はすでに新しい**共和国**で受け入れられるものではなかったからだが、彼の血脈には、言ってみれば赤紫色の、あるいはもしかすると紫色の血が流れていたかもしれない。彼の指導教師、マドリードで教育を受け、ひ弱で病気がちの男は、『ドン・キホーテ』とガルシラーソで父を教育した。しかし十二歳にして、(最低の文学批評家であったばかりか)底抜けの反抗者だったアルタミラーノ少年はスペイン人の文学、**占領軍の声**を拒絶しようと努力して、最後にはそれを達成した。トマス・マロリーを読もうと英語を学び、最初に公になったアルタミラーノの詩は、バイロン卿とシモン・ボリーバルを比較した、行き過ぎたロマン主義のひどく感傷的な作品で、湖の騎士《ランスロット・デル・ラゴ》という署名で世に出た。父はずっと後になって、バイロンが本当にボリーバルと共闘することを望んでおり、バイロンが最後にギリシャに導かれたのは偶然によるものでしかないことを知った。そして、アルタミラーノがそれ以降イギリスであれ、どの地域であれ、ロマン主義者に対して感じたことが、年長者が彼に相続すべきものとして遺していた献身や忠誠心を少しずつ押しのけていった。

といっても、それは難しいことではなかった。というのは二十歳にしてクリオーリョのバイロン、アルタミラーノはすでに孤児だったからだ。彼の母は天然痘に殺された。彼の父は(もっと洒落た方法で)、キリストを信じたがゆえに殺された。ぼくの祖父、いくつかのスペイン連隊の騎兵相手に戦った栄誉ある大佐であった彼は、進歩的な**政府**が四つの修道院の閉鎖を通知したとき南部の州に派遣され、銃剣で宗教を守ろうとする最初の暴動を目の当たりにした。それらカトリックの、使徒の、ローマの銃剣のひとつ、信仰を守る十字軍の任務を負った鋼鉄の先端のひとつが、何カ月か後にぼくの祖父の体を貫いた。彼の訃報がボゴタに届いたとき、街はあのキリスト教徒の叛乱軍による攻撃を拒もうと準備を整えているところだった。しかしボゴタあるいはサンタ・フェは、国の他の地方と同様に分裂し、父はそのことをいつも思い出すことになる。彼が大学の窓から外を見ると、サンタ・フェの人々が行列を作って将軍の服装を着せたキリスト像を掲げて進むのが目に入り、ユダヤ人に死を、という叫び声が耳に届き、その叫びが刺し殺された自分の父を指していることに驚いた。その後、教室に戻ると、クラスメートが先の尖った鋭い道具で、戦闘から戻ったばかりの死体を刺しているのを眺めた。というのは、その時代、クリオーリョのバイロンが何ごとにも増して、ほかと比べようがなく好きだったのは、うっとりするような医学の進歩の証人になることだったからだ。

父は、祖父の意志に従って法学部に入学したが、あるときから、一日の前半部分しか法学に専心しなくなった。父は、ドン・フアン風に二人の恋人に引き裂かれ、朝五時に起床して犯罪の体系と支配権領有の方法についての講義を聴く苦行に堪え、昼食の時間が過ぎると、隠された、あるいは秘密の、あるいはパラレル・ワールドの生活を開始した。父は、半レアルという途方もない値段でリボン飾りのついた医者の帽子を購入し、大学警察に見破られないようにした。毎日午後五時まで医学部に身を潜め、自分のような若者、自分と同じような年頃の、知性も同程度の若者が、人体の未知の領域に勇猛果敢に探索するのを眺めて過ごしていた。父は友人リカルド・ルエダが誰の助けも借りずに、アンダルシアのジプシーが双子をひそかに分娩するのにどのように立ち会うのか、また大学のローマ法の教授ホセ・イグナシオ・デ・マルケスの従兄弟の盲腸をどのように手術するのかを見たかったのだ。こうしているあいだ、大学からわずか何ブロックか離れたところでは、外科手術ではないにしても、結果はそれよりも重大でないわけではない別の手続きが行なわれていた。とある省庁のビロード張りの肘掛け椅子に、二人の男がガチョウの羽の万年筆を持って腰掛けて、マヤリノ＝ビドラク条約に署名していたのである。第三十五条のおかげで、当時ヌエバ・グラナダと呼ばれていた国は、アメリカ合衆国にパナマ州の地峡に対する独占的通行権を与え、アメリカ合衆国は何よりも内政の問題について厳密な中立性を保持することが義務づけられていた。ここに、無秩序が始まる、ここに……が始まる。

しかし、違う。

まだ、早い。

そのことについては何ページか後で話すことにしよう。

最後のルネサンス主義者は、確かに法学の学位を取得した。しかし急いで付け加えておくが、彼は一度としてそれを行使するには至らなかった。彼は**啓蒙主義**と**進歩**という手間ひまのかかる任務に忙しすぎた。三十歳のときまで恋人がいたという話はなく、その代わり、ベンサム主義の／革命派の／社会主義の／ジロンド派の新聞の創刊者としての履歴のほうが華々しく広まっていた。彼が罵倒しなかった司教はいなかった。彼の立ち入りと、娘への求愛を禁じなかった上品な家柄はなかった。（最も気品のあるお嬢様たちのために創設されたばかりのメルセス会の学校では、彼の名前は呪いであった。）父は徐々に、反感を買ってはドアを閉じられるという巧みな術にたけるようになり、サンタ・フェの社会は集団的な閉鎖に喜んで加わった。父は気にしなかった。そのころ彼が住んでいた国は、彼にはよく分からないものになっていた——国境線は動いたり、変更を差し迫られた。国が違う名前で呼ばれた。政治体制は女のように気まぐれだった――。祖父を殺した政府は、ラマルティーヌとサン＝シモンの読者である父にとり、悪のなかでも最も反動的な悪に変わり果てていた。

そこに、ミゲル・アルタミラーノ、活動家、理想主義者、楽観主義者の登場である。自由主義者、急進主義者、反教権主義者以上の存在としてのミゲル・アルタミラーノの登場である。一八四九年の選挙中、父は布切れを買って横断幕を作り、ボゴタ中に「保守派にとっての恐怖、ロペス万歳」と掲げた。父は、新しい大統領を選ぼうとしていた人たちを脅すため議事堂に集った（脅しには成功した）。革命派の若者たちから推されていたホセ・イラリオ・ロペスが選ばれると、父は――このときの新聞が「エル・マルティィル」紙だったのか、「ラ・バタージャ」紙だったのか定かではないが、そのとき彼が出していた新聞を通じ――イエズス会の追放を求めた。反動的社会はどう反応したか。白い服を着て、手に花を持った八十人の少女たちが、その措置に反対するため大統領宮殿前に集結した。父は自分の新聞紙上で、彼女たちを反啓蒙主義の道具と呼んだ。二百人の申し分のない家柄の婦人たちがデモ行進を繰り返し、父は、「イエズス会士を育てるとろくなことにならない」という表題のビラを配布した。特典と特権を奪われたあのヌエバ・グラナダの司祭たちは、月日が過ぎるに従って態度を硬化させ、父は追いつめられているように感じた。父はその返答として、フリーメイソンの支部《テケンダマの星》に加わった。秘密の集会は謀議を企む悦び（それゆえに生きている感覚）を父に与え、年長者が彼の体力テストを免除したことで、父はフリーメイソンを本来の生息地だと見なした。父の働きかけで、本部は二人の若い聖職者を「説得する」ことに成功した。父の後見人は父を予定より早く昇進させ、その成功をたたえた。その短い期間のどこかで、ぼくの父、戦いを探し求める若き闘士は、当初は小さくて取るに足らないものに見えたが、間接的な道筋を通じ、人生を変えることになる戦いに出会ったのだった。

一八五二年九月、ヌエバ・グラナダ中に小さな大洪水をもたらす雨が降っているとき、父は、父のような自由主義者だが、父ほど喧嘩っ早くない医学部時代のクラスメートから、**進歩の神にふるわれた最新の侵害**について知らされた。ボゴタ大学の精神的後見人だと自称するエウストルヒオ・バレンスエラ神父は、教育的、解剖学的、学術的な目的による遺体の使用を非公式に禁じたのだった。神父は言った。外科の見習い学生たちは、蛙か鼠か兎で実習を行なうこととする。いっぽう神の手と意志の創造物、魂の聖なる容れ物である人体は不可侵であり、尊重されなければならない、と。

中世だ！　父は印刷されたページから叫んだ。時代遅れの使徒めが！　しかしどうしようもなかった。バレンスエラ神父に対する忠心の網は堅固で、近隣の町、チーア、ボーサ、シパキラーの主任司祭たちは、罪深い学生たちが別の遺体安置所に助けを求めないように適切な対応をとった。大学の治安当局は(良)家の親たちから圧力を受けはじめ、気づいたときには脅しに屈していた。大学の解剖台には開腹された蛙が集められ——白い多孔質の腹部には、解剖メスで紫の線が入れられていた——、キッチンでは、雌鳥の半分が煮込み用、もう半分は眼科の解剖に回された。**人体の差し押さえ**は社交サロンで話題にのぼり、何週間かのうちに、新聞の重要な場所を占めるようになった。父は**新物質主義**の創設を宣言し、いくつかの宣言書でさまざまな当局と交わした会話を引用した。「解剖台で私のメスが魂に触れたことは一度としてありません」とある人は言った。また別の、もっと大胆な（しかも多くの場合、匿名の）人は、「三位一体はもう別のことを指しています。聖霊はピエール＝シモン・ラプラスに取って代わったのです」と言った。バレンスエラ神父の信奉者たち――自ら望んでそうなった者であれ、そうでない者であれ――は旧精神主義を打ち立て、彼らなりの証人と宣伝文句を作り出した。彼らは、事実に基づいた説得力のあるデータを示した。パスカルとニュートンは忠実で厳格なキリスト教徒だったというものだ。彼らは、安っぽいが、といって効果が薄まるわけではない諺を示した。それは、コップ一杯の科学は無神論に導くが、コップ三杯の科学は信仰に導くというものだ。実際その件は、諺どおりに進んだ（というか、むしろ諺どおりには進まなかった）。

都市は禿鷹たちの争いの場所と化した。前年以来、散発的にサン・フアン・デ・ディオス病院から運び出されたコレラ患者の死体は、急進主義的な学生たちから商人の貪欲な目つきで眺められていたが、バレンスエラ神父の十字軍信奉者たちにも目をつけられていた。吐き気や痙攣を催して入院した患者が、激しい喉の渇きや激しい寒気を感じ始めると、噂が駆け出して、政治権力が準備を始めた。バレンスエラ神父が終油の秘跡を与え、彼は儀式の最中、病人（肌は青みがかり、目は頭蓋の奥にくぼんでいた）に、「私はキリスト教徒として死にます。肉体を科学には渡しません」という文がはっきりとわかるように含まれる遺言の署名を義務づけた。父は、病人があらかじめ作成された遺書に署名することと引き換えに罪の赦しを与える司祭たちを咎め立てる内容の論文を出版した。すると司祭たちはその返答として、物質主義者たちは病人に、罪の赦しではなく、吐酒石を与えずにいると咎め立てた。その汚らわしい論争の最中、コレラがどうやって海抜二千六百メートルの高さに昇ったのか、あるいは、コレラがどこからやって来たのかを疑問に思う者は誰もいなかった。

そのとき、歴史ではよく起こるように、また、ぼくの歴史においてしばしば起こるように、運命が介入し、その運命は、外国人、別のところから来た男に変装していた。（このことは精神主義者の怯えを増大させた。カリブ沿岸からおよそ十日はかかる——冬はその二倍かかることもあった——近づきにくい荒地に閉じこもっていたために、バレンスエラ神父の信奉者たちは、遮眼帯をした馬のようなもので、外からやって来るものはすべて、彼らからすれば、細心の疑いをもって見るに相応しい存在として映ったのだ。）そのころ、父がボゴタ出身ではない男と会っているところが見られた。二人が研究所から出てくるところを、あるいは二人で清掃衛生委員会に行くところを、あるいはぼくの祖父母の家に入り、使用人たちから遠く離れた裏庭のイラクサのあいだでこっそりと会話を交わしているのが見られた。しかし使用人たち——解放奴隷の未亡人二名と、その若い息子たち——は、父には予想もつかない技術を身につけていた。おかげで、その男が舌をもつれさせながら（バレンスエラ神父によれば、悪魔の言葉で）話していたことを、男が鉄道の所有者であることを、ボゴタ大学が買いたいだけ中国人の死体を売りに来たということを、最初はその街路が、次いでその区画が、次いでその地区が知ることになった。「ここの死体が禁じられているのなら」とぼくの父が話しているのが聞こえた。「よそ者の死体を使うしかない。キリスト教徒の死体が禁じられているのなら、他人に頼るしかない。」

これをもって、旧精神主義が抱いた最悪の疑念が確実になったようだ。

疑り深い者たちのなかには、サント・トマス教会のエチャバリア、バレンスエラよりも若く、遥かに精力的な男が含まれていた。

で、その外国人とは？

で、その別のところから来た男とは？

その男について少し言葉を、説明を加えておこう。彼は舌をもつれさせていたのではなく、ボストンの訛りで話していた。鉄道の所有者ではなく、パナマ鉄道会社の代表者だった。大学に中国人の死体を売りに来たのではなく……　はっきり言えばこういうことだ。確かに彼は大学に中国人の死体を売りに来た。あるいは少なくともそれが首都における使命の一つだった。ぼくは明白なこと、すなわち彼の使命が成功したと言わなくてはならないのか？　ぼくの父と**物質主義者**たちは壁につきあたっていた。というかむしろ、敵側が彼らをそうさせていた。彼らはもちろん絶望していた。というのは、それは紙上の論争というレベルを超えていたからだ。**光**と**闇**が繰り広げる長い闘いの歴史のなかでも本質的な闘争だったのである。そこにきて鉄道会社の男の登場——クラレンスという名前で、生まれはプロテスタントだった——は、願ってもない幸運だった。すぐに合意したわけではなく、何通かの書簡、いくつかの許可、一定の報奨金（バレンスエラは言った。賄賂だ）が必要だった。しかし七月にはオンダから——オンダの前はバランキーリャを、その前は創設されてまだ何カ月かしかたっていない新しいコロンという町を通っていた——氷を詰め込まれた樽が、数にして十五届いたのである。それぞれの樽には、中国人苦力《クーリー》の死体が一体ずつ折り畳まれて入っていた。死因は、赤痢かマラリアか、場合によって、ボゴタの人々にはすでに昔話となっていたコレラだった。名前のないその他多くの死体が、その他多くの目的地に向けて、パナマから出発していた。この状況は、鉄道工事がそのとき進行中の沼地の外に出ないかぎり、最後の審判の日まで気候の激しさに耐えられる墓場が建立できる地域に到着しないかぎり、続くはずだった。

中国人の死体は語るべき物語を持っていた。愛しのエロイーサよ。落ち着いてくれ。これは死人が話したり、美しい女が空に昇ったり、司祭が熱い飲み物を飲んで宙に浮くといった例の本ではない。しかしぼくに許可を、今回に限らず許可を与えて欲しい。大学は、中国人の死体の代金として、明らかにされていない一定額を支払ったが、何人かが噂したところによれば、一体につき三ペソを上回らなかったという。つまりお針子が三カ月働けば、死体を買えたということだ。たちまち若い外科医たちは、黄色い皮膚にメスを沈めることが出来るようになった。横たわり、冷たく、青ざめた中国人の死体は、腐敗までの時間と競争しながら、パナマの鉄道について語り始めた。すでに誰でも知っていたが、そのころ首都にいた三万人の住人にとっては真新しいニュースを語った。物語の舞台を（空間上）北へ進め、（時間上）何年か前に戻ろう。こうすれば、この物語に行使するぼくの主権以外のトリックを使わずに、ぼくたちはカリフォルニアのコローマに到達するのである。一八四八年のことだ。もっと正確に言えば、一月二十四日だ。ジェームズ・マーシャルという大工が世界の境界線を征服して製材所を建造しようとしてニュージャージーを出発し、長い曲がりくねった道のりを巡った。彼が掘っていると、何かが地中で輝いている。

　世界は熱狂する。アメリカ合衆国の東海岸は突然、黄金への道が、名前のころころ変わるあの薄暗い国の、あの地峡を通っていることに、しかも素晴らしいことには、その人殺しの密林地域は中央アメリカの最も狭い地点であることに気づくのである。一年と経たないうちに、蒸気船ファルコン号がパナマのリモン湾に近づき、チャグレス川の河口に厳かに入っていく。乗っている何百人というアメリカ人《グリンゴ》連中は、鍋とライフルとつるはしを、不協和音を奏でる移動音楽隊のように揺すって音を立て、いったい太平洋はどこにあるのだと大声で尋ねる。それを調べる者たちがいる。そして太平洋に到達する者たちも出てくる。しかしその道中、熱で――黄金の熱ではなく別の熱で――死んだ者たちもいる。木々が光を通さないあの沼地の灼熱の暑さに負け、川の緑色の泥のなかでラバと背中合わせになって死んだのである。そう。エル・ドラードに関するこの修正ヴァージョン、開発途中のこの黄金ルートは、太陽が存在しない場所、暑さが肉体を衰えさせ、指を空中で振ると、川から上がったかのように指が濡れる場所なのである。この場所は地獄だが、水地獄である。黄金が呼んでいるかぎり、地獄を越えるために何かをしなければならない。ぼくが一つの眼差しで国を総括してみせよう。ボゴタで父がイエズス会士の追放を要求しているのと同じ頃、パナマの密林では、鉄道の奇跡が枕木を一つひとつ、死者を一体ずつ積み上げながら、道を切り開こうとしていたのである。

十五名の中国人苦力は、肝臓の場所と大腸の長さを、うわの空の見習い医学生に教えたあと、ボゴタ大学の解剖用の長いベッドで休みに入る。（仰向けの者の）背中、あるいは（うつぶせの者の）胸には、どす黒い汚れが目立ち始める。その十五名の中国人は声を揃えて自慢げに、おれたちはあそこにいたと言う。おれたちは密林に道を開き、あの沼地を掘り進み、レールと枕木を置いたんだ。その十五人の中国人の一人が、ぼくの父に自分の話を語る。父は硬直した死体のほうに身をかがめ、まったくのルネサンス主義的好奇心から、あばらの下にあるものを調べ、彼が思っているよりも注意深く耳を傾ける。そのあばらの下には何があるのか？　父はピンセットを要求し、少し経つと、ピンセットは体内から竹の欠片を運んで出てくる。もはや雄弁で傲慢なその中国人は父に、どれほどの忍耐力でその竹の棒を研ぎ、どれほど職人的な細やかさでその棒を泥沼に突き刺し、どれほどの力をこめてその尖った先端に身を埋めたのかを説明し始める。

自殺なのか？　と、父は尋ねる（あまり知的な質問でないことは認めよう）。違う、と中国人は答える。彼は自殺したのではない。彼を殺したのは憂鬱だった、憂鬱の前にはマラリアが……　彼は、病気にかかった仲間たちが鉄道敷設に用いたロープで首をくくったり、監督からピストルを盗んで自殺したりするのを見て死んだ。彼は、あの湿地帯にまともな墓場を建てるのは無理だと分かって死んだ。密林の犠牲者たちはこのようにして、氷の樽に入って世界中に散らばっていった。肌が青くなりかけ、耐えがたい臭気を発する中国人は言う。おれは生きているときはパナマ鉄道を建造した。死んだ今度は、金銭面で鉄道会社を助けてやろう。他に九千九百九十八人の死んだ人夫が、中国人、黒人、アイルランド人たちが世界中の大学と病院を訪れているのと同じように。死体がどれだけ旅をすることか……

こういうことを全部、死んだ中国人は父に語る。

しかし父が聞いている内容は少し違う。

父は個人的な悲劇の物語は聞かない。それに、死んだ中国人のことを、名もない、墓に埋めてやることもできない住所不定の人夫としても見ない。父は彼のことを殉教者として見る。鉄道史を真の叙事詩として見る。鉄道に抗う密林、人間に抗う自然……　死んだ中国人は未来からの使者、進歩の先遣隊なのだ。その中国人は父に語る。あの船、ファルコン号にはコレラに感染した乗客が乗り合わせ、その男がカルタヘナの死者二万人とボゴタの死者数百人の直接的な責任者なのだと。しかし父は、殺人的な密林を通過してまで黄金を求めたその乗客に感嘆を覚える。その中国人は父に、外国人がパナマに到着してから繁栄し始めた酒場や娼館について語る。父から見ると、酔っぱらった人夫たちはアーサー王の騎士であり、娼婦は女戦士である。七万本の枕木は七万の先兵のお告げである。地峡を横断する鉄道の線路は世界のへそである。彼はお告げの天使だ、と父は考える。ボゴタでうら悲しい空っぽの生活を送っている自分に、曖昧だが輝けるもっとましな人生の約束があることを見せようと、彼は来たのだ。

弁護側が話す順番だ。父が中国人の死体の手を切ったのは狂気からではない。チャピネロの肉屋に手を洗わせたのも、乾かそうとして日の当たるところに（ボゴタの乏しい陽光の当たるところに）置いたのも、狂気からではない――父は生きているとき、あれ以上正気にはなれなかった。父は大理石でできたような小さな台座の上に銅のネジを使ってその手を固定し、それを書棚のエンゲルスのぼろぼろになった『ドイツ農民戦争』と、グレゴリオ・バスケスの流派の、大きな櫛をさしたぼくの祖母が描かれた油彩の挿し絵のあいだに保管した。その軽く伸びた人差し指は、父が歩み出す方角を、むき出しになった骨の一つでさしていた。

当時父のもとを訪ねてきた友人たちは、まるでイスラム教徒がメッカの方向に向かってお祈りをするように、手根骨と中手骨がパナマ地峡を指していた、と言った。ぼくは、その乾涸びて肉の落ちた指がさしている方向にぼくの物語を投げ込みたいのだが、その前に、父の人生に起った別の出来事に集中しなければならない。父は一八五四年のある日、街路に出ると、証人たちの口から自分が破門されたことを知ったのである。死体をめぐる闘いから長い時間が経過していたために、父は出来事を結びつけるのに時間がかかった。ある日曜日、父がフリーメイソンの集会所で一時的な尊者の称号を授かっているところ、エチャバリア司祭はサント・トマス教会の壇上から父を名指しで非難した。ミゲル・アルタミラーノの手は無垢の者の血に染まっている。ミゲル・アルタミラーノは死者の魂を取引し、悪魔と通じている。エチャバリア司祭は、忠実で狂信的な信徒を前に宣言した。ミゲル・アルタミラーノは、神と教会の正式な敵である。

父は、そうするのが状況に相応しかったので、先例にしたがって、それを冗談だと受け止めた。教会のきらびやかな門から二、三メートル離れたところに、最もつましく、しかもまったく神聖ではない印刷所のドアがあった。その日曜日の夜が終わる頃、父は「エル・コムネーロ」紙のコラムに載せる原稿を渡した。

（それとも「エル・テンポラル」紙だったか？　こういうことにまで正確である必要もないかもしれないが、父が刊行したビラや新聞のことを忘れてしまって心が痛む。「ラ・オピニオン」紙？「エル・グラナディーノ」紙？「ラ・オピニオン・グラナダディーナ」紙？「エル・コムネーロ・テンポラル」紙？　ダメだ。陪審席の読者のみなさん。失念して申し訳ない。）

要するに、どの新聞であれ、父はコラムの原稿を渡したのである。以下に引用するのは、原稿をそのまま再現したものではなく、ぼくが覚えているものだが、彼の言葉の本質をかなり適切に反映したものだと思っている。「時代遅れの司祭、そいつは信仰を迷信に、キリストの儀礼を偏狭な異教に変容させた連中のひとりだが、この男は、高位聖職者の判断と、何より常識を無視して、わたしを破門する権利を不当に行使している。」父はこのように、ボゴタ社会全体に向けて書いた。「この文章の署名者は、地上の法律の専門家にして世論の代弁者であり、文明的な価値を擁護する資格を有し、自らが代表する共同体からいただいている広範にして十分な権威を背景に、司祭にしっぺ返しを食らわせることにした。

つまり、エチャバリア司祭——神よ、彼の御霊を天へ導かぬように——は、この文章によって文明人の集団から破門された。サント・トマスの説教壇で彼は彼らの社会から我々を追放した。我々はグーテンベルグの説教壇で我々の社会から彼を追放する。実行に移せ。」

その週の残りは何事もなく過ぎた。しかし次の土曜日、父と過激派の仲間たちは、ボゴタ大学の回廊近くのカフェ《ル・ブールヴァルディエル》で、当時ラテンアメリカを巡業していたスペインの劇団員と集会を持っていた。彼らが上演していた作品はモリエールの『町人貴族』の翻案で、金持ち町人の代わりに信仰に疑問を抱く神学生が出るのだが、そのことが大司教の非難の対象になっていた。「エル・コムネーロ」紙か「エル・グラナディーノ」紙にとっては、それで十分だった。父は「娯楽欄」の編集者として（も）、役者たちに本格的なインタビューを載せたいと申し出た。その午後、インタビューが終り——編集者はメモ帳と、友人がロンドンから持ってきたワーテルローのペンをしまった——、そこにいた者たちは、ブランデーを傾けてエチャバリア司祭の一件を話題にした。役者たちは日曜日のミサをめぐってあれこれ憶測をめぐらせ、次の説教の内容がどうなるか、持ち金を賭け始めた。するとそこに、激しいにわか雨が降り出し、外にいた人々は雌鳥のように集まってきた。彼らはカフェのひさしの下で、入り口をすっかりふさいでいた。濡れたポンチョの臭いが満ちあふれた。ズボンと長靴は雨水をしたたらせ、カフェの床は滑りやすくなった。そこに、ソプラノ声が父に向かって、席を譲るように命じた。

父はエチャバリア司祭を見たことがなかった。破門通知は第三者の仲介で届いたので、両者の論争はその瞬間まで、印刷された紙面を出たことがなかった。父が顔を上げると、正面に乾ききった長い平服の法衣があり、すでに閉じられた黒い雨傘の先端を、水銀のように銀色に光っている水たまりに突き刺し、傘の握りが、女のような手の重みを何なく支えていた。ソプラノ声の男は再び言った。「席だよ、恥知らずが。」父が何年か後に、ぼくに語ったことを信じなければならない。父が返事をしなかったのは、礼儀知らずだったからではなく、父は風俗劇《ヴォードヴィル》めいた状況――カフェに入る司祭。全員濡れているのに乾いている司祭。その挑戦的な態度を裏切るような女の声をした司祭――にあまりに驚き、どうしたらよいか分からなかったのだ。エチャバリア司祭は父の沈黙を軽蔑と解釈し、再び攻撃した。

「席だよ、無礼者」

「何ですって?」

「席だと言っているだろ、罰当たりめが。席だ、殺し屋のユダヤ人君」

すると司祭は父の膝のあたりを、雨傘の先端で軽く一回、もしかすると二回突っついた。その瞬間すべてが瓦解した。

ぜんまい仕掛けの人形のように、父は平手で傘を払いのけ(手が濡れて少し赤くなった)、立ち上がった。エチャバリア司祭は「無礼者めが」、あるいは何かそのような類いの怒りの言葉をつぶやいた。彼がそう言っているあいだに一瞬の分別の瞬間が訪れた父は、振り返って上着を手にとり、仲間たちには目もくれず出て行こうとしたので、司祭が自分に平手打ちを食らわそうとしているのが見えなかった。しかも――信じて欲しくて何度も父は後に言うのだが――自分の手も見えなかったという。手はいつの間にか握り拳になり、振り返るときに肩の勢いが目一杯ついて、エチャバリア司祭の憤然として皺の寄った口もと、髭のない粉っぽい唇に向かって放たれた。司祭の顎からはうつろな音がした。法衣は後ろへ浮き上がったかのように動き、法衣の下の長靴が水たまりで滑り、雨傘がその持ち主よりもわずかに早く、床に倒れた。

「お前に見て欲しかった」と、父はずっと後になって、海を正面に、手にはブランデーを持ってぼくに言う。「あのときは、にわか雨よりも沈黙のほうが耳にこたえたな。」

役者たちが立ち上がった。過激派の仲間が立ち上がった。この話を思い出すたびにぼくはこう思う。独りであれば、あるいは学生街にいなければ、父は、司祭に与えられた侮辱と引き換えに、その瞬間父を殺そうと覚悟を決めた怒り狂う群衆と対決しただろう。しかし父は、群衆から孤立した者による匿名の攻撃を受けたにもかかわらず、また、二人の見知らぬ人物——エチャバリア司祭が起き上がるのを助け、彼のために雨傘を取り戻し、(司祭の尻を余計に叩いて)法衣の汚れをはたいた——から死の視線を浴びたにもかかわらず、何も起きなかったのである。エチャバリア司祭は《ル・ブールヴァルディエル》から、サンタ・フェ・デ・ボゴタの聖職者がいまだ口にしたことのないような侮辱の言葉と、マルセイユの船乗りにこそ相応しい脅迫の言葉を発しながら出て行った。今回の遭遇はこれで終わった。父は手を顔に持っていき、頬が火照っているのを確かめ、仲間と別れて雨のなか歩いて帰宅した。二日後の夜明け頃、まだ明るくなる前に、誰かが彼の家のドアを激しく叩いた。女中が開けたが誰もいなかった。理由ははっきりしていた。用事があって誰かが来たのではない。ビラを貼るために金槌で叩いた音だった。

匿名の中傷ビラがどこで印刷されたのか不明だったが、いずれにしろ内容ははっきりしていた。このビラを読んだ忠実なる市民に対し、異端者ミゲル・アルタミラーノには挨拶もパンも水も火も与えないように勧告する内容だった。異端者ミゲル・アルタミラーノは悪魔に取り憑かれていると宣言していた。彼を犬のようにひと思いに殺すことが、徳のある行為であり、また神のご好意に値すると布告されていた。

父はビラを引きちぎり、家に再び戻ると、小部屋から鍵を探し、祖父のトランクに入って届いた二丁のピストルから一丁を取り出した。部屋を出るとき、ビラの痕跡を消そうとして、ドア板の画鋲に残っていた紙くずも取り除いた。しかしその後、用心しても意味がないことに気がついた。同じビラが、家から「ラ・オピニオン」紙の印刷所までの短い道のりに、十枚か十五枚は貼られていたからだった。それだけではない。その道中で、彼を責め立てる指や声に、何の手続きもなしに彼を敵と見なしたカトリック教徒たちの強力な非難にぶつかった。他人の注意を引くことには慣れていた父も、悪意を引き寄せるのには慣れていなかった。木のバルコニーからは、非難しようとする者たちが（胸の前に十字をぶらさげて）顔を出した。連中はわざわざ父を怒鳴りつけたりしなかったが、といってそれは父の安らぎにはならず、ただの公的な不幸を越えた酷薄な運命が自分を待ち受けていることの確証になった。父は手にしわくちゃのビラを握りしめて印刷所に入り、持ち主であるアコスタ兄弟に、ビラを刷った機械が分かるかどうかを尋ねた。成果はなかった。父は午後を商工会議所で過ごし、仲間の考えに探りを入れようとしたところ、過激派の連中はとっくに決定を下したと聞かされた。その決定とは、ミゲル・アルタミラーノが何か攻撃を受けることになれば、連中はどの教会であれ火を放ち、どの聖職者であれ殺すという容赦ない方法で応じるというものだった。父は自分が独りではないのを感じたが、町に大惨事が起きることも予感した。夜になると父は、エチャバリア司祭に会おうとサント・トマス教会に向かった。

侮辱をぶつけあった二人の男同士であれば、謝罪の交換も簡単ではないかと考えていたのである。しかし教会には人気がなかった。

あるいは、ほとんど人気がなかった。

最後列の信徒席に塊のようなものが見えた。言い換えれば、父は明るいところから急に暗闇に入ったために、網膜の錐体細胞と棹状細胞が新しい環境に慣れるまで目が見えず、それを塊だと認識したのである。父は回廊を内陣側でひと回りした。裏のほう——不法侵入者と見なされて仕方のない区域——に入り、司祭館のドアを探し出し、傷んだ石段を二段降り、拳を伸ばし、節度をもって行儀よくドアをノックしようとした。その後、父はベンチを、祭壇の金箔が目に入りそうなベンチを選んで腰掛けて、待つことにした。どんな言葉であの狂信者を説得してよいのか、はっきりとは分かっていなかった。そのとき、誰かの声が聞こえた。

「あいつだ」

父は振り返って、塊が二つに分かれるのを見た。片方の、エチャバリア司祭ではない法衣姿の人影が、背を向けて教会を出て行こうとしていた。もう片方の、ポンチョを着て帽子を被り、足のついた巨大な鐘のようにも見える男は、中央の回廊を内陣のほうに向かって歩き出していた。父は、麦わら帽子の下の、いずれ人間の容貌が浮かび上がるあの黒い場所にある男の目が、自分を見つめているのだと想像した。父は周囲を見回した。油彩画からは、人差し指を（この指は肉付きがよく皮膚にも覆われ、父が持つ中国人の死んだ手とは違っている）キリストのぱっくり開いた傷に突っ込んでいる髭面の男が父を見張っていた。もうひとつの油彩画には翼のある男と、持っている本のページを同じように肉付きのよい指で押さえている女が描かれていた。父は受胎告知の場面だと分かったが、天使は中国人ではなかった。この苦境から父を助け出してくれる者はいないようだった。ポンチョの男はそのあいだ音を立てず、油膜を滑っているかのように近づいてきた。父は男がサンダル（麻紐のサンダル）を履いているのを見た。ズボンの裾がまくられているのを見た。ポンチョの裾の下にぶらさがっている、ナイフの汚れた先端を見た。

二人のどちらも口を開かなかった。父はそこでは男を殺せないのが分かっていた。三十四歳になるまで一度も殺害する場面を見たことがなかったからではなく（あらゆることに最初というものは存在し、父は誰と比較してもピストルの扱いに長けていた）、証人がいないところで殺害すれば、自分が有罪になるからだった。誰か証人が必要だった。挑発、攻撃、正当防衛を見てもらう必要があった。父は立ち上がり、身廊の横側の回廊へ出て、外に出る大扉に向かって大股で歩き始めた。父を追う代わりに、ポンチョの男は中央の回廊から戻り、二人はそれぞれ、信徒席の脇を歩いて平行線を描くようにして進み、そのあいだ父は信徒席の最後まで来たらどうなるだろうか考えていた。父は席の列を数えた。六列、あと五列、あと四列。

三列。

あと二列。

あと一列。

父はポケットに手を突っ込み、撃鉄を起こした。二人が教会の扉に近づき、平行線が一点に収斂すると、男はポンチョを脱ぎ、ナイフを握った手を振りかぶった。父は撃鉄を起こしたピストルを持ち上げ、胸の真ん中に狙いをつけ、自分がしようとしていることの悲しい結末について考え、銃声が聞こえたらすぐに教会に入ってくるはずの野次馬について考え、その野次馬の証言によって自分が犯した殺人で有罪宣告を下す裁判について考え、銃剣に貫かれた祖父と竹の棒で身を貫いた中国人について考え、粗末な土塀の前に立たされて自分を撃ち殺す銃殺隊について考えた。そして父は、自分は裁判にも死刑台にも向いていない、自分を攻撃する者を殺すのは名誉の問題だが、次の一発は自分の胸に向けるのだと自分に言い聞かせた。

そして父は撃った。

「そしておれは撃ったんだ」と、父はぼくに言うだろう。

しかし父は、自分のピストルの銃声を聞かなかった。というか、自分のピストルが、これまで聞いたことのないような響きを、世界でいまだ聞かれたことのない反響音を発したように思われた。というのは同じ瞬間、隣りのボリーバル広場から、多すぎるほどの別の武器が発する別の爆発音が届いたからだった。四月十七日の真夜中過ぎ、ホセ・マリア・メロ将軍閣下がクーデターを起こし、あの哀れな混乱共和国の独裁者だと宣言したのである。

そのとおり。つまり**歴史の天使**は父を救ったのである。といっても、これから明らかになるように、一時的に一人の敵を別の敵と交換することで救ったに過ぎないのだが。父は発砲したが、誰もその音を聞かなかった。外に出ると、どの扉も閉め切られ、どのバルコニーにも人気がなかった。外気は火薬と馬糞の臭いがして、遠くからはすでに、叫び声、敷石の上で響く靴音、そしてもちろん止まない銃声が聞こえた。「おれにはその瞬間分かった。内戦を告げる物音だった」と、父は神託を告げるかのような口調で言った……　父はそういう態度をとるのが好きで、共に過ごしたぼくたちの人生の途中で（長くはなかったが）、何度もぼくの肩に手を載せ、深刻な風に眉を持ち上げてぼくを見つめ、「これは予言していた」、「あれは想像がついていた」と語ったものだった。父は、自分が間接的な証人であったはずの出来事についてぼくに語るときこう言ったものだ。「いずれ起こるのは分かっていたさ。」あるいはこうも言った。「なぜ連中は気づかなかったのか、おれには分からんね。」そう、それが父だった。ある年齢になってから、**大きな出来事**にすっかり打ちのめされた父は――何度かは救われ、多くは破滅に追いやられた――、出来事が起きて何年も過ぎてからそのことを予言するというあの奇妙な自己防衛メカニズムを開発することになる。

しかしここで少しばかりの寄り道を、脱線を許してほしい。というのはぼくは、我が国の歴史はその夜、少なくともユーモアがあることを証明したと、常日頃信じてきたからである。ぼくは**大きな出来事**について話してきた。虫眼鏡を手に取って、もっと近くから見てみよう。何が見える？　父が不可能とも思われる無処罰で済んだのはどうしてなのか？　手っ取り早く言おう。一月のある晩、メロ将軍は軍人の宴会で酔っ払って外に出る。兵舎のあるサンタンデル広場に着くと、キロースという名の伍長、そんな時刻に許可もなくほっつき歩いていた不用意な少年に出くわす。将軍が彼に相応の叱責を与えると、伍長は取り乱し、無礼な言葉を返す。メロ将軍はその場でサーベルを抜いて首を切り落とす以外に適切な罰が見当たらない。ボゴタ社会に大きな騒動が持ち上がる。軍人精神と暴力を行使した大きな罰。検察は告発する。裁判官は告発を受けた者の逮捕状を発行する寸前まで進む。メロ将軍は非の打ちどころのない論理を考案する。最善の防御は攻撃ではない、独裁である、と。古参兵からなる軍隊を指揮下に置いていたので、それを自分のために用いた。誰が彼を責められるというのか？

ぼくは認めよう。これは安っぽい噂話、よくあるゴシップ――我らの十八番《おはこ》――に過ぎないのだが、噂を信じた者がリスクを負うべしというわけで、話を続けよう。別の解釈によると、キロース伍長は街角の大喧嘩に巻き込まれたあと兵舎に戻ったため、メロ将軍と出会ったときすでに傷を負っていたという。またさらに別の解釈によると、キロース伍長はメロ将軍に降りかかる告発を知らされ、死の床でみずから罪をかぶったという。（この解釈は美しくないか？　師と弟子、指導者と庇護者にまつわるあらゆる神秘がつまっている。騎士道的で、間違いなく父は気に入ったはずだ。）しかしそのようなさまざまな解釈以上に、たった一つ明白なことがある。メロ将軍、牛のようになでつけられた髪、二重あごのモナリザ顔の男は、我らが若い共和国の運命をからかうために歴史が利用した道具でしかないこと、特許のとれない失敗作の発明品でしかないということだ。父は人を殺した。しかしその罪は存在しないことになる。別の男がどこにでもいる犯罪者として起訴されるのを避けるために、コロンビア人なら誰でも誇りをもって話題にする**自由**や**民主主義**、**制度**というあの立派な事柄を奪うことにしたからだ。赤い三角帽をかぶって平土間席に座る**歴史の天使**はあまりに大笑いしたために、椅子から転げ落ちる。

陪審員の読者たちよ。ぼくは、歴史と演劇を最初に比較した者が誰なのかを知らないが（その区別をしたのはぼくではない）、一つ確かなことがある。その明晰なる精神の持ち主は、我らのコロンビアがたどる筋立て、すなわち月並みな劇作家の創造物であり、詐欺師の舞台監督のでっち上げであり、悪徳興行主の製作物でしかないものが、悲喜劇であるということを分かっていなかった。コロンビアというのは五幕ものの作品で、古典的な韻を踏んで書こうとした者もいたが、最終的には下品な散文で書かれ、大げさな仕草とひどい話し方をする役者が演ずることになったのだ…… さて、というわけで、ぼくはその取るに足らない劇に戻り（頻繁にそうするつもりだ）、ぼくの場面に戻ることにしよう。扉もバルコニーもかんぬきで閉じられていた。政府宮殿に隣接する区画はゴーストタウンになっていた。冷たい石壁のなかに轟いた発砲音を誰も聞かなかった。サント・トマス教会から父が出て行くのを誰も見なかった。父が家まで街路を影のように進んで行くのを誰も見なかった。あれほど夜の深まった時刻にポケットにまだ熱いピストルを入れて父が家に入るのを誰も見なかった。小さな事は**大きな出来事**に抹消された。エジプト地区の、取るに足らない人の死は、**戦争の女神**の遺産である**絶対最上級の死**によって抹消された。しかしぼくは先に、父は敵を変えただけだと言った。その通りだった。教会関係者の追跡者は免れたが、父は軍人に追跡されることになった。メロ将軍と彼を支持するクーデター側からなる新しいボゴタで、父のような過激派は、無秩序分子となる可能性が高かったために恐れられ——連中が時とともに、革命と政治暴動を起こす組織に特化していったことは無駄ではなかったわけだ——、ポンチョの男、というよりは彼の体がサント・トマス教会で倒れてから二十四時間が過ぎないうちに、すでに街中で一斉検挙が始まっていた。メロ将軍の部下たちは武器を抱え、過激派、大学生、国会議員のもとをあまり穏やかではない雰囲気で訪問した。牢獄は一杯になった。何名かのリーダーはすでに自分の命が気になっていた。

父は仲間の口からそのことを知らされた。軍隊を裏切った中尉が真夜中に父の家にやってきて、何回か銃尾で窓枠を叩いて父を起こした。「あの瞬間、人生は終わったと思ったな」、と父はしばらく後にぼくに言うだろう。しかし現実は違った。中尉の顔には、自尊心と罪悪感でさまようしかめっ面が浮かんでいた。父は諦めてドアを開けたが、中尉は入らなかった。「夜明け前に、銃殺隊があなたを逮捕しに来るだろう」、と中尉は言った。

「あなたはなぜそれを知っているのだ?」と父は尋ねた。

「私の部下が銃殺隊だからだ」と中尉は言った。「私が命令を下した」

そして中尉はフリーメイソン式の挨拶で別れを告げた。

そのときになって父は彼が誰だか分かった。《テケンダマの星》のメンバーだった。

そういうわけで父は、人を殺したピストルや、やせ細った中国人の手も含め、二、三の最低限必要となる物をかき集め、アコスタ兄弟の印刷所に庇護を求めた。仲間のうち数人が同じ考えを持っていることが分かった。国を民主主義の流れに戻そうと、すでに新たな抵抗勢力が組織され始めていた。独裁者に死を! と声が叫ばれた(というよりは、慎重にささやかれたと言った方がいいかもしれない。パトロール隊を警戒させたくなかったからだ)。実はその夜、外向きには中立を装っている印刷工や製本工、とても温厚に見えるが、いったんその気になると、革命をまるごと起こすこともできる連中が集まっていた。彼らは、政治に関わる抗議、脅し、宣言、反宣言、告発、弾劾、報復の文書が入っていそうな何百という、あるいは何千という木箱に取り囲まれていた。そのなかで、過激派の指導者たちは、占拠された首都を去り、よその地方の軍隊と協力して、首都を取り戻す軍事行動を計画するつもりだった。連中は、一連隊の指揮を任せることが当たり前だというように父を迎え入れ、計画を語った。父は彼らと合流した。一緒にいることで安全だと感じられたのと、理想主義者をいつも虜にする連帯感の興奮があったからだ。しかしすでに父は頭の中である決定を下しており、父の意図は旅の最初から変わっていなかった。

ここでペースを上げることにしよう。これまで一日の出来事を語るのに何ページかを費やしたことがあったわけだが、いまこの物語は何カ月間かに起きたことを、わずかの行数で語ることをぼくに求めている。民主主義の擁護者たちは使用人に付き添われ、草原の夜に庇護され、しっかりと武器で身を守ってボゴタを出発した。グアダルーペの丘を上り、フライレホン草でさえ寒さで凍える人気のない荒地に至り、途中で購入した、飢えて身勝手なラバに乗って暑い土地まで下り、マグダレナ河のほとりに辿りついた。八時間の波瀾に富んだ河川航行のあとオンダに入り、そこを抵抗の総司令部とすることを宣言した。続く何カ月かのあいだ、父は部下を募り、武器を調達し、小隊を組織した。フランコ将軍の志願兵として出発し、敗北してシパキラーから帰還した。エレーラ将軍が自らの死を予言するのを聞き、その後予言が実現するのを目にした。イバゲーで代替政府を組織しようと試み、途中で失敗した。独裁者によって解散された国会を召集した。父独りでボゴタかサンタ・フェ出身の若い亡命者からなる大隊を組織し、ロペス将軍の軍隊と合流した。ボーサ、ラス・クルセス、ロス・エヒードスから届く遅すぎた勝利の知らせを最後に受け取り、十二月三日、九千名の兵士がサンタ・フェ、あるいはボゴタに入ったのを知った。仲間たちが鱒のディアブル風を食べ、父が見たことのないほどの量のブランデーを飲みながら勝利を祝福しているあいだ、父は彼らと一緒に祝福しよう、自分のブランデーを飲もう、自分の鱒を食べよう、その後になったら連中に真実を告げようと考えた。その真実とは、父は凱旋行進には参加しないつもりであること、取り戻した都市には入らないということだった。

そう、父はそのことを連中に説明するつもりだった。彼は戻ることに関心がなかった。民主主義が取り戻されてはいたが、首都の街は父にとっては失われたままだったからだ。もう二度とそこに戻って暮らすことはない。連中にはそう言うつもりだった。そこでの人生は、他人のものであるかのように、終わったようなものだった。ボゴタでは人を殺した。ボゴタでは隠れていた。ボゴタには何も残っていなかった。しかしもちろん連中は父の言っていることを理解できないだろうし、理解したとしても、信じることを拒むか、「お前の両親の街だ」とか、「お前が勝ち取った街だ」とか、あるいは「お前が生まれるのを見た街だ」と言って自分を説得しようとするだろう。そうなったとき、父は連中に、自分の新しい運命の、反論を許さない確固たる証拠として、死んだ中国人の手を、魔術のせいなのか、いつもパナマ地方をさしている人差し指を見せるつもりだった。

2
アントニア・デ・ナルバエスの啓示

十二月十七日の朝九時、ボゴタでメロ将軍の命に赦しが与えられているころ、ぼくの父はオンダの河港《かこう》で、内陸とカリブ海を結ぶ定期航行ルートを開発したジョン・ディクソン・パウエル社所有のイギリス蒸気船イサベル号に乗り込んでいた。一週間後、船上でクリスマス・イブを過ごした後、父はパナマの港コロンに到着した。当時その町は誕生してまだ三年とたっていなかったが、すでに《分裂症の土地クラブ》に属していた。町の創設者たちは、あの男、まったくの偶然でカリブの島に遭遇しただけなのに、大陸の発見者として歴史の舞台に登場した迂闊なジェノバ人クリストバル・コロンの名前を町につける決定を下した。しかし鉄道を敷設したアメリカ人《グリンゴ》どもはその勅令を読まなかったか、読んでも理解できず――彼らのスペイン語はおそらく、思っているほど上手ではなかったのだ――、彼らの言葉で町をアスピンウォールと名付けた。というわけで、コロンはコロンビア人にとってはコロン、グリンゴにとってはアスピンウォール、それ以外の人たちにとってはコロン＝アスピンウォールとなった（ラテンアメリカに和解の精神が欠けたことはない）。その過去のない町、生まれたばかりで、どっちつかずの町にミゲル・アルタミラーノは着いたのだった。

しかし父の到着とその帰結として生じる事柄について物語る前に、一組の夫婦について話させていただきたいし、話す必要がある。この夫婦の存在がなければ、ぼくが今のようなぼくではなかったことは確かである。これから読んでいただければ分かることだが、文字通り、彼らがいなければ今のぼくはなかったのだ。

一八三五年頃、ウィリアム・ベックマン（一八〇一年、ニューオーリンズに生まれ、一八五五年、オンダに没する）が一儲けしようとマグダレナ川を遡行し、その何カ月か後、地域一帯で商業を営もうとボートと木造平底船の会社を設立した。間もなく、ある光景が川沿いの港の住民にとっては日常的なものになった。金髪でほとんど真っ白のベックマンが、十トンの商品をカヌーに積んで、木箱を牛の皮で覆い、その上に横たわり、ヤシの葉で身を覆い、彼の皮膚と、それゆえに彼の人生をそれにゆだねたのである。こうして彼は、川をオンダからブエナビスタまで、ナーレからプエルト・ベリーオまで上ったり下ったりした。そうこうしている内にベックマン技師は、川沿いにある村のコーヒーとカカオ業を支配するようになり、五年もすると少なからずの成功を収めた（結局のところ、彼は冒険好きの気質に忠実に従っていた）。彼は貯め込んだそれほど多くはない財産を、当時マグダレナ川の航行に向いた蒸気船をイギリスに注文していたドン・フランシスコ・モントーヤの波瀾に富んだ商社に投資した。英国王立造船所で建造されたウニオン号は一八四二年、川に入り、オンダから六レグア離れたラ・ドラーダまで上り、大臣も羨むような厚遇で町長や軍人に迎えられた。ウニオン号はタバコ箱を満載し――「イギリスをまるごとニコチン中毒にするほどの量だった」とベックマンはその頃のことを思い出して語ることになる――ミエル川の河口まで災難に遭うこともなく航行した……しかしイギリス蒸気船はその地で、この本の他の登場人物と同じように、おなじみのしつこい（厄介で、でしゃばりな）歴史の天使と出会った。ベックマンは内戦がこんな僻地まで到達しているとは思っていなかった（新しい内戦なのか、それとも今までと同じ内戦なのか？と彼は尋ねた）。しかし事実を受け入れざるを得なかった。何時間もたたないうちに、ウニオン号は、どの政治グループに属しているのかよくわからない小舟との戦闘に巻き込まれた。砲撃を受けてボイラーは壊れ、何十トンとあったタバコは技師の全財産とともに、攻撃の理由も分からないまま沈没した。

沈没とぼくは言った。正確ではない。ウニオン号は砲撃を受けたのち、岸辺まで到達したので完全には沈まなかった。何年ものあいだ、船の二本の煙突が、イースター島の石像のように、あるいは洒落た木製の記念碑のように、川の黄色い水を切り分けているのが、川を行き来する乗客の目に入った。間違いなく父はそれを見た。ぼくが来たときにぼくもそれを見た……ベックマン技師もそれを見て、ニューオーリンズには戻らなかったので、それを見続けることになった。船が半分ほど沈没したころ、彼はすでに恋に落ち、その恋人に結婚を申し込んでいた――彼は旅を続けるよりも、身を固めたかったのだ――。彼は事業が破産したすぐ後に、恋人に川の反対側へ渡る安い新婚旅行を提案して結婚した。新妻の（由緒正しい）家族にとっては大きな落胆だった。その家族とは、資産は少ないけれども野望は大きいボゴタの連中で、『人間喜劇』のラスティニャックのような人物をあざ笑い、出世願望が強く、オンダの農園で時間を潰しながら、金持ちのグリンゴが白い眉の下にある青い目を、反抗的な娘に向けてくれれば幸運だと考えるような輩だったからだ。さて、その幸運な娘は誰だったのか？　アントニア・デ・ナルバエスという名の二十歳の娘、サント・パトロン闘牛場のアマチュア闘牛士にして、時には賭け事にも興じる、筋金入りの皮肉屋だった。

アントニア・デ・ナルバエスについてぼくたちは何を知っているのか？　彼女はパリに行きたがっていたが、それはゴーギャンの祖母フロラ・トリスタンと知り合いたいからではなかった。彼女にとってはそんなことは時間の無駄だと思われた。彼女はサドを原書で読みたかったのだ。彼女はまた、コロンビア独立のヒロイン、ポリカルパ・サラバリエタの思い出を、ボゴタの社交界で公然と見下したことによってしばし有名になった（「祖国のために死ぬなんて暇人のやることよ」と彼女は言った）。家系のわずかな人脈を使って大統領宮殿に入る許可を得て、マヌエラ・サエンス、解放者ボリーバルを愚弄したコロンビア史上最も名高い愛人のベッドはどこにあるのかと司教に尋ね、十分後に追い出された。

陪審席の読者よ。みなさんが戸惑っているのが分かりますが、どうぞご心配なく。きわめて重要なあの歴史的瞬間について、簡単に振り返っておきましょう。キト生まれのドニャ・マヌエラ・サエンスは、正統の（退屈すぎる）夫、ジェームズ、あるいはハイメ・ソーンを放り出した。一八二二年、解放者シモン・ボリーバルはキトに凱旋入城を行なう。直後、マヌエラも同じことをする。突飛な女性である。乗馬術に長け、武具の扱いも堂々たるもので、独立の武勲を立てているあいだ、ボリーバルは身をもってそれを知ることになる――マヌエラは射撃と同じように乗るのも上手い――。非難の声が社会的に高まって悲観的になったボリーバルは彼女にこう書く。「我々が無垢と名誉の庇護のもとで結ばれることはあり得ません。」　マヌエラは予告せずに彼の家に行き、庇護についての自分の意見を腰の力で示し、彼への返事とする。一八二八年九月二十五日、解放者と、彼を解放した女が、生まれて間もないコロンビア大統領官邸のベッドでさまざまな放埒を楽しんでいるあいだ、それを羨んだ陰謀家集団――大金持ちの将軍たちで、彼らの妻は馬にも乗らないし、射撃もしない――は、二人の性交を妨げなければならないと決め、ボリーバルを暗殺しようとする。マヌエラの助けでシモンは窓から逃げて橋の下に隠れる。アントニア・デ・ナルバエスが見ておきたかったのは、まるで聖遺物のような――率直に言って、おそらくそういうものだっただろう――あの忌まわしい九月のベッドだった。

一八五四年十二月、父が鱒とブランデーで、民主派の軍隊がメロ将軍の独裁を倒した勝利を祝っている夜、アントニア・デ・ナルバエスはその逸話を物語る。それだけのことだ。ベッドの逸話を思い出して、彼女は語る。

そのころまでに、アントニアがウィリアム・ベックマン氏と結婚して十二年、つまり夫との年齢差と同じ年数が過ぎていた。ウニオン号の惨事の後、ベックマンは義父母から農場の一部を譲り受け――川沿いの二ファネガーダの土地――、そこに寝室が七つある白い家を建て、通りすがりの旅人や、たった一晩でも英語を聞きたいと思っているアメリカ蒸気船の乗組員を迎え入れた。家の周りにはバナナ園とユカ畑が広がっていた。しかし彼らの最も重要な収入、夫婦の生活の糧となったのは、マグダレナ川で最も人気のある薪の山だった。アントニア・デ・ナルバエス・デ・ベックマン、別のところに生まれ、別の生き方をしていたら、火あぶりの刑にされたか、ペンネームで書いた官能小説で一財産を儲けたかもしれない彼女の日々は、旅人に寝る場所と食事を与え、蒸気船のボイラーに薪を売ることに費やされた。ああ、それからまだある。たまたま見た風景に惚れ込んだ夫が壊れたバンジョーで伴奏をつけて、どこから引っ張り出したのかも分からない、聞くに耐えない英語の歌が歌われるのを聞いていた。

赤道近くの、晴れわたったコロンビアの荒地、
夏が永久に続き、蒸し暑い太陽が輝いている、
草が青く茂る美しい谷間、
そこを泥の色、マグダレナの水が駆け抜けていく。

父もその歌を聞いた。父もその歌を通じ、コロンビアが常夏の赤道近くの土地であることを知った（歌の作者は間違いなくボゴタには行っていない）。ところでぼくたちは父の話をしていた。ミゲル・アルタミラーノは一度としてぼくに、勝利のその夜に歌を覚えたとは言わなかったが、不可避のことが起きたのはその夜である。ブランデー、バンジョー、バラード。よそ者が自由にくつろぐことができ、通りすがりの人びととの出会いの場所であるベックマン邸が、あの夜の接待役だった。酔っ払った兵士たちがカラコリーの川べりに出て、主人の承諾を得て、失脚したばかりの独裁者メロの人形を藁で作った（シャツとズボンも主人から手に入れて）。ぼくはいったい何度、それ以降に流れた時間のことを想像したことだろう。兵士たちは地酒を飲んで酔っ払い、湿った砂べりに転がる。ブランデーは将校が飲む。階級の問題だ。ホスト役の夫婦と、階級が上の二、三人の宿泊客——そのなかには父も入っていた——

は焼け焦げた独裁者人形の残骸が横たわるたき火を消し、居間に戻る。使用人が黒砂糖の冷水を支度する。その場にいたものたちは、ボゴタの生活をめぐって話し始める。そのとき、マヌエラ・サエンスがペルーの遠く離れた町で病を患っているとき、アントニア・デ・ナルバエスは高笑いを放ちながら、マヌエラ・サエンスがボリーバルと寝たベッドを見に行った日のことを話す。父はそのとき初めてアントニアを見た。見られた彼女もそのとき初めて父を見た。理想主義者と皮肉屋は日が暮れてからずっと、酒と食事をともにしていたが、解放者の愛人の話になって初めて、互いの存在に気がついた。二人のうちどちらかが、生まれたばかりの共和国に伝わっている詩を思い出した。

ボリーバル、刀を直立させる。
「マヌエラ、おれと一緒に来るのだ。」
「シモン、あなたの刀に私はついていく、
私の鞘にはよく油がさしてあるの。」

秘密の手紙に封をする蠟のようなものだった。ぼくは、アントニアと父が、マヌエラとシモン二人が自分たちのために演じた象徴的な(みだらな)役割に気づいて頬を赤らめたのかどうかを確かめることはできない。といって、わざわざそれを想像したくもない。陪審席の読者よ、ぼくはみなさんに、例のダンス、一瞬たりとも椅子から尻を持ち上げず、二人のあいだで行なわれるあの完璧な交尾についていちいち細かく説明しようというわけではない。しかし各々が部屋に引き下がる寸前のあの最後の瞬間、頑丈なクルミのテーブル上に、（雄の側からの）才知に富んだ言い回しと、（雌の側からの）高らかな笑い声が飛び交う。そのウィットの交換は、尻尾の臭いを嗅ぎ回る犬の人間版だ。ラクロの『危険な関係』をまだ読んだことのなかったベックマン氏は、二人の文明的な交尾の儀礼に気づけない。すべてマヌエラ・サエンスをめぐるただの逸話が原因である。

その夜と、それ以降の夜、父は、進歩主義者が偉大な人物や比類のない素晴らしい大義と出会うために持っているあの能力を使って、自分の見たことについて考える。知的で勘が良く、少々悪戯好きな女。もっといい運命に相応しいはずの女。しかし父は、しがない人間でもあって、肉体的な、手に触れられる部分について考える。濃い眉の女。細いけれども、何と言ったらよいのか、実の詰まった女。顔は、誰の所有物だったのか分からないが、金の耳飾りで装飾されている。それらすべてが、何と言ったらよいのか、がっしりとした胸を覆う木綿のショールで台無しになっている……　読者はすでにお分かりだろう。父はぼくのように、生まれついての物語作家ではない。つまり父が、眉や胸を表現するのに相応しい例えを探しているときや、家族に伝わる粗末な宝石類の起源を思い出すときに、父の叙述に過剰な技巧を期待するべきではない。ぼくとしては、とりあえず父があの白いシンプルなショール、アントニア・デ・ナルバエスがいつも夜に身に着けていたあのショールを忘れなかったことで満足だ。オンダの気温は、日中は猛烈に高くなるが、暗くなるとあっという間に下がり、不用意な人は風邪を引き、リューマチが痛む。白いショールは、土地の人間があの過酷な熱帯の気候がもたらす予期できない出来事から身を守るために持っているものの一つである。消化不良、黄熱病、悪性の発熱、単なる発熱。土地の人間がこういう病に罹るのは稀である（住んでいれば免疫ができる）。しかし、ボゴタの人が罹るのは当たり前、日常茶飯事と言ってよく、医者に来てもらうとしたら何日もかかるような辺鄙な町の宿屋には、さほど重篤でない症状であれば、手当ができるような準備が整っているものだ。ある夜、オンダの他の場所では、キリスト教徒が九日間の祈りを終えるころ、まだモリエールの『病は気から』を読んでいなかった父は頭に重みを感じる。

ここで、（さして）驚く（かない）ことに、相反するさまざまな解釈が存在する。父によれば、父がベックマン邸を出て二日が経っていた。イサベル号はすでに港に着いていたが、ボイラーが故障したために、補給（材木、コーヒー、新鮮な魚）のための寄港が、予定よりも長引いていた。アントニア・デ・ナルバエスによれば、ボイラーは故障せず、父はまだベックマン邸の下宿人で、その日の午後、父は二人の人夫を雇い、イサベル号に自分の物を運ばせはしたものの、イギリスの蒸気船でまだ夜を過ごしていなかった。父によれば、夜の十時に、漁夫の子供で赤いズボンをはいた少年にチップをやり、ベックマン邸に行って、乗船客に発熱している者がいると女主人に伝えるように頼んだという。アントニア・デ・ナルバエスによれば、それを自分に言ったのは、例の二人の人夫で、人夫たちはあざけるような目線を交わしながら、受け取ったチップの半レアルをもてあそんでいたという。二つの解釈は、少なくとも一つの事実については一致し、そのことはいずれにしても、立証が可能な結果を残しており、それを否定することは歴史的に見ても意味がない。

アントニア・デ・ナルバエスは診察鞄を持ってイサベル号に乗り込み、誰にも尋ねずに、二百五十七人の船室から、発熱している者の船室を見つけ出した。部屋に入ると、発熱者は快適なメインベッドではなく、キャンバス地の簡易ベッドに横たわって毛布をかけていた。額に手を当てたが、発熱はしていないようだった。それでも鞄からキニーネの入った小瓶を取り出し、父に向かって、確かに少し熱がある、朝のコーヒーにキニーネを五滴入れて飲むように言った。父は彼女に、こういうときに水とアルコールで体をマッサージしたほうが良いのかどうか尋ねた。アントニア・デ・ナルバエスはうなずくと、鞄からさらに二本の小瓶を取り出して、自分のシャツのそでをまくり上げ、父にシャツを脱ぐように言った。父はそれ以後、永遠に、薬品のアルコールの刺すような臭気を嗅ぐたびに、アントニア・デ・ナルバエスがまだ濡れた手で毛布をはがし、首から白いショールをほどき、少しばかり官能的な表情でペチコートを持ち上げ、父の木綿の下着の上からまたがった瞬間を思い出すことになるだろう。

十二月十六日、時計は夜の十一時を打ったところだった。その日はかつての植民地経済がもたらした欠陥の見本のような町で、スペインの育ちの悪い娘だったオンダの町が、一八〇五年六月十六日の夜十一時に地震で崩壊してから、ちょうど四十九年が過ぎたところだった。残念なことに、歴史のお気に入りである偶然の一致は、半世紀という切りのいい数字をぼくたちに授けてくださらなかった。その夜、地震の痕はまだ残っていた。イサベル号からすぐ近くには修道院の拱廊が、かつては壁だった堅牢な街角があった。ここでは真実らしくある必要もないので、簡易ベッドの猛烈な揺れが、愛しあう二人にあの地震の痕を思い出させたと想像してもよい。ああ、分かっている、分かっていますとも。**本当らしさの神様**は黙ってくれているかもしれないが、**良識の神様**が飛び込んできて口を挟み、ぼくが感傷趣味に浸っていることを叱りつける。しかしぼくたちは一瞬だけ、**良識の神様**の意見は無視することにしよう。誰だって人生においては低俗な瞬間になることがあるのであって、この瞬間はぼくのものなのだ……なぜならこの瞬間以降、ぼくが、ぼくの肉体が、ぼくの物語に姿を現すからだ。もっとも、「肉体」というのはおそらく言い過ぎだろうが。
イサベル号に乗船した父とアントニア・デ・ナルバエスは一八五四年に、一八〇五年の地震を再現する。アントニア・デ・ナルバエスに乗り込んだ生物学、不実の生物学は、暑さと液体と一緒に、生物学の行動を取り始める。自分の部屋のベッドの上でモスリンの蚊帳に守られて、まだフロベールの『感情教育』を読み終えていなかったベックマン氏は、いささかも疑いを抱かずに満足の吐息をもらし、川の静けさがもっとよく聞こえるように目を閉じて、何の意図もなく鼻歌を歌い始める。

川岸にそびえる林は、洪水と地震に引き裂かれ、激流に飲まれ
広大な海へ運ばれていく。
川よ、流れを続け、芝を青く茂らせよ
水よ、永久に冷たく、美味であれ、濁ったマグダレナ川よ。

ああ、川岸の林、濁ったマグダレナの冷たい美味の水…… 今日、テムズ川の近くで執筆を進めながら、離れている二つの川の距離を測り、この距離が自分の人生の距離であることに驚いている。愛しのエロイーサよ、ぼくはイギリスの地で自分の人生を終えた。ぼくを胚胎した舞台がイギリス船だったことはまさに相応しいことだったのではないかと尋ねる権利があるとぼくは感じている。円環は閉じる、蛇は尻尾を噛む、どれもよくあることだ。
繊細な読者、暗示と示唆を尊ぶ読者のためにはこう書いておこう。野蛮な読者のためには、ただ単にこ

う書いておきたい。その通り、あなたたちは分かっている。アントニア・デ・ナルバエスはぼくの母だった。

そう、その通り。あなたたちは分かっている。

ぼく、ホセ・アルタミラーノは私生児だ。


イサベル号の船室での遭遇ののち、虚偽の発熱と真実のオルガスムスののち、ぼくの父とアントニア・デ・ナルバエスのあいだに、とても短い文通が始まる。ぼくはそのなかで最も重要な部分を、自分の主張（つまり、他人を説得するために用いられる論理）の一部として、また、主題（この本は物語なので）の一部として提示する必要がある。しかしぼくは、まずもってそれなりに精確にそれを行なわなくてはならない。ぼくが着手する家族に関する考古学的なこの作業——生涯を通じて聞いた反論が聞こえる。ぼくのそれは本当の家族ではなく、**家族**という立派な名詞を使う権利はないというものだ——は、時として具体的な書類に基づいている。それゆえに陪審席の読者のみなさんは、語られる内容のいくつかのくだりで、判事という居心地の悪い責任者になるだろう。

ジャーナリズムは現代の裁判所である。ぼくは以下の文書がまごうことなき本物であることを宣言する。ぼくはコロンビア人で、コロンビア人が誰でも嘘つきであることは真実である。しかしぼくは以下のことを明らかにしておきたい（ここでぼくは右手を聖書か、その代わりになる本の上に載せる）。以下に引き続いて書き写す内容は真実であり、まごうことなき真実であり、真実に他ならない。何カ所か注をつけることをお許しいただきたい。文脈をはっきりさせておかないと、分かりにくくなるからである。しかしぼくは一語も改竄していないし、力点を歪めてもいないし、意味も変えていない。神に誓って。

ミゲル・アルタミラーノからアントニア・デ・ナルバエスへの手紙。バランキーリャ、日付なし。

あなたにはばかばかしいことでしょうが、私はあなたを思い出さずにはいられません。しかもあなたに同情せずにはいられません。私が無情にも、崇めている人から離れるあいだに、あなたは愛していない人の元へ帰らなければならなかったからです。★1 私の言葉は常軌を逸していますか？　この感情はあってはならないものでしょうか？（……）我々乗客は昨日、船を降りました。今日、砂の平原を渡り、サルガールまで行きます。そこで我々を目的地まで乗せてくれる蒸気船が待っているはずです。私は大西洋を、私の将来の道を見て、歓迎の安らぎを得ています。（……）感じのよい外国人が旅の同伴者です。彼は我々の言葉は知りませんが、学ぶ意欲に溢れています。彼が旅日記を開き、「パナマ・スター」紙の切り抜きを見せてくれました。そこには、鉄道の進歩が書かれていました。私はそう思っています。私はそのお返しに、密林を少しずつ征服する鉄製の装置は、私にとっても心底感嘆に値すると言っておきました。でも実際に彼がそう理解したかどうかは分かりません。

アントニア・デ・ナルバエスからミゲル・アルタミラーノへの手紙。投函地不明、クリスマス。

あなたの言葉は常軌を逸していますし、あなたの感情もあってはならないものです。私たちの出会いがどういうものであったのか、私にはまだ理解できていませんし、深く知ろうとも思っていません。少しも後悔はしていませんが、ただの偶然でしかないことに興味がある振りなどしません。私たちが出会う運命にあったとは思えません。いずれにしても、二度と再会しないように出来る限りのことをします。(……)私の人生はこの場所にあります。私が夫のそばから動かないのと同じように、私の人生もこの場所から動きません。あなたが信じ難い傲慢な振る舞いをして、私の心の居場所を知ろうとすることは許しません。口にできない出来事はありましたけれども、ミゲルさん、あなたは私をご存知でないということを思い出してください。私の言葉は残酷ですか? お好きなように解釈してください。

ミゲル・アルタミラーノからアントニア・デ・ナルバエスへの手紙。コロン、一八五五年一月二十九日。

ようやくそのときが来ました。鉄道が走り始めたのです。**進歩**に向けての偉大なる一歩をじかに見る

★1――シモン・ボリーバルがマヌエラ・サエンスへ宛てた手紙(一八二五年四月二十日付)を思い出す読者は間違っていない。二つのテキストは奇妙な類似を示している。彼の無意識のうちに、その言葉がとどまっていたのか、あるいは父はアントニア・デ・ナルバエスに対し、性愛的でもあり文学的でもある共犯関係を確立したかったのか。アントニア・デ・ナルバエスがその仄めかしに気づくという確信が父にあったのか? それを知ることは不可能である。

ことができて光栄でした。私のつまらぬ意見を言わせていただければ、祝典の儀式は出来事に相応しいほど華々しいものではありませんでした。しかし町の人は全員が、非公認とはいえ、全人類の代表者として参列しました。近隣の通りでは、人間の才知が発明したあらゆる言葉を聞くことができました。[★2]（……）群衆たち、人類の種というものを収めた本物の櫃のなかに、その名を記しても意味のないメロ将軍派の中尉を見つけて、私は驚きました。叛乱、そう、私のつましい職務が倒すことに貢献したあの叛乱ですが、彼はそれに加わった罪で、パナマに追放されたのです。彼がそのことを私に説明したとき、正直、私は当惑しました。パナマは叛乱者の流刑地なのでしょうか？　この**未来の住処**である地峡は、民主主義に敵対する者の最終目的地なのでしょうか？　彼にはほとんど反論できませんでした。事実には屈服するほかなかったのです。私が褒美だと見なしているもの、たいした功績のない人生が私に与えてくれた最も偉大なものの一つは、私の政府にとっては処刑台よりも小さい災いなのです。（……）あなたの言葉は私の心に突き刺さる刃です。私を軽蔑してくださっても構いません。しかし私を知らないということは止めてください。私を侮辱してくださっても構いません。しかし私を無視しないでください。私はあの晩からあなたの従順な召使いです。再会の扉は開けておきます。（……）地峡の天気はすばらしいものです。澄み切った空に、美味しい空気。地峡の評判は、言ってもいいと思いますが、信じがたいほど不当なものです。

ミゲル・アルタミラーノからアントニア・デ・ナルバエスへ宛てた手紙。コロン、一八五五年四月一日。

ひどい天気です。雨は止まず、家は浸水しています。川の水は溢れ、人は樹木に登って寝ています。水たまりの上では、古バビロニアのイナゴのような本物の蚊の群れが飛び回っています。客車は湿気で傷むことのないように、まるで腕に抱いた子供のように面倒を見なければなりません。悪疫が地峡を支配し、病人は町をさまよっています。熱を下げてもらおうとコップの水を求める者たちもいれば、奇跡が起きて命が救われないかと病院のドアまで身を引きずる者たちもいます。カンピージョ中尉の死体を取り戻して何日か経ちました。ここで彼の名前を記しておくほうがいいでしょう。といっても痛ましさが減ずるわけではありませんが。[★3]（……）あなたからの返信は行方不明になったと見なさざるを得ませ

★2――父の書簡には、彼がその後発刊し、ぼくがその気になれば引用するつもりの新聞と同じく、しばしば、文化の衝突や文明のるつぼを示す事柄に感動している言辞があらわれる。実際のところぼくは驚いているのだが、パナマで話されていたパピアメントへの熱狂が、この手紙に書かれていない。ほかの書簡では、パピアメントは「文明人の唯一の言語」、「民衆のあいだの平和の道具」、特に大げさになったときは、「バベルの塔の勝利者」とさえ呼ばれている。

★3――父は中尉の死について細部に立ち入らないようにしている。ぼくには届いていないが、別の手紙

ん。それ意外は考えられないでしょう。アントニアさん、運命のはかりごとによって、私は記憶の伝達人と出会い続け、忘却を禁じられているのです。ここの土地の人の生活は毎朝聖なるコーヒーとキニーネの儀礼から始まります。それが彼らを熱の亡霊から守ってくれるのです。私も、いつも会っている人々の習慣を身につけました。それが健康にいいと考えるからです。一滴ごとに、私たちが過ごした夜の味が思い出され、どうしていいか分かりません。どうしたらよいのでしょう?

アントニア・デ・ナルバエスからミゲル・アルタミラーノへの手紙。オンダ、一八五五年五月十日。

もう私には手紙を書かないで、私を探さないでください。文通はおしまいです。私たちのあいだにあったことも忘れることにします。私の夫は亡くなりました。ミゲル・アルタミラーノさん、今日をもって、私はあなたにとっても亡くなったのです。★4

ミゲル・アルタミラーノからアントニア・デ・ナルバエスへの手紙。コロン、一八五五年七月二十九日。

あなたの素っ気ない手紙を、信じられずに表情を歪めて読み直しているところです。あなたは本当に、私があなたの指示に従うと思っているのでしょうか? 指示することで、あなたは私の感情を試そうとしているのではないでしょうか？　あなたは私を不可能な状況に追いつめています。あなたの指示に従うことは、私の愛を壊すことになりますし、従わないことはあなたに歯向かうことになるからです。（……）尊敬すべき人物にして、我々の祖国に気に入られた滞在客、ウィリアム・ベックマン氏の死に、私は心を大きく揺さぶられています。この言葉をどうか信じてください。あなたは言葉数が少ないので躊躇するのですが、お悔やみを伝えるのと同じ手紙で、その悲劇についてお尋ねするのは失礼でしょうか。（……）あなたにもう一度会いたくて仕方がありません……　しかしあなたに来て欲しいとは、おこがましくて言えません。こう言ってあなたを侮辱したのかもしれないと、私はしばしば思っています。もしそうだとすれば、どうか私のことを誤解しないでください。ここには妻も子供もいません。この土地は衛生状態が悪いため、世の男は滞在のあいだ孤独を好みます。経験の法則によって、家族を連れて来れば、胸にマチェーテを突き刺すように確実に、彼らを死に追いやることが分かっています。★5　こうい

でそれより前の出来事について語ったのかもしれない。カンピージョ中尉の運命はよく知られている。気が狂い、独りでダリエンの密林に入り、行方不明になった。当時、ボゴタにこっそり戻ろうとしたという憶測が流れた。彼には友人がいなかったので、彼の不在にしばらく誰も気を留めなかった。三月、捜索隊が出発した。遺体が戻ったとき、すでに腐敗が進んでおり、正確な死因は突き止められなかった。

★4――この手紙にはこれ以上に関心を惹くものはない。より正確に言えば、この手紙には他に何も書かれていない。

★5――父は書いていないけれども、その頃、父と一緒にイサベル号に乗って旅をした外国人が亡くなっ

う連中は、カリフォルニアの金の鉱脈を求めて大洋を渡りに来たのですが、目先の富を求めていたのは間違いのないところで、連中には自分の命なら賭ける覚悟があったのです。しかし、大切な人たちの命を賭ける覚悟はありません。黄金の砂がいっぱい入った袋を持っても、戻る先がなくなりますから。アントニアさん。私たちが再会するとすれば、最も愛しあう恋人同士として再会するのです。だから私は、あなたから呼ばれるのを待っています。一言いってくだされば、私はあなたのもとに駆けつけるでしょう。その瞬間が来るまで、あなたと一緒にいる許可を与えてくださるまで、私はあなたのものです。

ミゲル・アルタミラーノ

愛しのエロイーサよ。この手紙に返事はなかった。

次の手紙にも。

その次の手紙にも。

こうして、時とともに、状況によってぼくが両親と呼ぶようになった二人の文通は、ひとまずこの物語に関する限り終わりを迎える。ここまで読んだ読者が、アントニア・デ・ナルバエスが妊娠について言及しなかったかどうかを探しても無駄である。息子の誕生については言うまでもない。ぼくがここに書き写さなかった手紙でも、妊娠初期のつわりや膨らんでいく下腹、もちろん出産の詳細については、細心の注意を払って触れられていない。したがってミゲル・アルタミラーノは自分の精液が行動を起こし、自分の血を引く子供が国で生まれていたことを知るのに、かなりの時間を要することになる。

ぼくの誕生日はいつも家族にとってちょっとした謎だった。母は七月二十日と八月七日と九月十二日を、どれもぼくの誕生日として祝った。ぼくはただ、自分の誇りを守ろうとして、誕生日を祝わなかった。誕生の場所については次のように言うことができる。すなわち、多くの人間の場合とは反対に、ぼくは自分が胚胎された場所は知っているが、誕生の場所は知らないのである。アントニア・デ・ナルバエスは一度、ぼくがサンタ・フェ・デ・ボゴタで、高貴な紋章が背もたれに彫られた椅子の横にある、毛皮の大きなベッドで生まれたと言い、その後、言ったことを後悔した。母は鬱ぎ込むと、その話は嘘で、ぼくは濁ったマグダレナ川の、オンダからラ・ドラーダまで移動する小舟のなかで、タバコの包みと、気の触れた白人女が股を広げている光景に怯えた船守に囲まれて生まれたと言った。しかしあらゆる事実に照らして最も可能性が高いのは、予想通りオンダの川縁で生まれたというもので、もっと正確を期すならば、ぼくの継父となるはずの暢気な男ベックマンが、膨れた下腹にいるのが自分の息子ではないと知り、口に猟銃を突っ込んで、引き金を引いたあの部屋である。

ている。彼の姓はジェニングスだが、名はどこにも見つからなかった。ジェニングスは身重の若い妻を連れて来る誤りを犯した。彼女は半年もたなかった。夫の死後、ジェニングス夫人もすでに熱病に感染していたが、評判の悪いカジノのウェイトレスとして働いた。彼女が黄金の探索者に飲み物を給仕しているところが見られた。腕は服の袖と見分けがつかないほど生気のない色で、胸も腰も病気でやせ細っていたので、酔っ払った賭博師は言い寄ろうとする気も起きなかった。

何十年も苦しめられ、罪悪感から生涯逃れられなかった恐ろしい自殺のことを、母は「私の夫は亡くなりました」と手紙で書いた。この母の冷淡さは感嘆に値するとぼくはいつも思っている。ベックマンは、熱帯の寝取られ男という痛ましい運命を享受する遥か前から——こういう冒険家の遺言がどういうものかはすでにご存知の通りだ——、濁ったマグダレナ川に埋葬して欲しいと言っていた。ある日の夜明け、小舟ではなく、木造平底船に載せて彼の遺体は川の真ん中まで運ばれ、船の外に投げ捨てられ、あのひどい歌でおびただしいほど形容詞をつけられた水に沈んでいった。歳月とともに彼はぼくの悪夢の中で主役になって出てくるだろう。帆布に包まれたミイラが砂浜にあらわれて、首元にあいた穴から水を出し、ボカチカ魚に半分飲み込まれている。ぼくが年上の人に嘘をついたり、石を投げて鳥を殺したり、呪いの言葉を吐いたり、蠅の羽をもぎ取って足で踏んづけろと命じたりしたときにぼくを罰するためだ。自殺したベックマンの白い像、死んだとされたぼくの父は、ぼくがはじめてエイハブ船長という男の物語を読むことができるようになるまで、夜の間、ぼくを最も恐れさせた。

(頭の中に、ペンでは書けない連想が生まれている。いまこれを書きながら、母が語ってくれた最後の話を思い出す。マヌエラ・サエンスはパイタで死ぬ少し前、ペルーに立ち寄った頭のおかしなグリンゴの訪問を受けた。グリンゴは鍔広の帽子を脱ぎもせず、鯨について小説を書こうとしていると彼女に言った。このあたりで鯨は見られますか？　マヌエラ・サエンスはどう答えてよいか分からなかった。一八五六年十一月二十三日、彼女はシモン・ボリーバルのことではなく、挫折した哀れな小説家の白鯨を思いながら亡くなった。)

というわけで、ぼくは正確な座標なしに、場所と日付を奪われて、人生を始めることになる。不正確はぼくの名前にも適用された。しかしアイデンティティの問題、お手軽な「何の名前なのか《ホワッツ・イン・ア・ネイム》」をめぐるよくある物語で読者を退屈させたくないので言っておくが、ぼくはホセ・ベックマンという名前で、自分の子供の顔を見る前に、郷愁ゆえに自殺した気の狂ったアメリカ人の息子として洗礼を受けた。そう、きちんと聖なる水を注がれたのだ。母は因習打破者を自認していたが、たった一人の息子が彼女のせいで地獄の辺土に行くことは望まなかった。洗礼式の後、良心の呵責に苦しむ母による二度か三度の懺悔ののち、ぼくは父親不明の息子として、ホセ・デ・ナルバエスになった。もちろん、血脈からしてぼくが本来名乗るべき姓に至る前のことである。

ついにぼくは存在し始めた。ぼくはこのページのなかで存在し始め、ぼくの物語はここから先、一人称で語られることになるだろう。

ぼくが語り手だ。ぼくがぼくである者だ。ぼく、ぼく、ぼく。

すでにぼくの両親のあいだで行なわれた文通を提示したわけだが、ここからは、文通とはおよそ異なる別の形式に専念しなくてはならない。瓜二つの魂のあいだで起こるあの通信、そう、例のドッペルゲンガーの通信だ。ぼくにはささやき声が聞こえる。知的な読者よ、語り手よりいつも一歩先を進む読者よ。あなたたちは、すでに何のことなのかを直観しかけている。ぼくの人生にジョゼフ・コンラッドの影が投影されかけているのをすでに予見している。

その通り。時が流れ、出来事がはっきり分かり、人生の地図上でそれを並べることができるようになったいま、ぼくは自分の誕生以来、交差する線、かすかな平行線がぼくたちを繋いできたことに気づく。

その証拠に、自らの人生を語ろうと懸命になっても、いつのまにか、必ず他人の人生を語ることになる。専門家によれば、生まれたときに引き離された双子は、外見が似ているために、一度も会ったことがなく、大洋が二人を隔てていても、もう片方を苦しめる苦痛や苦悩を感じながら人生を送るという。ちょうどぼくに関心のある形而上学上の類似の場合、様相は異なるが、やはり同じことが起きる。そう、間違いなく、やはり同じことが起きる。コンラッドとアルタミラーノ、同じホセの二つの化身、同じ運命を享受する二つのヴァージョンがそのことを証明する。

哲学はもういい、抽象的な話にはうんざりだ！　と疑り深い人々は叫んでいる。例えはないのか！　具体的な事例を出してくれ！　それならぼくは山ほど持っている。事例をいくつか出せば、疑り深い人たちの飢えは満たしてやれる……　一八五七年十二月、ポーランドで男の子が生まれ、ユゼフ・テオドル・コンラト・コジェニョフスキと名付けられ、父は息子に「モスクワの抑圧八十五周年に生まれた我が息子へ」と詩を捧げている。同じときにコロンビアで、やはりホセという名前の男の子がクリスマス・プレゼントにケーキ箱をもらい、何日かのあいだ、防具をつけていない兵士がスペイン人圧制者を辱める絵を一生懸命描いていた。ぼくが六歳でボゴタの指導教師に最初の作文（うちひとつは川を飛び回るマルハナバチについてだ）を書いていたころ、ユゼフ・テオドル・コンラト・コジェニョフスキはまだ四歳になっていなかったが、父に「蚊に食われるのが好きではない」と書いていた。

もっと事例が必要でしょうか、陪審席の読者のみなさん？

一八六三年、ぼくは大人たちが自由主義的革命とその結果である世俗的で社会主義的なリオネグロ憲法について話すのを聞いていた。同じ年、ユゼフ・テオドル・コンラト・コジェニョフスキもまた、自分を取り巻く大人の世界の革命、ポーランドのナショナリストたちがロシア皇帝に起こした革命、彼の親戚の多くを刑務所や追放や処刑場に導いた革命の証人になっていた。ぼくが十五歳で父の素性について質問を始めるころ——別の言葉で言えば、父を人生に引っぱりこみ始めたころ——ユゼフ・テオドル・コンラト・コジェニョフスキは、父が結核に少しずつ負けていく——別の言葉で言えば、死に入る——のを眺めていた。一八七一年か一八七二年、ユゼフ・テオドル・コンラト・コジェニョフスキはポーランドを出たいという望み、それまで一度も海を見たことがなかったものの、船乗りになりたいという気持ちを口にし始めた。ぼくは十六歳か十七歳のころ、家もオンダも出て行きたい、……でない限りは二度と母の目の前から消えると言って母を脅し始めた。母がぼくを永遠に失いたくなければ、一番良いのは……だった。

こうしてぼくは、平和な疑念から野蛮な尋問に直接移った。ぼくの頭のなかで起きたことはとても単純である。ぼくのいつもの疑念、子供のころは落ち着いて適切に付き合うことのできた疑念、一種の不可侵条約が、平穏であろうとする試みに対して反抗と攻撃を突如開始し、それが向けられる先は必ず母になった。可哀そうに母は脅されたのだ。誰？　とぼくは尋ねた。いつ？　どうして？

誰？（強情な口調で）

どういう風に？（無礼な口調で）

どこで？（はっきりと攻撃的な口調で）

ぼくたちの交渉は何カ月もかけて進んだ。首脳会議はベックマンの宿屋の台所で、母が一家の料理人のロシータに、親方のような口調で指示を与えているあいだ、鍋や、焦げた油や、揚げたモハーラ魚の刺すような匂いに囲まれて催された。アントニア・デ・ナルバエスは一度としてぼくに、父が死んだと告げることはなく、彼が内戦の英雄（どのコロンビア人も遅かれ早かれつきたい地位である）で、美しい馬から転落したとか、あるいは名誉を取り戻そうと決闘したとかいう詩趣のある事件の犠牲者に仕立てる趣味の悪い行ないもしなかった。ぼくはいつも、父がどこかに存在すると知っていて、母は、それは誰でも知っていることだと言わんばかりに簡単に言い切った。「実を言うと、その人はここにいないのよ。」その人がどこにいるのかを知るのに、午後のあいだ中、煮込み料理が出来上がるまでの時間がかかった。そのときはじめてぼくにとって、子供のころから発音するのが難しいあの単語（地理の授業で、ぼくは「地峡《イストウモ》」という単語が上手く言えなかった）が現実感のようなものを獲得し、具体的なものになった。ぼくの国の領土から飛び出て歪んだ不格好な腕のなかに、神の手から見放され、口にしただけで熱病で人を殺す密林によって国から遠ざけられているために到達できないあの突起物のなかに、住民よりも病気のほうが多く、人間の生命の兆しといえば、一攫千金を求める連中がニューヨークからカリフォルニアまで自分の国を横断するよりも短時間で行くことができる原始的な鉄道しかない、あの小さな地獄のなかに、パナマに、父は住んでいた。

パナマ。どんなコロンビア人とも同じように——コロンビア政府と似たように行動し、同じ無分別を内に持ち、同じものを嫌いになる——、母にとってパナマは、カルカッタ、ベルディチェフ、キンシャサと同じように現実に存在する場所であり、地図を汚す単語であり、そしてそれ以上ではなかった。鉄道はパナマ人を忘却から救い出した。そのことは確かだが、それはつかの間、とても短い間にすぎなかった。衛星。それがパナマだった。政治はパナマをさほど援助しなかった。国はおおよそ五十歳で、そこにきて、年齢相応の振る舞いを始めた。成熟の危機、つまり男が娘のような年頃の愛人を囲ったり、女が訳もなく腹を立たりするあの謎めいた年齢が、国にも影響を及ぼしていた。ヌエバ・グラナダは連邦国家になった。詩人や、ナイトクラブの芸術家のように新しい芸名をつけて、コロンビア合州国と名乗るようになった。パナマはその州のひとつで、ただの重力によって、**危機にある偉大な婦人**の軌道を回っていた。この言い方は、コロンビアの権力者や、オンダやモンポスの裕福な商人や、サンタ・フェの政治家やあらゆる地方の軍人にとって、パナマ州《エスタード》が、パナマの状態《エスタード》と同じように、どうでもよかったということをエレガントに表現したものだ。

そこに父は住んでいた。

どうやって？

なぜ？

誰と？

百年とも思える長い年数をかけて、とても込み入った仔牛のステーキか、シンプルな米のスープに黒砂糖水ができるまでの、永遠に続くと思われる料理の時間に、ぼくは少しずつ尋問の技術に磨きをかけていった。アントニア・デ・ナルバエスは執拗な尋問の前に、煮込んだジャガイモのように柔らかくなっていった。そうしてぼくは、母が「ラ・オピニオン・コムネラ」紙や「エル・グラナディーノ・テンポラル」紙について話すのを聞いた。そうしてぼくは、半分沈没したウニオン号を知り、船守に大金を払って小舟に乗せてもらい、煙突を見にいった。そうしてぼくは、イサベル号での出会いについても知り、母の物語にはキニーネの風味や、水っぽいアルコールの匂いが漂った。新たな尋問攻撃。そのとき以降に経過した二十年に何があったのか？　彼について他に何も知らないのか？　この間に新たに接触したことはなかったのか？　父は一八六〇年、モスケラ将軍が戦争の最高責任者だと自ら宣言し、国全体が――そう、愛しのエロイーサ、もう一回あったのだ――二つの党派に分かれて流血していたころ、何をしていたのか？　ベックマンの宿屋に自由派の兵士と保守派の兵士が代わるがわるやってきたころ、母が食事を出し、暑い土地の完璧なナイチンゲールになりきって怪我人の面倒を見たりしていたころ、父は何をしていたのか、誰と食事をともにしていたのか、何を話していたのか？　過激派の、無神論者の、合理主義者の仲間連中がその後何年かのうちに、父が若い時から追い求めていた権力を手に入れていくあいだ、父は何を考え、書き残したのか？　彼の理想は抜きん出て、聖職者（現代の汚点）は役に立たない不毛の領土を奪われ、著名な大司教（汚点の最高位）は相応に投獄された。ひょっとして父のペンは、そのことについて新聞や雑誌に痕跡を残していないのか？　どうしてそんなことがあり得るのか？

　ぼくは恐ろしい可能性に直面し始めた。ぼくにとっては生まれ始めたばかりの父がすでに死んでいるという可能性だ。アントニア・デ・ナルバエスはぼくが打ちひしがれているのを見たに違いない。ぼくが一度も見たことのない父のために、ハムレットを思わせるばかげた喪に服すのを恐れたに違いない。そしてそういうぼくの根拠のない嘆きから救い出そうとした。母はぼくに同情して、あるいはもしかすると脅されて、あるいはもしかするとその両方から、毎年十二月十六日が近づくと、ミゲル・アルタミラーノの身の上を知らせる二、三葉の手紙を受け取っていることを告白した。どの手紙にも返事は書いていない、と母はぼくに告白を続けた（彼女がいささかも罪の意識を感じていないことがぼくにはショックだった)。アントニア・デ・ナルバエスは手紙をすべて、最後の一通まで燃やしていたが、そうする前に、デュマやディケンズの連載小説を読むように熟読していた。そう、主人公の運命には関心を持ってはいたが、哀れな愚か者デイヴィッド・コパフィールドや涙もろい椿姫が本当には存在しないという意識で、彼らの幸福や不幸がどれほど心を打つものであったとしても、生身の人間の身の上には関わりがないものとして、母は父の手紙を読んでいたのだ。

「わかった、とにかく話して」とぼくは母に言った。

そして彼女は語った。

母によると、ミゲル・アルタミラーノはコロンに着いて何カ月か経つと、自分が到着するよりも先に、扇動的な作家にして**進歩派**の闘士であるとの自分の評判のほうがすでに広まっていたことを知り、ほとんど気づかないうちに、「パナマ・スター」紙、若死にしたジェニングス氏がイサベル号で読んでいた新聞社と記者契約を結んでいた。母によると、父が依頼された任務は簡単だった。街を探索し、パナマ鉄道会社の事務所を訪ね、乗りたいだけ鉄道に乗ってパナマ市まで地峡を横断すること、それが終わったら、鉄道という偉大な驚異と鉄道が外国人投資家と土地の住民にこれまでも、そしてこの後ももたらし続ける計り知れない利益について記事を書くことだった。母によると、父は自分が宣伝マンとして利用されていることを十分に自覚していたが、彼の見たところ、大義の善がすべてを正当化していたために気にならなかったという。時とともに、父は、鉄道が開通して何年も過ぎたのに、街路は依然として舗装されず、飾りといえば、腐敗途中の動物の死体とごみ屑であることに気づいていった。もう一度言おう。父は気づいたのである。しかしそれは、彼の揺るぎない信念にいささかも悪影響を及ぼさなかった。まるで行き来する鉄道の単純なイメージが、そういう要素を風景から消し去っていたかのようだった。通り過ぎる時に当たり前のこととして見過ごしていくこの兆候は、何年か後に、とてつもない重要性を帯びることになるだろう。

こういうことをすべて母はぼくに語った。

母は語り続けた。

母によると、五年が過ぎるうちに、父はパナマ社会のわがまま息子になっていた。鉄道会社の株主は彼を大使のように手厚くもてなし、ボゴタの議員は彼の助言が欲しくて昼食に招待し、国の政府役人や地峡出身の旧貴族たち、エレーラ一族からアロセメナ一族、アランゴ一族からメノカル一族、彼らの誰もが父を娘の夫として迎えることを望んだ。母が最後に語ったことによると、コラムの原稿料としてミゲル・アルタミラーノに支払われていた額では、筋金入りの独身者がかろうじて生活ができる程度だったのだが、父は毎日午前中、コロン病院で病人に無償で看護を続けていた。「病院は街で最も大きな建物です」と、あの焼いた手紙のどこかに父が書いていたのを、記憶力のよい母は思い出した。「このことは環境が健全であるという証です。しかし未来へのあらゆる進歩には困難がともないます、愛しの人よ、ここも例外ではないでしょう。」

しかしアントニア・デ・ナルバエスが語ってくれたのは、これが全部ではなかった。小説家なら誰でもやるように、母は最も重要なことを最後まで残しておいた。

二月のある朝、ミゲル・アルタミラーノはブラス・アロセメナと一緒にいて、アメリカ海兵隊員とパナマの革命兵士を載せた小型ボート、ニスピック号がコロンで彼を載せ、カリドニア湾まで運んだのだ。

ドン・ブラスは前の晩にミゲルの家に姿を見せて、こう言った。「何日か出かけられる支度をしろ。明日探検に出るぞ。」ミゲル・アルタミラーノは彼に従い、四日後、九十七人の男とともに、ダリエンの密林に入ろうとしていた。父はその後一週間、密林の終わらない夜を、彼らの後ろから歩き、シャツを脱いだ男たちがきれいなマチェーテで道を切り開き、またいっぽうで、麦わら帽を被り青いフランネルのシャツを着た白人たちが見るものすべてをノートに書き留めているのを見た。彼らは、渡ろうとするときのチュクナケ川の深さばかりでなく、サソリがキャンバス地の靴に示す愛情もメモした。谷間の細い道の地理的構造ばかりでなく、ウィスキーに浸して焼いた猿の味もメモした。ジェレミーという名のアメリカ人、南北戦争に従軍した兵士が父にライフルを貸した。こんな場所で丸腰でいてはならないからだ。ジェレミーは父に、このライフルはチカマウガ、森がここと同じくらい濃く、視界が矢の飛ぶ距離よりも短いところで使われたものだと言った。父は冒険家の本能に火がつき、魅了された。

そんなある夜、一行は、インディオが磨き、ワイン色の象形文字を書き込んだ岩のそばで野営した。そのインディオたちは、毒を塗った矢で武装して、父が見たことのないような深刻な表情に浸食された顔つきで、道中のほとんどを先導してくれた連中だった。父は、ジャガーか、もしかするとピューマの正面で両腕を挙げている男の姿に唖然とした。同盟側の中尉と、小柄で眼鏡をかけた植物学者のあいだで交わされた議論を聞いているとき、ふと父は、この冒険行が自分の人生を正当化してくれているように感じた。「感激して眠れなかった」と父はアントニア・デ・ナルバエスに書いた。アントニア・デ・ナルバエスは、眠れなかったのは感激ではなくてブヨのせいだという意見だったが、ぼくはその瞬間、父を理解したように思った。母の大処分によって何年も前に失われていたその手紙は、おそらく大急ぎで、探検から戻ってすぐにしたためられたが、そのなかで、ミゲル・アルタミラーノは、自分の存在の深い意味を見いだしていた。「モーゼが海を切り開いたように、連中は大地を切り開こうとしています。大陸を二つに分けて、バルボアとフンボルトが見た古い夢を実現しようとしているのです。常識と、これまでのあらゆる探査は、二つの大洋を結ぶ運河建造が不可能だと言っています。愛しのあなたへ、私は以下のことを大真面目に約束します。私はその運河を見ないうちには死にません。」

陪審席の読者よ。あなたたちは、大英帝国全体がそうであるように、世界的に有名なジョゼフ・コンラッドがアフリカに抱いた情熱の起源について何度も我々に語った有名な逸話をご存知でしょう。あなた方はそれを覚えていますか？　その場面は極上のロマン主義的空想に彩られているが、それを皮肉っているのはぼくではないだろう。ジョゼフ・コンラッドはまだ子供、まだユゼフ・テオドル・コンラト・コジェニョフスキである。アフリカの地図は真っ白の空間、その中身——川、山——はまったく知られていない。はっきりとした暗闇の場所、ミステリーの真の宝庫。コジェニョフスキ少年は指を空っぽの地図に載せて言う。「ぼくはここに行くよ。」というわけで、コジェニョフスキ少年とアフリカの地図の関係は、ぼくとパナマにいる父のイメージと同じだったのである。ダリエンの密林を、運河の建設がその地域で可能かどうかを自問している頭のおかしな連中とともに横断する父。コロン病院で赤痢患者の横に座っている父。おそらく細部の正確さ、年代配列やいくつかの名前は間違っているが、アントニア・デ・ナルバエスが記憶から蘇らせた手紙は、ぼくのなかでは我が友人コジェニョフスキのアフリカと比肩しうる空間、つまり中身のない大陸になっていた。母の語りはミゲル・アルタミラーノの人生の周りに境界線を描いていた。しかしその境界線によって区切られたものは、歳月が過ぎるにしたがって、ぼく自身の闇の奥になった。陪審席の読者よ。ぼく、ホセ・アルタミラーノがぼくの真っ白の地図に指をおいたとき、二十一歳だった。ぼくは感激にうち震えながら、「ここに行くよ」を発したのだ。

一八七六年八月の終わり頃、ぼくはアントニア・デ・ナルバエスに別れを告げることなしに、我が家の戸口からさほど離れていないところでアメリカ合衆国の蒸気船セルフリッジ号に乗船し、父が精液をどこかにまき散らした後にたどったルートを繰り返した。最後の内戦、軍隊が優れていたからでも勇敢さにおいて勝っていたからでもなく、順番に従って自由派が殺した数で上回り勝利を収めた最後の内戦から十六年が過ぎていた。愛国者同士の定期的な殺し合いは、見張りの交代ごっこを国レベルで行なっているというに過ぎない。子供が遊ぶときの基準(「ぼくが支配する番だね」、「違うよ、ぼくだよ」)とよく似て、一定期間ごとに行なわれる。というわけで、ぼくがパナマへ出発したときには、新たな見張りの交代劇が、いつものように**歴史の天使**の舞台演出のもとで行なわれていた。ぼくが航行したマグダレナ川を植民化したり、支配下においていたのは、敵同士の二派の交互の航行か、積み荷がカカオやタバコではなくて死んだ兵士で、死体の放つ腐敗臭が煙突の煙よりも強い木造平底船だった。ぼくはバランキーリャからカリブ海に出ると、甲板からカルタヘナのポパの丘と、次いでその街の要塞を遠くに認めた。何か無垢な思いを抱いていたかもしれない(たとえば、父も同じ風景を眺めただろうか、そのとき何を思ったのだろうか、と自問したかもしれない)。

しかしぼくに思いつかなかったのは、たったいまその要塞都市の港を、フランス国旗を掲げたマルセイユから来た帆船が、サン・ピエール、プエルト・カベーリョ、サンタ・マルタ、サバニーリャに寄港したあと通過し、今度は、乗客の何人かはアスピンウォールという名で、また別の何人かはコロンという名で知られている町に向かっていることだった。ぼくの船はサンタントワーヌ号の航跡を追っていたが、ぼくはそれを知らなかった。夜、コロンに着いたとき、ぼくの乗った蒸気船が、リモン湾にのんびり錨をおろしているその帆船を二レグアほど引き離していたことも知らなかった。それ以外のこともぼくは知らなかった。サンタントワーヌ号が秘密裏に航行していたこと。航海日誌にはそれを記載しなかったこと。また、積み荷は申請書のものとは違い、保守派の革命家たち向けに密輸した銃、七千丁だったこと。密輸に関わった者のひとりはぼくより二歳年下の若者で、名目賃金を受け取っている乗客係だったこと。彼は貴族出身で、キリスト教を信じ、気弱なたちで、その姓は他の乗組員には発音できなかったこと。彼は頭のなかでこっそり見聞したことを記録し、逸話は心に留め、人物を分類しはじめていた。（若者もまだ気づかないうちに）彼の頭はすでに歴史の語り手の頭になっていたからだ。はっきり分かっていることをぼくが口に出す必要があるというのか？　その男の名前はユセフ、名前はテオドル、名前はコンラト、姓はコジェニョフスキという男だった。

3 ジョゼフ・コンラッドが助けを求める

そうだ、親愛なるジョゼフ、ぼくはコロンにいた。そのときあなたは…… ぼくは直接見たわけではないけれども、ぼくたちのテレパシーとも言えるような関係、ぼくたちをいつも結びつける目に見えない糸があるから、直接見ることは必要ではない。ジョゼフよ、なぜあなたには、それがありそうにないことだと思うのだ？ ぼくは知っているが、あなたはあの出会いが**歴史の天使**、偉大なる演出家《メトゥール・アン・セーヌ》、人形使いの専門家によって計画されていたのを知らないのか？ 誰も自分の運命からは逃げられないことを、あなたは知らないのか？ あなたは何度もいろんな場所で、そのことを書いたのではなかったか？ ぼくたちの関係はすでに歴史の一部であり、歴史にかぎってはもっともらしくあるという面倒な役割を引き受けなくていいことを、あなたは知らないのか？

しかしいまは昔の話を語らなくてはならない。ここで宣言しておくが、ぼくはこの後、もっと先の話を語り、そのあと再び前に戻る。こんな風に代わるがわる語り続ける。（こういう時間航行をしていると、ぼくは疲れ果てるだろうが、この他に方法があるわけではない。思い出に消耗させられずにどうやって思い出すというのか？　別の言い方をしてみよう。肉体は自分の記憶の重みをどうやって持ちこたえるのか？）まあいい。昔の話をしよう。

接岸の少し前、若きコジェニョフスキは凪を利用してサンタントワーヌ号の舷に出ると、どことはなしに目をあたりに走らせた。カリブへは三度目の航海だったが、これまでウラバー湾を通ったことはなく、地峡の沿岸部を見たこともなかった。ウラバー湾のそばを過ぎたあと、リモン湾に近づくと、コジェニョフスキは、人気のない三つの島を、海の真ん中に放り出され、陽光を浴び、一年のこの時期、雲のヴェールを貫く光を追いかける三匹のワニを遠くに認める。その後、彼が問うと、そのとおり、三つの島だ、名前がある、と答えが返ってくるだろう。ムラータ群島だ、大ムラータ島、小ムラータ島、エルモーサ島という名前だと言われるだろう。あるいは、コジェニョフスキが何年かのち、ロンドンで旅の詳細をよみがえらせたときに思い出すことは、少なくともそのことだろう……　そのとき彼は、自分の記憶は自分を偽らず、自分が裏切られていないかどうかを、本当に小ムラータ島に荒々しく生い茂ったヤシの木を見たのかどうかを、誰かが大ムラータ島の崖の脇から、新鮮な水が噴き出していると言ったかどうかを自問するだろう。サンタントワーヌ号はリモン湾に近づく。夜になり、コジェニョフスキは、海が繰り出す光の遊戯で目がおかしくなっている気がする。エルモーサ島は灰色をした平らな島で、日中に溜まった暑さで水煙を出している岩（あるいは蜃気楼？）のように見える。その後、夜の闇は大地を飲み込み、海岸に目が現れた。インディオのクーナ族のかがり火で、船からはそれしか見えないが、導きにも助けにもならず、混乱と恐怖を引き起こす。

ぼくももちろん、クーナ族のかがり火が夜を照らし出すのを見た。だが声を大にして言わせてもらいたい。それ以上は何も見なかった。島も、ヤシの木も。水煙を出す岩などもってのほかだ。その夜、コジェニョフスキ青年の何時間か後にぼくがコロンに着いた夜は、濃い霧が湾にかかり、その霧は、これまで見たこともないほどの土砂降りの雨に変わった。雨は蒸気船の甲板を無慈悲な音を立てて濡らし、ぼくは浅はかにも、ボイラーの火が消えてしまうのではと恐怖をおぼえる瞬間さえあった。悪いことに、数少ないコロンの桟橋には多くの船が停泊していたため、セルフリッジ号は接岸できず、その晩は船の上で過ごすことになった。読者よ、いくつかの熱帯にまつわる神話を覆してみせよう。陸地を離れると蚊がいないというのは事実ではない。パナマ沿岸の蚊は、その夜経験したことから判断するに、湾全体を渡る能力があり、不注意な乗客は蚊帳に入って身を守らなければならない。率直に言って耐えがたい夜だった。

ようやく夜が明け、ようやく蚊の雲も本物の雲も散りぢりになり、セルフリッジ号の乗客と乗組員は甲板に出て、ワニというかムラータ群島と同じように陽光を浴びながら日中を過ごし、接岸の許可が下りる吉報を待っていた。しかし再び夜になり、雲は戻ってきた。本物の雲ももう一つの雲も。しかもコロンの桟橋は、水兵の通う売春宿のように空きがなかった。良い機会は三日目に起きた。空は奇跡的に乾いていた。夜の涼気（あの贅沢な品物）を浴びながら、セルフリッジ号は売春宿にどうにか寝床を得た。乗客と乗組員は土砂降りの雨のように陸地を叩き、ぼくははじめて、ぼくにとっての呪いの土地を踏んだ。
　ぼくがコロンに来たのは、父、有名なミゲル・アルタミラーノに会えると言われたからだ。しかしぼくは、臭う両足を、湿ってごわごわしている長靴を**分裂症の街**におろした瞬間に、高貴な古典的主題――オイディプスとライオス、テレマコスとオイディプスにまつわるあらゆる物語――のことはどうでもよくなった。ぼくはいい年をして、化粧で真実を隠そうとする人間ではないようにしたい。激動の町に足を踏み入れたとき、**父探し**は優先順位が最下位になった。告白すれば、ぼくは気が別のことに向いていた。コロンがぼくの気を別のことに向かわせたのだ。

　町の最初の印象は、抱えている混沌の大きさの割にかなり小さいというものだった。蛇のように引かれた線路は、湾の海面から十メートルほどの高さのところにあり、ごく小さな地震が起きただけでも海水に落ちて二度と浮かびあがってきそうになかった。沖仲仕たちは、互いに何を言っているのか分からないままがなり合い、分かり合えなくても気にならないようだった。父が思い起こしたバベルの塔は、壊されるどころか、鉄道と海岸の境界となる桟橋にしぶとく残っていた。ぼくは思った。これが世界だ。客を待つのではなく、客を狩りに行くホテル。ウィスキーを飲み、ポーカーで遊び、拳銃をぶらさげて会話を楽しむアメリカ風の酒場《サルーン》。ジャマイカ人のあばら屋。中国人が経営する肉屋。あいだには、鉄道会社に雇われた老人の民家。読者よ、ぼくは二十一歳だった。カウンターの上から肉を、下から酒を売る中国人の黒く長い弁髪《べんぱつ》、目抜き通りのマッグズ&オーツ質店の母屋、見たこともないほどの大きさの宝石を並べたショーケース、ソカを踊っているアンティールの靴屋。これらはぼくにとって、混沌としたすばらしい世界の通告、数えきれない罪の暗示、ゴモラから届いた歓迎の手紙のようなものだった。

その晩、ぼくははじめて、長い歳月が過ぎた後に別の大陸でもう一度繰り返すことをした。夜に見知らぬ町に着いて、ホテルを探すことである。告白すれば、自分がどこに泊まっているのか大して気にせず、主人兼受付係が宿帳を広げるときにウィンチェスター銃を抱えていても怖くなかった。夢見心地でもう一度街路に出ると、ラバとラバが引く荷車のあいだをかき分けて、二階建ての酒場まで行った。木製の旗立台——グラント将軍と書かれていた——の上では、縞模様と星の旗がはためいていた。ぼくはカウンターに腰掛け、隣りの男が注文したものを注文したが、口髭の男がウィスキーを給仕する時には、ぼくはもうカウンターに背を向けていた。ホールと客たちがまたとない見せ物だった。

二人のアメリカ人が三人のパナマ人と殴り合っているのを見た。「フランス女」と呼ばれる売春婦を見た。一人かそれ以上の子供を生んだことのある尻で、胸はくたびれ、口元は苦みばしり、場違いなところに櫛が刺さっていた。きっと彼女は、パナマでひと山あてようという夫に付き添う間違いを犯し、哀れにも夫は何カ月もしないうちに、コロン病院の統計資料に加えられたのだろう。水兵の一団、黒のニットシャツを着て、胸をはだけた男たちが女を取り囲み、自分たちの言葉で執拗に、しかし失礼にならない程度に口説いているのをぼくは見た。女は、男から敬意のような何かを持って言い寄られるというめったにない奇妙な瞬間を楽しんでいるようにぼくには見えた。荷馬車引きの男が入ってきて、死んだラバを線路から引き上げるのを手伝って欲しいと助けを乞うのを見た。アメリカ人の一団は、帽子の狭い鍔の下からその男に目をやり、シャツの袖口をまくりあげ、助けに出て行った。

ぼくはこういうことを何から何まで見た。

しかし見なかったことがある。目に入らないものこそが、最もぼくたちに影響を及ぼすのが世の常だ。

（この警句は**歴史の天使**のご提供による。）

ぼくが見なかったのは、小柄な男、公証人のような風采の鼠男がカウンターに近づき、酔った客たちに話しかけていたことである。ぼくが聞かなかったのは、彼がたどたどしい英語で、翌朝のパナマ市行きの切符を二枚買ってあるが、日中小さい息子がコレラで死んだので、切符代の五十ドルを払い戻し、その金で息子を共同墓地に埋葬したいと説明していたことだ。ぼくが見なかったのは、フランス人水兵の船長が彼に近づき、いま言ったことをきちんと分かっているかどうかを確かめるために、もう一度言い直して欲しいと言ったことだ。部下のひとり、四十歳ほどのがっしりした男が、革袋の底まで手を突っ込んでから船長に近づいて、切符二枚分の金、ビロードのリボンで縛ったアメリカ紙幣を船長の手に置いた。そのやりとりには、ウィスキーを一杯飲む程度の時間しかかからなかった（ぼくは自分のウィスキーを飲んでいたのでこれを見なかった）。しかしその短い合間に、ぼくのそば、ぼくに触れそうなところで何かが起きていた……　適切な比喩を探そう。運命の翼がぼくの顔を撫でた？　チャールズ・ディケンズ風に、来たるべき出会いの幽霊と言おうか？　いや、ぼくは起きたとおりに、おせっかいな比喩を抜きに説明しよう。読者よ、ぼくに同情して欲しい。あるいはそうしたいのなら、あざ笑ってくれていい。というのは、ぼくはその場面を、ぼくのそばで起きたその場面を見なかったからだ。したがってぼくは、起きたことを知らなかった。その船長がエスカーラスという名で、サンタントワーヌ号の船長だとも知らなかった。これは大したことではないと思われるかもしれない。問題は、ぼくが船長の右腕、がっしりとした先の四十男がドミニック・チェルボーニという名だったことも、その場面を何とはなしに眺めていた若い乗組員、ばか騒ぎと交渉のあの晩をともにした船員の一人がユセフ・コジェニョフスキだったことも、さらに長い歳月が過ぎた後、うわの空のその若者が——コジェニョフスキではなくコンラッドと名乗り——水兵にチェルボーニではなくノストローモと名付け、有名になるとも知らなかったことだ…… 成長し、早々と郷愁に浸る小説家はのちに、「キュクロプスでさえも、ドミニック・チェルボーニ、コルシカのオデュッセウスにはかなわないだろう」と書くことだろう。コンラッドはチェルボーニを、弟子が師を尊敬するように尊敬していた。いっぽうチェルボーニは、迷える若いポーランド人の冒険における代父役を買って出ていた。それが二人の関係だった。チェルボーニはあの水兵兼アマチュア密輸業見習いの感情教育を引き受けていた。しかしあの晩、ぼくはチェルボーニがチェルボーニであること、コンラッドがコンラッドであることを知らなかった。

見なかった男、それがぼくだ。

知らなかった男、それがぼくだ。

あそこにいなかった男、それがぼくだ。

そう、それがぼくだ。ぼくは反証人である。

ぼくが見ず知らずにいた出来事のリストはもっともっと長い。リストだけで何枚にもなるだろうし、そのリストを「ぼくが気づかないうちに起きた大切な出来事」と名付けてもいい。切符を買ったエスカーラス船長と乗組員がサンタントワーヌ号に戻り、何時間か休息をとったのをぼくは知らなかった。夜明け前、酔っ払ってはいなかったけれども、ぼくが少しふらつく状態で酒場《グラント将軍》を出たのとほぼ同じ頃、チェルボーニは港まで四艘のボートを六人の漕ぎ手（コジェニョフスキはその一人だった）に運ばせていたが、ぼくはそれを知らなかった。ぼくが二、三時間ほどコロン＝アスピンウォール＝ゴモラのごった返す街路をうろついているあいだ、ドミニック・チェルボーニは、四艘のボートを、鉄道に荷物を積載する桟橋の正面まで運ばせた。そこでは沖仲仕の一団が暗闇のなかでチェルボーニを待っていた。ぼくがホテルに戻るころ（早起きをして**父探し**をはじめるつもりだった）、沖仲仕は夜の密かな運搬の内容物を倉庫のアーケードの下まで運び、パナマ行きの貨物車に積み込み（積み込んだとき、銃身のカチャカチャいう金属音や木のぶつかる音が聞こえたが、何の音か、発送先は誰なのか、どこから届いたものなのかを尋ねる者はいなかった）、キャンバス地の布で荷物を覆った。地峡生活のトレードマーク、あのにわか雨がかからないように。

すべてがぼくのそばで、すれすれのところで起きた。気取った言い方をすれば、天使の翼がぼくに触れた、とでもなるだろうか。見なかったが、見たかもしれないと考えれば慰めにはなる（それで自分が正当化されるかのように）。何時間かのち、もしぼくがホテルの寝心地の悪い簡易ベッドでくつろいで眠る代わりに、ホテルのバルコニーから外を覗いたとしたら、コジェニョフスキとチェルボーニ、コルシカのオデュッセウスにしてベルディチェフのテレマコスが客車の最後尾に、前の晩に酒場で哀れな鼠男から買った切符で乗り込んでいるのが見えただろう。もしぼくが朝八時までバルコニーにいたら、切符収集係――帽子をしっかりと頭に固定している――が客車を歩き回って、出発は予定通りだと伝えるのが目に入り、機関車の煙を感じ、煙突の悲鳴を耳にしただろう。列車はぼくの目と鼻の先で、乗客としてチェルボーニとコジェニョフスキを乗せ、貨物車両にはサンタントワーヌ号で大西洋を渡り、語るべき物語を十分に備えた千二百九十三丁のボルトアクション後装式のシャスポー銃を積んで、走り出していただろう。

陪審席の読者よ。民主的なぼくの物語のなかでは、物にも声があり、発言する順番が回ってくる。(気の毒な語り手はこのような方法にすがって知らないことを語り、不確かな箇所を興味深いことで埋め合わせるのだ……)さてぼくは自分に尋ねてみる。もしもぼくが部屋でいびきをかいて、ひどい頭痛で目が覚める寸前ではなく、駅まで降りて、旅人に紛れて貨物車に潜り込み、果てしない好奇心を満たそうと、たまたま選んだ一丁のシャスポー銃に質問したら、その銃はどんな物語を語ってくれたのだろうか? と。その名を思い出したくないコンラッドの小説では、どちらかと言えばきざな人物、フランスかぶれのクリオーリョはこう自問している。「ぼくは軍のライフルについて何を知っているというのか?」しかしぼくはもっと面白い質問をして、尋ねられた方の味方になろう(謙虚さをお許しいただきたい)。「ライフルはぼくたちについて何を知っているのだろうか?」

コジェニョフスキがコロンビアに持ち込んだシャスポー銃は一八六六年、トゥーロンの兵器工場で製造された。一八七〇年、ウィサンブールの戦いで武器として支給され、ドゥエー中将の指揮下で兵士ピエール＝アンリ・デフルグが使用し、彼はボリス・ゼーラー(一八四九年生まれ)とカール＝ハインツ・ヴァルトラフ(一八五一年生まれ)にぴったり照準を定めた。ピエール＝アンリ・デフルグはドライゼ銃で負傷し、前線から退いた。彼は病院で、フィアンセのアンリエット・アルノー(一八五〇年生まれ)が自分との婚約を破棄し、ジャック＝フィリップ・ランベール(一八二一年生まれ)と、おそらく金目当てで結婚するとの知らせを受け取った。ピエール＝アンリ・デフルグは、二十七日間泣き続け、泣き終わると、シャスポー銃(十一ミリ)の銃身を、口の中の、照準器(四ミリ)が口蓋垂(七ミリ)

に当たるところまで突っ込み、引き金（十ミリ）を引いた。

シャスポー銃を受け継いだのは、ピエール＝アンリの従兄弟アルフォンス・デフルグだった。彼はマルス＝ラ＝トゥールの戦いにその武器を携行した。アルフォンスは戦闘中、十七回それを発砲したが、ただの一度も的に当たらなかった。そこでジュリアン・ロバ（一八三九年生まれ）がシャスポー銃を奪い取り（乱暴な方法だったらしい）、ロバはメスの要塞から騎兵のフリードリヒ・シュトレッカー、イヴォ・シュミット、ディーター・ドレシュタイン（全員一八四八年生まれ）を見事に撃ち殺した。ロバ隊長は勢いづいて前衛に合流し、プロイセンの二連隊の攻撃を五時間に渡って耐えた。ロバはスナイドル銃の銃弾を受けて死亡した。第七機甲師団のプロイセン人（ゲオルク・シュリンク、一八四四年生まれ）の手にあったスナイドル銃が何をしたのか、誰も説明ができなかった。

グラヴロットの戦いのあいだ、シャスポー銃は百四十五回持ち主が代わり、五百九十九回の発砲があり、そのうち二百五十一発が的を外し、百九十七発が人を殺し、百七十一発が負傷させた。十四時十分から十九時三十分まで、サン＝プリヴァの塹壕で放置されていた。ジャン＝マリー・レイ（一八四七年生まれ）はカンロベール大将の命令で、砲手が死んだミトライユーズを割り当てられたが、そこで死んだ。戦闘の後、取り戻されたシャスポー銃はナポレオン三世のもと、幸運にもセダンで戦った。ナポレオン三世と同様に倒され、捕虜になった。ナポレオンはイギリスに亡命したが、シャスポー銃はパリ包囲のとき、プロイセン第十一連隊の砲兵隊長コンラート・デレッサー（一八二九年生まれ）に仕えた。デレッサーに握られてヴェルサイユ宮殿の鏡の間に列席し、ドイツ帝国の成立を目の当たりにした。デレッサーの背中に掛けられ、ルイ十四世の居室に列席し、イザベル・ラフリー夫人の思わせぶりな視線を目の当たりにした。デレッサーの足元で宮殿裏の森に赴き、デレッサーの骨盤が夫人の視線に応答するのを感じた。何日か後、デレッサーはドイツ占領軍の一員としてパリに居を定めた。イザベル・ラフリー夫人は占領された側の人として彼の寵愛を定期的に受けるようになった（一月二十九日、二月十二日、二月十三日、三月二日、三月十五日午後六時半と午後六時五十五分、四月一日）。四月二日、夫のラフリー氏が予告なくラルカード通りの部屋に押し入る。四月三日、コンラート・デレッサーはラフリー氏の後見人夫婦の訪問を受ける。四月四日、ラフリー氏とデレッサー隊長がそれぞれギャラン・リボルバー銃（ベルギー製、一八六八年製造）を握っているあいだ、シャスポー銃は部屋の隅で待っている。どちらのギャランも発砲されたが、銃弾（十・四ミリ）はデレッサーにだけが命中し、デレッサー（背丈は千七百五十ミリ）は倒れる。一八七一年四月五日、ラフリー氏は死んだデレッサーのシャスポー銃を闇市で売るが、それは尊敬される行為とは言いがたい。

五年と二カ月、二十一日のあいだ、シャスポー銃は行方不明である。しかし一八七六年六月末頃、フレデリック・フォンテーヌ——別に名前を秘密にしておく必要はない——は、母港をマルセイユとする帆船を何隻か所有するデレスタン&フィス社の用務を請け負っている。フォンテーヌはさらに、デレスタン氏——貴族にしてアマチュア銀行家、狂信的な保守主義者にして郷愁に浸る現実主義者、また熱烈なキリスト信奉者でもあった——の手先としても働いている。デレスタン氏はシャスポー銃に特別な目的地を与えることにした。シャスポー銃は十四日間、マルセイユの古い港の倉庫で眠ったのち、デレスタン&フィス社の帆船サンタントワーヌ号に乗船する。

船は無事に大西洋を横断する。続いてコロンビア合州国はパナマ、リモン湾に投錨する。シャスポー銃はボートに載せられ、鉄道会社の倉庫に移される（これはすでに言及済みである）。貨物車の三号車（これはまだ言及していない）に載せられ、コロンから、密輸の目的地であるパナマ市まで十五レグアを移動する。夜になる。ポーランド人乗組員ユセフ・テオドル・コンラト・コジェニョフスキ、コルシカの冒険家ドミニック・チェルボーニ、保守派の将軍ファン・ルイス・デ・ラ・パパ、通訳のレオビヒード・トロは、浜辺市場のテントの下、熱帯バナナに囲まれて集まっている。将軍デ・ラ・パパが、何名かの仲介人を通じてデレスタン&フィス社と取り決めた額を渡しているあいだ、シャスポー銃千二百九十三丁が、ラバの引く木製の荷車で運ばれ、蒸気船エレーナ号に積み込まれる。その船の太平洋航路はカリフォルニアを出て、ニカラグアを経由し、最終目的地はペルーのリマである。何時間か後、エレーナ号に乗船したデ・ラ・パパ将軍は何度も酔っ払う。彼は「政府に死を！　アキレオ・パーラ大統領に死を！　糞ったれの自由党に死を！」と叫びながら、パナマでカリフォルニア出身の鉱山労働者（バーソロミュー・J・ジャクソン、一八三四年生まれ）から買ったスミス&ウェッソン三型を空に向けて六発撃つ。八月二十四日、蒸気船はコロンビアの太平洋岸の町ブエナベントゥーラに寄港する。

こうして密輸品はラバの背中に乗り――ラバは時に二、三日続けて休まずに歩き、うち一頭は山脈を登っている途中でダウンする――ブエナベントゥーラとトゥルアー間の険しい道を進み、デ・ラ・パパ将軍の管理のもと、ロス・チャンコスの前線に到着する。八月三十日のほぼ深夜である。無神論者で、自由主義という怪物を相手に戦闘を指揮するホアキン・マリア・コルドバ将軍は自分のテントで熟睡しているが、ラバと荷車の音が聞こえると目を覚ます。彼はデ・ラ・パパを祝福する。彼は将軍たちをひざまずかせ、デレストン、コレステン、あるいはデルオスタルなど、いろいろな方法で発音されたデレスタン家に祈りを捧げるよう命ずる。何分かすると、保守派の兵士四千四十七名は、彼らが信じるイエスの聖心への祈りを唱え、遠い恩人であるマルセイユの十字軍兵士に永久の健康を祈る。翌朝、戦争という高貴な舞台を何年も休んだシャスポー銃は、ブガの教区主任司祭の義兄弟ルペルト・アベージョ(一八四九年生まれ)に握られ、戦いを再開する。

六時四十七分、弾丸はイバゲーの職人ウェンセスラオ・セラーノの喉を貫通する。八時十三分、ラ・ドラーダの漁師シルベストレ・E・バルガスの右大腿四頭筋に命中し、彼は倒れる。八時十五分、弾込めに失敗したあと、シャスポー銃の銃剣はそのバルガスの胸部、第二肋骨と第三肋骨のあいだに沈む。九時三十三分、チチャ酒の製造人ミゲル・カルバハル・コテスの右肺を貫通する。九時五十四分、ポパヤン出身の若い記者で、もっと長生きしていれば偉大な小説を書き上げたはずのマテオ・ルイス・ノゲーラのうなじに命中する。シャスポー銃は十時十二分、アグスティン・イトゥラルデを、十時二十九分、ラモン・モスケーラを、十時五十六分、ヘスス・マリア・サンタンデルを撃ち殺す。そして十二時四十四分、マテオ・ルイスの兄にしてマテオ・ルイスの最初の詩——「我がロバと不滅の歓喜のための哀歌」——の読者でもあったビセンテ・ノゲーラは、フリアン・トゥルヒージョ将軍の命令を無視して三時間近くルペルト・アベージョを戦場で追跡し(そのことでいずれ軍事法廷に出廷し、無罪を宣告される)、自分の死んだ馬バラバースの陰に隠れ、発砲する。ビセンテ・ノゲーラは、スペンサーライフルではなく、父親がカウカ川の渓谷に狩猟に行くときにいつも携帯していたレミントンの二十ゲージで撃つ。弾丸はルペルト・アベージョの左耳に命中し、軟骨を千切り、頬骨を割り、目(緑色で、家族に喜ばれた）から出てくる。アベージョは即死する。シャスポー銃は牧草地に、乳牛の糞のあいだに残される。

アベージョ同様、密輸されたシャスポー銃を装備していた保守派の兵士二千百七名の多くは、ロス・チャンコスで命を落とす。いっぽう、自由派の兵士千三百三十五名は、密輸されたシャスポー銃の弾丸で命を落とす。かつてはトゥルヒージョ将軍の奴隷だった若いフィデル・エミリアーノ・サルガールは勝利軍として戦場を歩いたとき、シャスポー銃を拾い上げる。彼は、自由派がアンティオキア州に進軍するとき、その銃を携帯する。ロス・チャンコスの戦い（一八七六年の内戦で激烈を極めた戦闘の一つ）は、サルガールの左手に深い傷痕を残したばかりでなく（農場の小作人マルセリアーノ・ヒメネスの錆びた銃剣によってつけられた傷痕）、彼の魂にも深い傷を残していた。フィデル・エミリアーノ・サルガールがフランスの詩人だったら、間違いなく「戦争の憂鬱」というタイトルのソネットに着手していただろう。しかしサルガールはフランス人でなければ詩人でもなく、人生最後の日々の耐え難い緊張や、それまでに見てきた死者一人ひとりのしつこいイメージを昇華させる方法を身につけていない。サルガールはシャスポー銃を構えながら独り言を言い始める。サルガールはその晩、シルベストレ・E・バルガスを殺したのと同じ銃剣で歩哨（エスタニスラオ・アコスタ・ゴンサレス、一八五九年生まれ）を殺す。その後、サルガールは目つきとその振る舞いで、気が狂ったという驚くべき事実を明かす。

シャスポー銃の身の上話は間もなく終わる。

サルガールがライフルを正しく構えると、大隊の仲間たちは怯え、彼はそれを楽しむ（小さな復讐のようなものだ）。仲間の多くは、突発的な軍事衝突に備えているとはいえ、精神の不安定な男が武装していることは危険だと考えるが、彼の狂気がどれほどかは外見からは分からないので放置する。九月二十五日の夜、大隊とサルガールとシャスポー銃はアンティオキア州に入り、アトゥラート川の岸辺に着き、保守派の領土を一部取り戻す。ミラフローレス農場で夜になる。サルガールは裸足でシャツも着ず、テントで眠っていたアンソアテギ将軍を起こし、銃を突きつけ、川まで歩かせる。二人は岸辺にある小舟に乗り込む。サルガールは将軍の脇腹に銃剣を向け、視線は傷んだ人形のように泳いでいる。しかし小舟がアトゥラート川の流れに入って十メートルもいかないうちに、守備隊が岸辺までやってきて、銃殺隊になる。サルガールは頭がぼんやりとしたままシャスポー銃を起こし、将軍の頭に狙いをつけ、最後の弾丸は誰にも妨げられずに将軍の頭蓋骨を貫通する。その名が重要ではない残りの兵士たちは一斉射撃を始める。

さまざまなゲージから発せられる弾丸は、サルガールの体のさまざまな箇所に到達する。両肺を、頬を、舌を貫き、片方の膝を砕き、ほとんど閉じかかった左手の傷を開き、神経を焼き、アキレス腱を焦がし、船が運河を渡るように、手根管を渡る。シャスポー銃は一瞬空中に浮き上がり、アトゥラート川の混濁した水に落ちる。沈んでいくが、底に届く前に流れに乗って何メートルか進む。それを追うのは、仰向けの、かつては奴隷で、もう二度と自由になることのない死体（体重六十九キロ）である。

フィデル・エミリアーノ・サルガールが砂状の川底に着くとき、彼はエイを脅かしたため、毒針の刺し傷をもらう。死体は何も感じない、皮膚組織は毒が回っても収縮しない、筋肉は痙攣を起こしもしないし、血で汚れもしない。ちょうどその瞬間、見習い水兵のコジェニョフスキはサンタントワーヌ号に乗って、マルチニークのサン・ピエール港の海岸線に最後の一瞥をくれているところである。自由派政府転覆のための武器輸出の任務を終え、コロンとコロンビア共和国の領海を発って数日が過ぎている。以下の事柄は知られていないようだが、コジェニョフスキがそのとき知らないことをぼくは述べておかなければならない。

コジェニョフスキは、シャスポー銃の犠牲になった千三百三十五名の名前も年齢も知らない。彼は、千三百三十五名がシャスポー銃の犠牲になったことさえも知らない。彼は、密輸が無意味に終わり、自由派とフリーメイソンがキリスト教保守派相手の戦争に勝ったことを知らず、状況が変わるためには別の戦争——同じ戦争の改訂版——を待たねばならないことを知らない。彼は、デレスタン氏がマルセイユでそのことを伝えられたときに何を思ったのかを、デレスタンが再び別の十字軍に干渉するのかどうかを知らない。彼は、扇動的な「ラ・フスティシア」紙が何年も後に、コロンビア沿岸における彼の足跡についてばかげた説をでっち上げることも知らない。その説によれば、コジェニョフスキが交渉をすべて担当し、自由派政府の使節ロレンソ・ダーサという男に武器を売っている。自由派政府はその後、武器を「紛失」し、「二倍の価格で」、再度、保守派革命軍に売り渡す。コジェニョフスキはそのダーサなる人物が何者なのかを知らないまま、マルチニークに視線を定め、何も知らずにいる。彼はサン・ピエールの海岸線が少なくとも彼にとって同じものでなくなることを知らない。小パリとして知られたその町は、それから四半世紀のうちに地図から消え、望まれない歴史的出来事であるかのように、完全に跡形もなくなるのだ（だが、まだあの災害について話すときではない）。彼は、何時間か後にセント・トーマスとポルトー・プランスのあいだを航海するとき、東風と西風の激しさを知ることになるのを知らず、かなり後になってその激しさについて文章を書くことになるのを知らない。ポルトー・プランスとマルセイユのあいだで十九歳の誕生日を迎え、彼の青春時代の最も困難な一連の出来事、彼にとっては心臓への一発の銃弾で終わらせることになる出来事が、自宅で待ち構えていることを知らない。

彼の誕生日がサンタントワーヌ号の船上で、チェルボーニの歌や抱擁で祝われているあいだ、どこか別の船では別のこと（あるいは、何かしら呼応していること）が起きている。ぼくはここでみなさんに、ぼくたちの小さな悲劇に大き過ぎるほどの役割を果たすフランス西インド会社の旗を掲げた蒸気船ラファイエット号を紹介したい。親愛なる読者よ、その船には、（悪い意味で）有名な母親と（たった一つの意味で）誰だか分からない父親のあいだに生まれた私生児、リュシアン・ナポレオン・ボナパルト・ワイズ中尉、あのワイズ中尉が乗船し、いざ探検に出ようとしている。彼の任務は、コロンビアのダリエンの密林のなかに、大洋間運河を通す最適なルートを発見することである。パリとニューヨークのみならず、ボゴタでさえも**あの糞ったれの運河**と言われ出したあの運河だ。思い切って一度で言ってしまおう。やがて明らかにされる理由によって、美しい一節から成る黄金の檻に還元することのできない理由によって、あのとき、**運河**だけでなく、ぼくの人生全体にけちがつき始めた。

年代順に配列することは手に負えない野獣を相手にするようなものだ。ぼくが自分の物語をおおむね秩序だったように見せるのに、どれだけ超人的な努力を払ったのかを読者はご存知ない（その企てに失敗したという可能性もあるのだが）。ぼくが野獣とのあいだに引き起こしたトラブルはひとつのことに還元できる。みなさん想像がつくように、歳月が経過し、いま執筆中のこの書物の主題に関して深く考えていくうちに、ぼくは誰も絶対に驚かないことを確かめたのだ。それはつまり、この世における歴史、人々が知っていて、語り、記憶しているあらゆる歴史、何らかの理由があってぼくら人間にとって重要で、気づかないうちに**大きな歴史**の恐るべきフレスコ画を構成していくあの小さな歴史はすべて、並べ置かれ、触れ合い、撚り合わされていくということだ。つまり、いかなる歴史もそれ自体では存在しないのである。線的な物語でそのことをどうやって解決したらよいのか？　不可能かもしれないとぼくは思っている。慎ましやかな発見、世界の出来事と付き合うことでぼくが学んだ教訓がある。すなわち、黙すことはでっち上げることであり、嘘というのは、言われなかったことで出来ているということだ。ぼくの意図が忠実に物語ることである以上、ぼくの食人的な物語はすべての歴史を、詰め込める限りのあらゆる歴史を、大きなものから小さなものまで含まなければならないはずだ。というわけで、ラファイエット号の出港より何日か前に後者の歴史（つまり小さな歴史）が起きた。別の二人の旅人の出会いである。場所はコロンの港、したがってワイズ中尉とその仲間たちから距離にして二、三メートルのところだった。次章でぼくの命が尽きていなければ、ペンを動かす力がまだ手に残っていれば、そのことを語ることに集中しよう。（生まれはポーランド、作家になる前は船乗りだった死んだ小説家とほぼ同じ年齢にぼくは達したが、この年齢になると、あまり前もって計画を立てても意味がない。）

しかしその前に、ぼくの物語の出来事に備わっている特別な秩序、それはぼくが自らの経験の至高の所有者として、みなさんによりよく理解してもらうように物語に与えている秩序なのだが、その秩序をここでも利用して、別の出来事、というよりはむしろ別の人物のことを書いておくべきだろう。彼を協力者、もしくは仲介者と呼ぼう。ぼくはジョゼフ・コンラッドとの出会いを語るのに多くのページを捧げるつもりなので、少なくともぼくたちの出会いに責任を負う人物、ぼくの不幸のもてなし役、あの盗みを後押しした人物が誰だったのかを若干説明することも必要だ。そうぼくは思っている……

だが、あの盗みについて話すのはまだ早い。

読者よ、一九〇三年に戻ろう。場所はテムズ川のどこかの桟橋だ。乗客を乗せた蒸気船が、激動のコロンビア共和国カリブの港町バランキーリャから到着したところである。蒸気船から一人の乗客が、全財産として服やその他の持ち物が入った小さなトランクを持って降りる。その姿は、二度と故国に戻らないというよりは、二週間ほど国を離れる人のように身軽である。移住者ではなく旅行者のトランクを持っているからだ。そして、トランクの大きさだけでなく、その持ち主がまだ、もう戻らないことを知らずにいるからだ…… ロンドンで迎えたあの最初の晩のことを、ぼくは仔細に覚えている。桟橋で怪しげな手から受け取ったチラシ、そこにはバービカン地区ブリッジウォーター広場にあるトレントン・ホテルのサービスと美点が書かれていた。電気代と靴磨きのために追加料金を払う必要があった。自分の身分証明書にはアメリカ合衆国出身とも植民地出身とも記載はなかったけれども、夜番の受付係に朝食付きの特別料金を要求し、交渉は不毛に終わった。翌朝のことはもっと細かく覚えている。二ペニーで買ったポケットサイズの、表紙が黄土色の折りたたみ地図。ホテルの食堂で、記者が使う帳面にメモしてあった住所を、あの白や黄色の街路のなかに探しながら、ジャム付きのパンを二杯のココアで流し込んだ。バスはベイカー街でぼくを降ろした。遠回りする代わりにリージェンツ・パークに入り、すでに葉の落ちた木々と雪が解けかかってぬかるんだ小道を抜け、探していた街路に着いた。番地を見つけるのは難しくなかった。

あの朝使った地図をぼくはまだとってある。薄い背の部分は虫に食われている。縞模様のページは科学的な研究に役に立つ細菌の培養地のようだ。しかし物はぼくに話しかけ、ぼくに語らせる。ぼくが嘘をつくと、ぼくに説明を求め、そうでないときは、証拠として積極的に身を差し出す。したがって、古くて役立たずの、ぼろぼろのこの地図（ロンドンは毎年変わり続けている）が最初にぼくに語らせることは、先に述べた仲介者との出会いである。しかしサンティアゴ・ペレス・トゥリアナ、著名なコロンビアの交渉人、時とともにマドリードとロンドンの議会で全権大使になった人物とは何者だったのか？多くのコロンビア人と同じく、あの好ましからざる危険な怪物である**政治的人生**というものを、遺産として受け継ぐひとり、あの男は何者だったのか？　奇妙に聞こえる人もいるかもしれないが、答えはこうだ。ぼくにはどうでもいい。重要なのはあの男が何者だったのかではなく、ぼくが彼の人生についてどのような解釈を差し出すつもりなのか、ぼくの人生の物語のなかで、彼にどんな役割を果たして欲しいのかということだ。したがって、いまからぼくは、語り手としての特権を利用して、全能の魔術的秘薬を飲み、これがはじめてではないが、他人の頭のなかに――そして伝記のなかに――入ることにしよう。

（震え上がる歴史家たちよ。他人の生涯、コロンビア政治史上、最も傑出した人物の生涯もまた、ぼくが自由に解釈できるのである。この物語で語られる内容はぼくの解釈になるだろう。読者のみなさんにとっては唯一のものになるだろう。ぼくがどうして厚かましくも誇張したり、歪めたり、嘘をついたり、辱めたりしているかを知りたいと思っても、みなさんにはそのすべがない。）

あの頃、ロンドンに着くコロンビア人は、必然的にアヴェニュー・ロード四十五番地のサンティアゴ・ペレス・トゥリアナ邸に立ち寄った。父親は元大統領にして隠れた童話作家、自身は狙われた政治家にしてアマチュアのテノール歌手だったペレス・トゥリアナは、さかのぼること何年か前にロンドンに着いていた。ヒキガエルのような顔つきで、さまざまな逸話を四カ国語で語る夕べを主宰していた。彼の夕食会、ビクトリア朝風の居間での夜会は、自身を称えるために開かれたようなもので、アテネ風の弁士の才をひけらかすことを目的とした、風格ある演説から成っていた。その後彼の演説は、ハーグの法廷で一目置かれるようになる。その居間、あるいはコーヒーを飲むための特別な部屋の午後はどれも同じ内容だった。私的に集められた聴衆のカップにコーヒーがなみなみと注がれ、おしゃべりが始まると、ペレス・トゥリアナは葉巻に火をつけようと丸い縁のついた眼鏡を外し、蝶ネクタイを整えた。彼の話はハイデルベルクにいたときのこと、あるいはマドリードのオペラ、ヘンリー・ジェイムズの本、ルベン・ダリーオやミゲル・デ・ウナムーノとの友情のことだった。自分で書いた詩を読み上げることもあり、「私の秘密を守る墓穴がある」、あるいは「私には群衆のうめきが聞こえる」と、唐突に言い出した。自由派の政治家、あるいはボゴタのブルジョア階級の著名な実業家たちからなる招待客は、飼いならされたアザラシのように彼に賛辞の拍手を送った。ペレス・トゥリアナは小さく頷き、貯金箱のコインの入り口のようなすり減った目を閉じて、アザラシにイワシを投げるかのように、肉付きのよい手を動かして聴衆をなだめた。そうして時間を無駄にしないように、次の逸話へ、次の詩へと移っていった。

しかし夜、誰もいなくなると、ペレス・トゥリアナは彼方からやって来る、ほとんど愛情に満ちた恐怖に包まれた。その恐怖は、この年月がすべて過ぎ去っても彼につきまとう、飼いならされてはいるが、恐ろしい動物のようなものだった。とてもはっきりとした物理的な感覚、飢えがやってくる寸前の腸の不調に似た感覚だった。それが来るのを感じたときに彼が最初にやったことは、妻ヘルトゥルーが眠っているのを確かめることだった。続いて薄暗い寝室から出て、緑のガウンをかけ、革スリッパをはいて書庫に降り、電灯をすべて灯した。彼の応接間からは、朝はリージェンツ・パークになるはずの黒い汚れが見えた。しかしペレス・トゥリアナが街路のほうを見るのは、薄暗い石畳に窓の形をした光の長方形と、自分の乱れた髪の影が映し出されているのを確かめるときぐらいだった。書き物机に座り、中を自由に仕切ることのできる木製の引き出しを開け、白い便箋とパーフェクション社の封筒を取り出し、長い重々しい調子の手紙をしたためた。そこでは、コロンビアがどういう状況にあるのか、最後の内戦のあと、さらに誰が死んだのか、パナマでは実際に何が起きているのかを尋ねていた。返信は彼の元にアメリカ合衆国製の封筒で届けられた。ニューヨークから、ボストンから、サンフランシスコからも。誰でも知っている通り、これが検閲を避ける唯一の方法だった。ペレス・トゥリアナも文通相手も、自分宛の手紙が否応無しに開封され、中身が政府当局に検閲されることを知っていた。当局が必要と見なせば、手紙は相手に届く前に行方不明になり、差出人は多かれ少なかれ不快な尋問を受ける可能性もあった。したがって、ボゴタにいる彼の共犯者たちはまもなくニュースを手書きして送ることに慣れ、アメリカ合衆国の切手の貼られた封筒を受け取ることにも慣れた。その封筒のなかに、まるでかくれんぼをしているかのように、追放された友人の筆跡が現れた。ロンドンから届く秘密の手紙で繰り返された質問は、「私はもう戻れると思うかい?」だった。無理だ、サンティアゴ、と友人は答えた。まだ戻ってきてはだめだ。

陪審席の読者よ、コロンビア政治について簡単に教えておこう。そうすれば、ここまで書いた内容の要約になり、またみなさんにとっては、これから読む内容の準備にもなる。ぼくの国の歴史で最も重要なことは、すでにお気づきかもしれないが、解放者の誕生でも独立でもなく、高校生の教科書に載っているあの作り事でもない。また、しばしば他の土地の運命を決定づけているような個人レベルの悲劇、たとえばヘンリーはブーリンと結婚したがらなかった、ブースはリンカーンを殺さなかったというものでもない。コロンビアのあらゆる歴史の運命を決定づけた瞬間は、文献学者と文法学者、『イーリアス』を翻訳する血なまぐさい独裁者に事欠かないこの土地でいつも起きているように、言葉によるものだ。もっと正確に言おう。名前によるものだ。十九世紀のどこかの瞬間で起きた二種類の命名によるものだ。まるまると太って性悪な二人の赤ん坊、生まれたときから吐瀉物《としゃ》と糞便の匂いのするあの二匹の雄を生んだ両親は、大人しいほうに**保守派**と名付けることにした。もう片方（泣き声が少し大きかったほう）に**自由派**と名付けることにした。その二匹の子供たちは大きくなり、いつも張り合いながら繁殖を繰り返し、いがみ合う新しい世代が兎のようにたくましく、ゴキブリのようにしつこく生まれていった……　それをはっきりと受け継ぐかたちで、一八九三年八月、かつてはアメリカ合衆国のユリシーズ・グラント将軍の尊敬を勝ち得ていたサンティアゴ・ペレス・マノサルバ元大統領――自由派――は、ミゲル・アントニオ・カーロ政権――保守派――によって遠慮なく追放されたのである。マノサルバの息子サンティアゴ・ペレス・トゥリアナは、早過ぎる薄毛やわし鼻が受け継がれるのとほぼ同じように、好ましからざる人物の条件も受け継いでいた。

ぼくの読者が全員コロンビア人であるという幸運を享受していないことをぼくは知っているので、要約するのは場違いではないだろう。すべての原因は元大統領――自由派――が「エル・レラトール」紙に書いた転覆的内容のコラムによるものだった。相手がヨーロッパの政府だったとしてもたちまち穴を開け、沈めてしまいかねない徹底的な真の攻撃だった。「エル・レラトール」紙は自由派一家の甘えん坊だった。もっぱら保守派を権力から追い出すために生まれ、追い出されたくない者たちの手で、専制政治に相応しい法令によって適切に閉鎖された。一人っ子ではなかった。ペレス元大統領――まぶたが垂れ下がり、びっしり生えた髭が口をすっかり覆い隠していた――はサンタ・フェ・デ・ボゴタの六番街の自宅で、マスコミ関係者の陰謀家たちと秘密の集まりを催した。通りの反対側、ボルダディータの教会に、祈りを捧げる保守派が詰めかけているころ、ペレス邸の居間には、「エル・コンテンポラネオ」紙、「エル・タバノ」紙、「エル・93」紙といった、無政府主義者を支援し、内戦の準備を進めたことで閉鎖された新聞社の編集人たちが集っていた。

さて、陪審席の読者よ。コロンビア政治というのは教室で行なわれる不思議なゲームのようなものだ。**やる気**の裏には**気まぐれ**がある。**決定**の裏には**癇癪**がある。ぼくたちに関する物事はこんな簡単なルールに従って起きた。しかも、間違いが起きるときの速度で起きた…… 八月の最初、ミゲル・アントニオ・カーロ、**国家最大の気まぐれ**はたまたま耳にする。再刊を許可されれば、「エル・レラトール」紙は主張を和らげる用意がある、と。そのニュースはカーロにとって勝利の味がする。**再生保守**政権は、民主主義の世界で類を見ない厳しさで検閲法を定めてきたが、その政権がついに、無神論の自由派による文章の転覆攻撃に勝利を収めたのである。そうカーロは考える。しかし「エル・レラトール」紙は翌日の新聞で、これまで**再生保守**が受けたことのないような激しい罵倒を浴びせて検閲に挑戦を挑み、カーロは真実に気づく。カーロ大統領は――当たり前だが――だまされたと感じる。彼にあらかじめ助言してくれる人はいなかったが、恐るべき何かが、彼の世界、彼のちっぽけな私的な世界、ラテンの古典音楽と、味方以外のすべてに対する徹底的な軽蔑から成る世界で起きたのだ。現実は彼のファンタジーとは協調していなかった。大統領は憤怒の念に駆られ、サン・カルロス宮殿の木を叩き、蹴飛ばし、玩具を床に投げ、泣きわめいて癇癪を起こし、昼食も食べない……　だが現実は変わらない。「エル・レラトール」紙は存在し続け、彼の敵のままである。彼に付き添う者たちはそのとき、カーロ大統領がサンティアゴ・ペレス・モンサルバ、コロンビア元大統領は嘘つきで猫かぶりで約束を守れない男だと言うのを聞く。祖国と神を持たぬ自由主義者は国に戦争をもたらしかねず、それを避けるには追放するしかないと、カーロが神託のように予言するのを聞く。決定的な宣告、追放宣告は八月十四日に下される。

元大統領である父はもちろんその宣告に従い――従わない者に対する死刑は、カーロ時代のコロンビアでは日常茶飯事だった――、ラテンアメリカの大ブルジョアにとって心の故郷であるパリに向かった。息子は脅しをいくつか受け取ったあと国を出ることにした。ボゴタからマグダレナ川沿いに下り、オンダの港でバランキーリャ行きの最初の蒸気船に乗り込み、そのままヨーロッパへ亡命するはずだった。「本当のところを言えば、私は危険を感じていませんでした」と、彼はずっと後になって、ぼくたちがこんな口調で話したり、告白ができるようになってから、ぼくに言うだろう。「私がコロンビアを出たのは、父に対する侮辱があってからの雰囲気に耐えられなくなったからです。私なりに、恩知らずな国に罰を与えてやろうと思ったのです。しかしオンダ、住人は三人たらずのひどい天候の薄汚い村に着いたとき、私はどれほど自分が間違っていたかに気づきました。」ペレス・トゥリアナがロンドンの夜で、忘れられずに見ていた悪夢は、オンダで警察に捕まって、シエガ――マグダレナ川沿いにある最も恐ろしい牢獄――まで連れ戻されたときのことだった。しかしその悪夢のなかで、若い警官は口髭をなでつけながら、実際には話さなかったことをトゥリアナに説明していた。つまり、逮捕状は首都で発せられたということだ。だがどんな逮捕状なのか？　何の罪で？　夢のなかでは現実と違い、それを知るのは不可能だった。ペレス・トゥリアナは妻ヘルトゥルーにさえ、シエガの地下牢の暗闇に放り込まれ、人糞の悪臭に涙ぐみ、服に熱帯の腐敗した湿気が染み込んだまま過ごした時のことを話さなかった。短い投獄期間に聞いた黄熱病のことを話すにはもうひとりの手助けが必要だった。いずれ自分にも罹る時がくると思った。蚊も微生物も自分の敵なのだ。そのとき、死刑を宣告されたのだと確信した。

四人にはそれが真実かどうかを知る方法はなかった。しかしシエガで過ごした二日目の夜明け、朝食として与えられるチーズ抜きのトウモロコシパンを受け取っているころ、オンダで夏を過ごしていたボゴタの弁護士フランシスコ・サニンはトゥリアナ投獄の知らせを受け取った。サニンがシエガに着く前にペレス・トゥリアナはすでに汗をかきすぎて、糊のきいたシャツの襟が喉を締め付けるようになっていた。滑車に吊るされているような気がして、確かめるために顔に手をやると、新しい髭のざらざらした手触りにぶつかるだけだった。サニンは状況を見て、彼が犯した罪を尋ねると、いい加減な答えしか返ってこなかった。弁護士の訴えはボゴタに届いたものの、返答も解決策もなしに戻ってきた。嘘しか解決する方法はないと彼は思った。ペレス・トゥリアナがアメリカ合衆国で商売をやっていたとき、アメリカへの忠誠を誓う手紙を書いたことにした。サニンはアメリカ合衆国の外交官、マッキニーという人物に、「くだんの手紙」を引用しながら、貴国の市民が不健康な牢獄で死の危機に瀕していると書いて送った。危険な嘘だったが効果はあった。マッキニーは手紙の一言一言を子供のような無邪気さで信じ、管轄の判事の前で、机を叩いて抗議した。何時間かのうちにペレス・トゥリアナはボゴタへ向かっていた。彼は振り返りながら、こんな従順な地域にサム叔父さんのしゃがれ声が発揮する力を、とまどいながらもありがたく思っていた。今度こそ(と、彼は考えていた)、疑う余地はない、郷愁もない。逃げなければならなかった。侮辱を受けた彼の人格の細部一つひとつが逃亡ルートを彼に示していた。マグダレナ川の経路が封じられているのであれば、それよりも目立たないルートを探すしかない。こうして彼は東の平原から逃げることにした。司祭になりすまし、だまされやすい先住民を洗礼しながら移動し、三つの川を使い、見たこともない動物を見、誰にも知られず、自分も誰だか分からなくなったと思いながら、カリブまで到達した。

彼の『ボゴタから大西洋へ』は英語に翻訳され、スコットランド出身の冒険家であり、ジャーナリストでもあり、社会主義指導者でもあったロバート・カニンガム・グレアムの序文とともに、ハインマン社から出版された。ボゴタをチブチャ文明のアテネだとするカニンガム・グレアムの理解は、ぼくから見ると、いまだに正当というよりは機知に富んだものだ。その本は一九〇二年に世に出た。一九〇三年十一月、援助を求める亡命者、師を探す弟子としてぼくがペレス・トゥリアナの家のドアをノックするわずか何時間か前に、彼は、編集者シドニー・ポーリングから手紙を受け取っていた。「トゥリアナさんに最後にひとつお伝えしておきたいのですが」と手紙にはあった。「私どもはコンラッド氏の傑作『台風』を去る四月に出版したところです。きっとご存知とは思いますが、コンラッド氏はラテンアメリカの現実に関する難解な作品の執筆に没頭されています。コンラッド氏はそのテーマについてはご自身の知見に限界を感じて、カニンガム・グレアム氏の助けを求め、執筆を進めておりますが、あなたのご著書もお読みになりました。私は彼からの依頼を受けてお尋ねするのですが、トゥリアナさん、コンラッド氏のいくつかの質問を私どもからお送りしますので、お答えいただくことはできますでしょうか。」

ジョゼフ・コンラッドが私の本を読んだ、とペレス・トゥリアナは思う。ジョゼフ・コンラッドが私の助けを求めている。

ペレス・トゥリアナは引き出しを開け、白い便箋とパーフェクション社の新しい封筒を取り出した。(彼はシンプルで洒落たその封筒が好きだった。毎回封筒の口を舐めなければならなかったが、糊は折り返しではなく、封筒本体についていた。かかりつけの医師トーマス・ウィルモットは舌の感染について説明したあと、封筒の話をした。そのあとすぐペレス・トゥリアナは、チャリング・クロスの文房具店に走った。たしかに健康に気をつけなければならなかった。彼のような人間はいったい一日に何枚の封筒を舐めるのだろうか?) 彼は手紙にこう書いた。「ポーリングさん、お返事が遅くなり、申し訳ありません。コンラッド氏には、質問を送ってくだされば、その分量にかかわらず、何なりとお答えする用意があるとお伝えください。」その後、封筒に便箋を入れ、舐めた。

しかしすぐには投函しなかった。何時間か後、そうしなかったことを喜ぶことになる。彼はその手紙をゴミ箱に投げ、別の便箋を取り出し、先と同じように、返信の遅れを詫び、どんな質問にも答えるつもりである旨書き、しかし最後にこう付け加えた。「しかしコンラッドさんにお伝えいただきたいのですが、最近私の身辺に変化がありまして、別の方法で彼をお助けできるということです。私は作者よりも作者の必要とするところを分っているつもりではありませんが、国を去って歳月の過ぎた者から、第三者を介し、質問リストで情報を得ても、それは確実に、実際に現場を見た証人が生の声で伝えるよりも劣ったものであります。コンラッド氏には証人以上の存在を差し出すことができます。犠牲者です、ポーリングさん。犠牲者です。」

二通の手紙のあいだに何があったのか？

男が遠い国からペレス・トゥリアナを訪問した。

男が彼に物語を語った。

その男はもちろんぼくだ。

その物語を、愛しのエロイーサ、お前がいまここで読んでいる。

第二部

我々があんなによく知っている言葉は、この国では悪夢のような意味を持っているのだ。自由とか、デモクラシーとか、愛国心とか、政府とか、そういった言葉がすべて愚行と殺戮の意味合いを持っている。

ジョゼフ・コンラッド『ノストローモ』

4

屈折という奇妙な法則

ぼくは二日間続けて父を探した。かすかな、しかし目に見える彼の足跡を、粘液質の貝の足跡を、コロンの街路で追い続けた。しかしうまくいかなかった。伝言やメモや通知を残すつもりはなかった。ぼくは不意打ちに愛着があって、その愛着は——もちろん理由はないけれども——父から受け継いだものだと思っていた。病院で混血の看護婦たちは、父のことを大変信頼している様子で（ぼくにはそう思われた）語ってくれた。彼女たちはぶしつけな笑いを浮かべて、父がその日の朝、病院に立ち寄り、三時間ほど結核患者の若者と会話をしていたが、その後父がどこに向かったのかは知らないとすぐに教えてくれた。結核の若者と話してみると、いくつかのことが分かったが、父の居所は分からなかった。若者はボゴタ生まれの弁護士で、そういうタイプは中央集権主義的で屁理屈好きのぼくの国には腐るほどいた。彼はコロンに来て二週間が経ったとき、目が覚めると顎の下のリンパ節が腫れていたという。ぼくが会ったときには、病気はリンパ節を越えて肺と血液を侵していた。余命は良くて数カ月というところだった。「その人はあなたの友だちですか?」と若者はぼくに、黄土色の目を半開きにして聞いた。「だったらぼくが明日待っていると言ってくれませんか。ぼくを見捨てないでくれと言って欲しいのです。その人はこの三時間のあいだ、ここの役立たずの医者たちの誰よりもぼくの面倒をよく見てくれました。それを伝えて欲しいんです。死ぬ前にダルタニアンがどうなったのかをぼくが知りたがっていると伝えてください。」若者は、喉で「r」の発音をするとき、正確に発音しようと努めていた。体調が悪いのになぜ、と不思議に思ったが、喉が痛むのか、彼は腫れたリンパ節に左手を添えた。

鉄道会社の事務所――会社名を英語で呼ぶ人もいて、ぼくは同時に二つの国に暮らしている、あるいは見えない国境線を何度も越えている奇妙な感覚を覚えた――を訪ねると、アメリカ人はぼくが切符を買おうとしているのだと勘違いして、綺麗なシャツの袖口を通りに向かって熱心に振って、切符販売所まで送り出してくれた。うち一人はわざわざフェルト帽を被り直して、ぼくについて来てくれさえした。会話はすべて英語で行なわれた。気恥ずかしいので言いにくいが、驚いたことに、英語で話していることに気づいたのは彼と別れたあとだった。綺麗なシャツの袖口がぼくに教えてくれた場所に行くと、繊細なウールの腕がぼくに向かって動き、切符はもうここでは買えないことを教えてくれ、汗だくの額がぼくに、鉄道に大人しく乗っていれば、誰かがぼくに切符を買えと言ってくるだろうと言った。「違うんだ、ぼくが探しているのは……」「心配しなくていい、大丈夫だ。客車で買えるから。」そうしているあいだ、暑さは毒のようにぼくを苦しめた。敷居をまたぎ、影に入ると汗の粒がひとつ、服の下で脇腹をつたった。通りには、汗を一粒も流さずに黒ずくめの服を着込んでいる中国人がいて、ぼくは驚いた。ぼくは荷車を引く連中がたむろしている酒屋に避難した。そこで連中はサイコロ遊びをしていたのだが、まるで命がけのポーカーをしているようだった。その最も暑い時刻、通行人が誰もいなくなった——頭のおかしな奴か新参者でなければ、その時間に太陽の下を歩こうとはしなかっただろう——中央通りでぼくは彼を見た。レストランのドアが開いた。頽廃的な場所が、鏡で覆われた壁があらわになった。ドアからあの向こう見ずな人間が出て来た。よくある冗談に、双子は通りで出くわせば、即座に互いに誰だか分かるとあるが、そのとおり、ぼくは父だと分かった。

恋愛小説の読者よ、我がメロドラマ文化の感動しやすい犠牲者よ、あなたたちはお決まりの再会劇を期待するだろう。疑念の素振りで始まるが、つきつけられた現実に涙がこぼれ、通りの真ん中で汗だくで抱き合い、失われた時間を取り戻そうというあの約束が響き渡る。さて、ぼくとしては、みなさんを幻滅させて申し訳ないと思っている（いない）と言わせていただこう。取り戻すべき出会いは存在しなかったため、再会劇はなかった。父にもぼくにも、失われた時間はなかったために、約束はなかった。そう。生まれはポーランドで、作家になる前は船乗りだったあのイギリス人小説家とぼくでは、いくつか事情が異なっている。ぼくの父はぼくに、ポーランドの土地でシェイクスピアやヴィクトル・ユゴーを読めとは教えなかった。またぼくも、ぼくの記憶のなかでその場面を不滅のものとはしなかった（とはいえ、言っておかなくてはならないが、多少大げさに書いているだろう）。寒いクラクフに二人で暮らしているとき、亡命中の母が死んで落ち込んでいる父を慰めに、ぼくが学校から戻ったとき、父はベッドでぼくを待ってはいなかった……　お分かりいただきたいのだが、父は母から語られた物語を通して聞いていた。父は登場人物、母の解釈といったところだ。さて、あの焼けつくような通りの真ん中で、あの五十がらみの父は、顔を覆い尽くし、容貌の特徴となる白髪混じりの髭越しに話していた。いや、容貌というものはなかった。というのは口髭が唇を覆い尽くし（毛は黄色っぽくなっていたか、もしかすると、もともとそうだったのかもしれない）、頬にまで侵入している髭が目に入りそうなところまで伸びていたからだ。その煙のカーテン、毛の生えていない地帯を進行する白髪混じりのダンシネインの森越しに、見えない父の口が話していた。「そうか、おれには息子がいるわけだな。」手を背中で結び、視線はしっかりと地面を、磨かれた長靴の高さまで暑さによって漂う蜃気楼を見つめ、彼は歩き始めた。ぼくは、ついていかなくてはならないことを理解した。主人を追うゲイシャのようにして後から行くと、彼がこう付け加えるのが聞こえた。「悪くないな、おれの年なら。悪くない。」

こうして事は始まった。とても簡単だった。ぼくには父がいて、父には息子がいた。

父の家はマンサニージョ島の北側に、鉄道会社——すなわちアスピンウォール＝コロン鉄道——の創設者が従業員のために建てた、急ごしらえとはいえ、きらびやかな町にあった。雑木林に囲まれたゲットー、贅沢な高床式の杭上家屋が並ぶパナマ鉄道会社の町は、島の沼地のなかでは衛生的なオアシスのようなところで、そこに入れば別の空気を、チャグレス川の毒気の代わりにカリブの清潔な空気を吸うことができた。白い壁に赤い屋根、ペンキが湿気で剝げ落ち、汚い網戸に蚊の死体がはりついた家には、もともとワッツという技師が住んでいた。ワッツは鉄道が開通する五日前、乾季だったのでガトゥン湖で新鮮な水を二樽買って戻ってきたところ、ラバ泥棒（水泥棒かもしれない）に殺された。理想主義者の父は、家を受け継ぐとき、壁とハンモックと網戸以上の何かを受け継いでいると感じていた……しかし誰か——たとえば最近発見された彼の息子——が、何を受け継いだのかとそのとき聞いたとしても、彼にはどう答えてよいか分からなかっただろう。その代わり彼は、異端審問の時代なら独居房を閉めるのに使われた南京錠で施錠されていたスペイン製牛革張りのトランクから、彼がコロン＝アスピンウォールに着いてから発表した文章の不完全なコレクションを取り出しただろう。父がぼくにしたのはそれだけだった。ぼくはもっと多くの言葉を使い、身振りも交えて父に聞いた。お父さんは何者なの？　すると父は、言葉は発さずに、ただトランクを開け、質問に答えようとした。その結果は少なくともぼくにとって、コロンの町でぼくを待ち受けていたたくさんの驚きのなかでも最初に出会った大きな驚きだった。読者のみなさんには、とても文学的なあの例のこと、息子としての驚きを分かち合って欲しい。ぼくはその家で、サン・ハシントのハンモックに横たわり、カクテルのシェリー・コブラーを空いたほうの手に持って、父の文章を検討する作業、すなわち、ぼくがついさっきその人生に闖入した人物であるミゲル・アルタミラーノが何者なのかを調べる作業に着手した。ぼくは何を発見したか？　医者なら徴候と言うはずのものを発見した。あるいは、当時のぼくたちを悩ませたフロイトのにわか信者なら、コンプレックスと言うはずのものを発見した。ぼくはうまく説明できるだろうか。説明できなくてはならない。

ぼくが発見したのは、父が二十年に渡り、マホガニーの書斎机――飾りとして、大理石の台座に乗った骨の手だけが置いてあった――から、実物大の地峡のモデルを作ってきたということである。いや、モデルというものとは違うかもしれない。あるいは父が駆け出しの記者だった頃ならふさわしい用語かもしれない。しかし、いつかは分からないある時から（科学的に見て、それがいつかを特定することは意味がない）、父の記事に現れるものは、パナマの現実についての――ここでも嫌な用語を用いるが――

曲解、解釈になっていった。ぼくは読むに従って気づいたのだが、その解釈はまるで商船が特定の港にしか興味がないように、選ばれた特定のポイントでのみ客観的な現実と関わりをもった。父は文章のなかで、すでに知られていること、あるいは誰でも覚えていることに、変更を加えることをいささかも恐れなかった。それにはもっともな理由もあった。要はコロンビアのいち州に過ぎないパナマでは誰も何も知らないし、誰も何も覚えていなかったのだ。ぼくはいまでこそこのように言うことができるのだが、あれがぼくにとってはじめて、現実とはペンの力の前には脆い存在であって、誰かが優れたレトリックで武装するだけで、ユートピアを打ち立てることができるという考えに触れた体験だった。これはその後の人生で何度も起きることになる。「はじめに言葉ありき」という聖書のあの空虚な内容がどういうことか、コロンの港で、父の書いたものを前にしてぼくは悟った。インクと紙で出来た生き物としてのリアルな現実。この発見は、ぼくのような年頃の人間にとっては、世界を揺さぶり、信念を変え、無神論者を信徒に、あるいはその逆を可能にする類いの発見だった。

どういうことかはっきり述べておこう。父が嘘を書いていたということではない。父と過ごした最初の日々、ぼくは驚き、また感動を覚えながら、それより何年か前からまず父の知覚を、そしてそれゆえに彼のペンを支配したおかしな病について気づくことになった。パナマの現実は彼の目を通すと、水深を測る棒のようなものだった。曲がって折れる。最初は曲がり、その後折れる。その逆の場合もある。詳しい人が説明してくれたところによると、その現象は屈折と呼ばれているそうだ。というわけで、父のペンはパナマ独立国家のなかで、最も大きな屈折レンズだった。パナマ自体が屈折しやすい場所であるということを考えれば、誰ひとり、誰ひとりとしてそれに気づいていないことの説明がつく。最初ぼくは、礼儀正しい息子であれば誰でもそうするように、悪いのはぼくであって、ぼくは曲解のなかでも最悪のもの、つまり母の皮肉っぽい性格を受け継いでいるのだと思った。しかしやがて、そうではないという事実に気づき、それを受け入れた。

ミゲル・アルタミラーノが書いた最初のころの記事によると、鉄道敷設に伴う死者はほぼ一万人だった。一八六三年のある記事では、父はその半分以下だと見積もっている。一八七〇年頃には、「現在我々が享受する繁栄の殉教者は二千五百人」だと書いている。一八五六年、父は駅の近くで起きた事件を、憤激した調子で仔細に物語った。その事件とは、ジャック・オリヴァーという男がホセ・ルナという男にスイカ一切れ分の支払いを拒んだことがきっかけで、場末に住むパナマ人とアメリカ人乗客のあいだで何時間かに渡って銃撃戦があり、その結果十五名が死亡した事件である。コロンビア政府は侮辱を受けた側の政府に対し、罰金を分割で払い込むはめになった。父のコラムを検討してみよう。一八六七年のコラムでは、十五名の死者数が九名に減じている。一八七二年には、十九名の負傷者が出て、うち七名は重傷と書いているものの、死者が出たとは一言も書いていない。一番最近のコラム——ぼくが着いた年の四月十五日付——では、父は「九名の被害者を出した悲劇」だと記録している（そのうえ、スイカがオレンジに変わっているが、これが何を意味するのかはぼくには分かりかねる）。陪審席の読者よ、ここでぼくは、怠け者の作家たちがよく使う例の一節を利用しよう。つまりこれは氷山の一角であるということだ。しかしぼくとしては、特に証拠を一つ提示しておきたい。ぼくの目の前で起きた最初の出来事である。

ぼくはすでに、リュシアン・ナポレオン・ボナパルト・ワイズが行なったダリエン地方への遠征については言及した。しかしその結果については言及していない。あの十一月の朝、父はコロン港に来てラファイエット号と十八名の遠征隊を見送った。そのあと父は、「スター&ヘラルド」紙（現在の「パナマ・スター」紙）に一枚半ほどの賛辞の文章を寄せ、大洋間運河の建設に向けて第一歩を踏み出した先駆者の幸運と征服者の勇気を称えた。ぼくはそのとき、父と一緒にいた。ぼくはついていったのだ。六カ月後、父は港に戻り、征服者と先駆者の一団を迎えた。ぼくもまた一緒だった。港で父は、というかぼくたちは、隊員のうち二名が密林でマラリアに罹って命を落とし、沖合ではもう二名が同じ目に遭い、雨によっていくつかのルートは通行不可能になり、よって遠征隊が調査するつもりだった土地には当然踏み込めなかったことを知った。コロンに戻った征服者の一行は、脱水状態になり、病気に感染し、鬱ぎ込み、類を見ない挫折の犠牲者だった。しかし二日後、新聞にはミゲル・アルタミラーノの文章が載った。

ワイズ遠征隊の決定的勝利
運河への長い道のりに着手

フランス人中尉は、あれほど大規模な運河建造の最良ルートを開発していなかったにもかかわらず、父は「あらゆる疑いは消え去った」と書いた。フランス人中尉は、トンネルと水門による運河が良いのか、それとも海面上の運河が良いのかについてすら確かめられなかったにもかかわらず、父は「工学面から見れば、ダリエンの密林にもはや秘密はない」と書いた。誰も彼に反論しなかった。屈折の法則は複雑なものである……

しかしどこへ行っても災いの種はあるもので、そのころ大西洋の向こう側でも災いの種が撒かれていた。というわけでマルセイユに目を移すことにしよう。どうしてか？　ぼくはただ公平を期すため、他の連中にも現実を歪める羨むべき能力が備わっていることを示したいのだ（さらに連中はそれをまたとなく上手に、しかも免罪符を持ってやってのける）。もう一度ここでコジェニョフスキの話に戻るが、ぼくは恥ずかしくて隠れたい思いで語る。またこの物語がいま向かいつつあるところについてあらかじめお詫びをしておきたい。ぼくのペンがこれほど厄介な主題を書くことになるとは、いったい誰が予言できただろうか？　しかしどうしようもない。感じやすい読者よ、胃の弱い人々よ、慎み深い御婦人方よ、無垢な子供たちよ、眼を閉じ、耳を塞いでくれたまえ（要するに、次章まで読み飛ばしてくれたまえ）。そうしたほうがいいと助言しておく。ここからぼくは、若きコジェニョフスキというよりは、彼の最もプライベートな部分の話をする。

ぼくたちはいま、一八七七年三月、マルセイユでコジェニョフスキの肛門が苦しんでいるところにいる。いや、もっと率直に、少なくとも科学的に正確を期して、彼の肛門に膿瘍があると言っておこう。この膿瘍はおそらく、肛門の膿瘍の歴史のなかで最も詳しい資料が残っているものだ。少なくとも若い船乗りが書いた二通の手紙、友人が書いた二通の手紙、叔父からの一通の手紙、そして一等航海士の報告書に載っている。それだけの数があることから、ぼくには何度となく以下のような問いが浮かんだ。ジョゼフ・コンラッドの文学作品のなかに、肛門の膿瘍に関する言及はあるのだろうか？　親愛なる読者よ、告白しよう。仮にあったとしても、ぼくには見つからなかった。もちろんぼくは、ある批評家の記事、それによるとその膿瘍は「紛れもない闇の奥」ということだが、ぼくはこの意見には同調しない（ジョージ・ギャラハー『イラストレイテッド・ロンドン・ニュース』、一九二一年十一月、一九九ページ）。またぼくは、コジェニョフスキが実生活で秘かな苦痛に襲われたときに、「恐怖だ、恐怖だ！」と叫ぶような人物だとは思っていない。いずれにせよ、あの春、コジェニョフスキを苦しめている膿瘍ほどに、肛門であれ他の部位であれ、形而上学的に見て、あれほど強烈な帰結をもたらした腫瘍はない。というのは、彼はその病気が原因で、蒸気船サンタントワーヌ号が再びカリブ海に出港するとき、陸地に残らなければならなかったからである。

　否応なく陸地にいたそのころ、落ち込んで退屈しきったコジェニョフスキは、甲板航海士になるための理論的な訓練に専念する。しかしその訓練は、いくつかの意味で理論的である。というのは、実践ではまったく異なることが起きるからだ。コジェニョフスキは古い港《ヴィユー・ポール》を散歩したり、疑わしい評判の人々を訪ねて時間をつぶす。夏になり、コジェニョフスキは訓練を補おうとする。サント街十八番地の貧相な部屋で、ファゴー夫人の軟膏を二度ほど塗り、同じ通りの二十二番地に住んでいるヘンリー・グランドという男から英語を習う。カフェ《ボドゥール》では、酒を二杯、あるいは葉巻を二本吸いながら、郷愁にひたる現実主義者から政治を学ぶ。肛門の膿瘍が原因で、彼はデレスタン氏に追従する者が正しいということに気づく。すなわち、このポーランド出身の船乗りと当時同じ年だったスペイン王アルフォンソ十二世が、共和主義的無神論の操り人形にすぎないということ、また、スペイン玉座の正統にして唯一の所有者は、迫害を受けてフランス国境の向こうに隠れたドン・カルロスであるということである。これはもちろん、一つの見方だ。もう一つの見方は、コジェニョフスキにとってカルリスタ、王政、共和国、スペインというのはそもそもどうでもいいというものだ。しかし彼を陸地に留めた肛門の膿瘍はまた、彼が期待していた給与も彼から奪うことになった……

コジェニョフスキは急に金がないことに気づく。最後の旅でたしなむようになった上質のブランデー、上質の葉巻をどうやって買ったらよいのか？　ヨーロッパ政治がそのときの彼に、みすみす逃してはならない機会を提供する。すなわちコロンビア保守派へのライフル密輸はうまく進み、実に簡単だったため、今回コジェニョフスキはデュテイユという大尉の招待を受け入れる。大尉はカルリスタへの武器援助のための千フランを机の上に置く。何日かが過ぎると、その投資が四百フランの利益を生む。ドン・カルロス万歳！　とコジェニョフスキはマルセイユの街路で叫ぶ。その叫び声は、好戦的な保守派のコロンビア人将軍の無意識のこだまをうむ。くたばれ共和制！　くたばれアルフォンソ十二世！　コジェニョフスキは交渉に向いた自分の才覚に熱狂してカルリスタ十字軍に二度目の投資を行なう。しかし政治目的の密輸相場は気まぐれで変わりやすく、今度は若い投資家はすべてを失ってしまう。ファゴー夫人の友人が用意した新しい軟膏を塗りながらコジェニョフスキは考える。原因はすべて膿瘍にある。ファゴー夫人の友人、万歳！　くたばれ、肛門の膿瘍！

そのころコジェニョフスキは、ハンガリーの女優にして野心家ドン・カルロスの愛人、ドン・カルロスの玉座復位活動家にしてつれない姫君であるパウラ・デ・ソモギと知り合う。パウラは美しく、年齢では野心家ドン・カルロスよりも密輸人コジェニョフスキに近い。道に迷う若者とドン・カルロスの破廉恥な愛人が不倫関係を持ったとき、恋愛小説に起きることがコジェニョフスキの人生にも起きる。船乗りが使うモーテルで頻繁に密会が行なわれる。パウラは見つからないように、『三銃士』のミレディ・ド・ウィンターを真似て顔を頭巾で被う。コジェニョフスキは窓から出入りして、マルセイユの屋根の住人になる…… しかし密かな愛の逢瀬の楽園は続かない（ロマン主義の法則の一つだ）。そこに、アメリカ人冒険家ジョン・ヤング・メイソン・キー・ブラントが登場する。彼は鉄道が敷設されるより前、地峡に試掘者を連れ回し、ゴールドラッシュの頃パナマで暮らして一財産を成した男だった。誰も想像できなかったが、ブラントはハンガリー女優が気に入っていた。ブラントは彼女を追い回し、ナイトクラブのフロアショーにこそふさわしいやり方で彼女を追いつめる（ブラントは彼女を壁際まで追いつめ、両腕で囲い、耳元で魚の匂いのする淫らなことを囁くのだ）。しかしパウラは高潔な女性であって、信仰により、愛人は一人まで。そこで彼女は、手のひらを額に当てて頭を後ろに倒しながら、コジェニョフスキにすべてを打ち明ける。若者は自分の名誉と、自分が恋している女の名誉を守ためには他に選択肢がないことを知る。若者はブラントに決闘を挑む。マルセイユの昼下がりの静けさのなか、突如銃声が響き渡る。コジェニョフスキは胸に手を当てる。「おれは死ぬ」と言う。その後明らかになるが、彼は死なない。

ああ、親愛なるコンラッドよ、君は何と向こう見ずな若者だったことか……（親しみを込めて君と呼びかけてよいだろう、コンラッド？ ぼくらはいずれにせよ互いによく知っているのだし、ぼくらはとても親しいのだから……）ずっとあとになって君は、あの活劇について、トレモリーノ号に乗って地中海で密輸人だったときの旅について、沿岸パトロールとの遭遇について――誰かが密輸業者のことを密告したんだね――、そして密告者シーザーが自身の叔父、コルシカのオデュッセウス、他ならぬドミニック・チェルボーニの手によって殺されることについて書き残すことになるだろう。しかし「書き残す」とは間違いなく腰の低い、寛大な表現だ、コンラッドよ。というのは、実を言うと、どれほど歳月が過ぎ、すべてが真実になりはしても、ぼくは君が語ったことを一言も信じられないでいるからだ。チェルボーニが自身の甥を船外に落として殺害した瞬間を君が見たとは信じられない。盗み取った一万フランの重みで甥が地中海に沈んでいったとは信じられない。コンラッドよ、人生を書き換える君の技が巧みだったことは認めよう。君の罪のない嘘――そして罪がないとは言えないその他の嘘――は、問題とはみなされずに君の公的な伝記に載るようになった。コンラッドよ、君は名誉の決闘について何回話をしたのだ？　君はあのロマンチックで害のない話を何回妻や息子に語って聞かせたのだ？　死ぬまで妻ジェシーはあの話を信じていたし、息子のボリスとジョン・コンラッドも同じだ。彼らは父が現代のマスケット銃士のようだと、アトスのように高潔で、ポルトスのように感じが良く、アラミスのように信心深いと信じて育った。しかし真実は異なる。もっとありふれている。陪審席の読者よ、コンラッドの胸に銃弾の痕があることは確かである。しかしコンラッド的現実とリアルな現実の類似はそれだけだ。その他多くの場合と同様に、リアルな現実は、小説家コンラッドの豊富な想像力の落葉の下に埋められている。陪審席の読者よ、ぼくはここで相反する解釈を提示しよう。落葉を片づけて、広められた真実の平和な屋敷に不和をもたらしたい。

若きコジェニョフスキ。ぼくには彼が見える。読者にも彼を見てもらいたい。あの時代の写真を見ると、彼はまだ髭もなく、髪は直毛で、眉は長く真っ直ぐ伸び、目は薄茶色の若者だ。貴族の生まれを、誇りと同時に気取った蔑みで眺めている若者。身長は一メートル七十センチあるけれども、この時代の彼は内気ゆえにそれよりも低く見える。読者よ、見ていただきたい。コジェニョフスキは何よりもまず羅針盤を失った若者である…… それだけではない。人間も信じられなくなった。癖になる密輸という名の馬に全財産を賭けて失った。デュテイユ大尉は彼を裏切った。大尉は金を奪うとブエノスアイレスへ旅立っていた。読者のみなさん、彼が目に入りますか？ コジェニョフスキは当て所なくマルセイユの港をさまよい、肛門には膿瘍があり、ポケットには一銭もない…… コジェニョフスキは考える。世界は急に難しい場所になってしまった、全部金のせいだ、と。デレスタン氏とは喧嘩した。彼の船には二度と乗らないだろう。あらゆる道が閉ざされようとしている。コジェニョフスキは叔父のタデウシュのことを（おそらく）考える。叔父の送金のおかげで、コジェニョフスキはポーランドを出てからの危機を乗り越えてきた。叔父のタデウシュは定期的に手紙を書いて寄越す。コジェニョフスキにとって、叔父の手紙は喜びをもたらすものには違いないが（祖国とのつながりなど）、実際のところは彼を苦しめてもいる。一通一通が裁判だ。読み終わる度に、コジェニョフスキは有罪で、刑の宣告を受けている。「お前が使い込んでいるせいで、お前は二年で三年分の生活費を使い果たした」と叔父は書いている。「私の送金が足りないなら、自分で稼ぎなさい。稼げないというなら、自分の稼ぎで補えるようになるまで、他人の労働が与えるものでよしとしなさい。」 叔父のタデウシュによって、コジェニョフスキは無力になる。自分が子供になったような、無責任な人間だと感じる。急に叔父のタデウシュが、ポーランドの憎悪すべきすべてを体現しているように見え始める。束縛と制限によって、コジェニョフスキは逃亡を余儀なくされる。「これほどの問題を引き起こすのは最初で最後だと私は願っているよ。君に祝福と抱擁を送る。」 最初だ、とコジェニョフスキは考える、最後だ。最初。最後。

　コジェニョフスキは二十歳にして、借金で首が回らなくなるとはどういうことかを学んだ。密輸の成り行きを待っているあいだ、彼は他人の金で暮らしていた。他人の金で、実現する見通しのない旅の道具を買った。リチャード・フェットに援助を乞う——最初で最後——のはそのときだ。八百フランを借りてヴィルフランシュへ出発する。そこに駐留しているアメリカ合衆国の騎兵中隊と合流するつもりだった。その後のことはすぐに起こり、コジェニョフスキの頭の中で、そしてコンラッドの頭の中でも生涯起き続けるだろう。アメリカ合衆国の船に空きのポストはない。ポーランド人だったコジェニョフスキは軍人の身分証明書もなく、定職もなく、品行方正を証明する文書もなく、甲板で有能であることを証明する文書もなく、拒否される。コジェニョフスキの家系は、無分別で、直情径行型だ。父アポロはロシア帝国に謀議を企て、何度か謀反を組織したことで、有罪宣告を受けた。父は愛国主義の理想に人生を賭したのだった。しかし絶望した若い船乗りのほうは、父のことは思い出さずに、公共の交通機関に乗ってモンテカルロへ運ばれ、父とは違い、（いわば）あまり利他的ではない動機から人生を賭けた。コジェニョフスキは目を閉じる。そして、もう一度目を開けると、彼はルーレットの前に立っている。「ルーレテンブルグへようこそ」と、皮肉に考える。彼は、ギャンブルに溺れた連中のふざけた暗号であるその言い方をどこで聞いたのか覚えていない。しかしわざわざ思い出の中を追い回したりはしない。彼は別のこと、回り始めた玉に集中していた。

　コジェニョフスキは自分の金、全財産を握る。その後、チップをテーブルの柔らかな表面に滑らせる。チップは黒の菱形の上に心地良さそうに居場所を定める。「賭けるのはそこまで《レ・ジュ・ソン・フェ》」と声が叫ぶ。ルーレットが回っているあいだ、ルーレットの上で黒い玉が、チップの下の菱形と同じ色の玉が回っているあいだ、コジェニョフスキは自分の言葉ではなく、出所不明の言葉を思い出して驚く。

いや、思い出しているのではない。言葉が彼に侵入していた、彼を突如襲っていた。ロシア語の言葉だ。父を殺した帝国の言語だ。どこから来るのだ？　誰が話している？　誰に向かって話している？「慎重にはじめさえすれば」、と頭の中にわいてくる新しい謎の声が言う。「それにしても、本当にわたしはそれほど幼い子供なのだろうか？　はたしてわたしは、自分が滅びた人間だということを理解していないのだろうか？」　ルーレットは回り、色彩は消えるが、コジェニョフスキの頭の中で声は執拗に話し続けている。「だが、なぜわたしはよみがえることができないのか！　生涯にせめて一度なりと、打算的で忍耐強くなりさえすれば、それでもうすべてなのだ。せめて一度でも根性を貫き通しさえすれば、一時間ですべての運命を変えることができる！　大切なのは、根性だ。七カ月前、ルーレテンベルグで、決定的な敗北を喫する前に、わたしの身にこの種のことが起こったのを、思い出しさえすればいい。」　奇妙な言葉はあそこにある、とコジェニョフスキは考える。ルーレテンブルグが何かを彼は知らない。どこにあるのかを知らない。誰が頭の底から、その未知の場所を言っているのかを知らない。聞いたことのある何かなのか？　読んだことのある何かなのか？　夢に見た何かなのか？　そこにいるのは誰だ？　とコジェニョフスキは問う。声は言う。「あれは決断力のすばらしいチャンスだった！　あの時わたしは、有金残らず、すっかり負けてしまった。」　誰だ？　誰が話している？　とコジェニョフスキは問う。声は言う。「わたしはカジノから出て、ふと見ると、チョッキのポケットにまだコインが一枚あった。ああ、食べる物を買う金はあるわけだ、とわたしは思ったが、百歩ほど行ってから、考え直し、カジノに引き返した。」　ルーレットは止まり始める。お前は誰だ？　とコジェニョフスキは問う。

声は言う。「独りきりで、祖国や友人から遠く離れたよその国で、今日何を食べられるかも知らぬまま、最後のコインを賭ける、その感覚には、何か一種特別なものがある。そして……わたしは勝って、二十分後、百七十グルデンをポケットに入れて、カジノを出た。これは事実である！　最後のコイン一枚が、時にはこれだけのことを意味しかねないのだ！　もし、あの時わたしが気落ちして、決心をつけかねたとしたら、どうだったろう？」しかしお前は誰だ？　とコジェニョフスキは問う。声は言う。「明日こそ、明日こそ、すべてにケリがつくことだろう。」

ルーレットは止まった。

「赤！」男の蝶ネクタイが叫ぶ。

「赤」とコジェニョフスキは繰り返す。

ルージュ。レッド。ローチュ。

彼はすべてを失った。

マルセイユに戻り、彼は何をしなければいけないかがよく分かっている。最も多く金を借りている友人のフェットを、紅茶でも飲もうとサント街のアパートに誘う。家には紅茶も買う金もないが、それはどうでもいい。ルージュ、レッド、ローチュ、と彼は思う。明日こそ、すべてにケリがつくことだろう。港まで出かけ、イギリスの蒸気船に近づいて、まるで生まれたばかりのロバにするように、届きそうなほど腕を伸ばす。コジェニョフスキは蒸気船と地中海を真正面に見ながら、激しい悲しみの発作に襲われる。その悲しみは懐疑主義の、行き場のないことの、世界に居場所がないことの悲しみである。冒険というものに惹かれ、冒険が存在しない人生と訣別しようとしてマルセイユにやってきたが、彼はいま迷いを感じている。肉体的ではない疲労が彼を内から蝕んでいる。そのときになってはじめて、ここ一週間で七時間も寝ていないことに気づく。顔を上げ、蒸気船の三本のマスト越しに広がる曇った空を探す。港のかすかなざわめきのなかにいると、宇宙は理解できないイメージの連なりとして示される。五時になる少し前、コジェニョフスキは部屋に戻ろうとする。ファゴー夫人は貸した金を返す持ち合わせがないかを尋ねる。「もう一日待ってください」とコジェニョフスキは言う、「もう一日です。」そして考える。明日こそ、すべてにケリがつくことだろう。

　部屋に入って最初にすることは、一つしかない窓を開けることだ。海の匂いが寂しげで湿った一陣の風に混じって入り込み、彼はあやうく泣きそうになる。トランクを開け、彼が短い人生で知り合った全員の名前と住所の書かれた帳面を底から取り出し、それを眠っている赤ん坊にするように慎重にベッドカバーの上に置き、訪問者の目に入るようにする。トランクからリボルバーも見つけ出す。シャメロー・デルビン・リボルバー、金属製弾丸六発式だが、コジェニョフスキはシリンダーを開き、弾を五発取り出す。その瞬間、声が聞こえる。紅茶がないのを知らずに紅茶を飲みにやって来たフェットの声だ。いつものように礼儀正しいフェットはファゴー夫人に挨拶をして、彼女の娘が元気かと尋ねる。コジェニョフスキは階段を上がる足音を聞き、ベッドに腰掛ける。壁に寄りかかり、シャツを持ち上げる。リボルバーの冷たい銃身を、心臓があるはずの胸の部分に当てると、乳首は固くなり、怒った猫の毛が逆立つように首筋に鳥肌が立つのを感じる。明日こそ、すべてにケリがつくことだろう、と彼は考え、その瞬間、頭のなかに光が灯る。それは小説の一節、そう、ロシアの小説の最後の一節だ。カジノで聞こえていた謎の言葉はその小説の最後の一節だ。『賭博者』というタイトルを思い出し、あまりに素朴で、つまらないタイトルだとすら思う。ドストエフスキーはまだ生きているだろうかと自問する。自分が好きになれない作者が、彼の頭をよぎる最後のイメージになるとは不思議だと彼は思う。

コンラト・コジェニョフスキはこのことに可笑しくなって、引き金を引く。

シャメロー・デルビン・リボルバーの弾丸は、コジェニョフスキの命に関わる器官にはどこにも触れず、あり得ないようなジグザグを描いて動脈をかわし、肺を避け、必要とあれば九十度曲がり、絶望した若者の死を延期する。ベッドカバーと枕は血に浸り、血は壁とベッドの頭部に飛び散る。何分かすると、友人のフェットが最初に怪我人を、続いて住所録を見つけ、彼は叔父のタデウシュに、後に若者の状況を総括することになるあの有名な電報「コンラート負傷した、金送れ」を送ることになるだろう。叔父のタデウシュはキエフからマルセイユまで鉄道で急遽駆けつけ、支払うべき借金——借金取りが一人ではないこともついでに分かるのだが——と治療費を支払うだろう。コジェニョフスキは少しずつ回復するだろう。何年かが過ぎると、嘘をつくとそれなりに利益の出る職を得て、胸の傷の理由についても嘘をつきはじめるだろう。彼は決して、傷が出来た本当の理由を告白しないだろう。一度としてそうしなければならないことはないだろう……本題に入ろう。つまり叔父のタデウシュが死に、リチャード・フェットが死ぬと、ジョゼフ・コンラッドの自殺未遂は世界の出来事から消えた。ぼく自身も騙された……一八七八年の初頭、ぼくは胸に鋭い痛みを感じた。ぼくは、自分とジョゼフ・コンラッドのあいだに呼応する法則があるのを知る前のことで、その痛みは軽い肺炎に特有の症状だと診断された。何年も過ぎた後——双子の相手の魂とぼくを結ぶ目に見えない絆があるのを知り、人生で最も重要な出来事を、初めて正しく解釈できるようになったとき——、あの怪物的な痛み、（最初は）空咳、（最後は）つらい咳をともなってぼくを襲い、呼吸困難と不眠でぼくを苦しめたあの痛みが、名誉の闘いの高貴な反響であり、人類による騎士道物語への一種の参入であることがぼくは最初誇らしかった。しかし真実を知って軽く幻滅したと告白しておこう。自殺は高貴ではない。それだけではない。自殺はカトリック的精神に欠ける。カトリックにして高貴なコジェニョフスキ／コンラッドはそれを知っていた。でなければ、陪審席の読者よ、彼はそれをわざわざ隠したりはしなかっただろう。

肺炎と診断された病によって、ぼくは十週間にわたりベッドから動けなかった。別の男が世界の別の場所で同じ瞬間に寒気に苦しんでいるとは思いもよらず、同じ寒気に苦しんでいた。川のように流れる汗をかいているとき、その寒気が遠く離れた他人の汗の形而上学的な反響だと考えるよりも、肺炎と診断された病のせいだと考えることのほうが、ずっとまともではないか？　肺炎と診断された病に侵された日々は、ぼくの記憶ではアルタミラーノの下宿と結びついている。父はぼくを家に閉じ込めた——ぼくを拉致し、隔離した——。というのは、多くの人々がいろいろな言い方で述べているが、要約すれば、「非衛生的で、熱病が伝染する当時のパナマでは、病院に入ることは二度と戻らぬことを意味する」ことを父は知っていたからである。「着いたときには病人で、出るときには死人である」というのがそれを要約する諺だった（この諺は英語からパピアメント語まで、コロンの街ではあらゆる言語で広まっていた）。こうして白い壁と赤い屋根、海の風に洗われ、アマチュア医師の父ミゲル・アルタミラーノが手入れをした家は、ぼく専用の小さな療養所になった。別の言い方をすれば、ぼくの**魔の山**だ。ぼく、フアン・カストルプあるいはハンス・アルタミラーノは、療養所で父がふんだんに与えてくれるさまざまな教訓を受け取っていた。

　小説風の言い方をすれば、こうして時は過ぎた。

　こうして（手に負えないまま）過ぎていった。

　ぼくが隔離されたあの場所、あるいはひょっとするとぼくが庇護されたあの場所に、父は世界全体で起きているすばらしい物事について話しにやってきた。

　適切な表現で補っておこう。すばらしい物事とは、楽観主義者である父にとっては、当時どこでも聞かれた大洋間運河の話題に関するほとんどすべてのことであり、世界全体とは、コロンとパナマ市とその両方に広がっている、一応堅固な部分の土地、すなわち鉄道が走り、読者はすでにお気づきの理由により、間もなく**西洋の不和の種**のようなものになるあの地帯のことだった。そのころ、それ以外のものは存在していなかった。他の何についても話す価値はなかったか、あるいは世界の別のところでは何も起きていなかった。たとえば（ほんの一例だが）父は、そのころリモン湾にアメリカの艦艇が着き、完全武装をしたまま地峡を渡ろうとしていることをぼくに語ってくれなかった。父は、コロンの工兵隊長リカルド・エレーラ大佐が、「アメリカの連中が計画通りにコロンビアの領土を横断することには同意しない」と宣言し、「武力でコロンビアの主権を守る」とグリンゴを脅したこともぼくに語ってくれなかった。父は、アメリカ軍司令官が計画を断念し、誰でもするように、地峡を鉄道で横断したことをぼくに語ってくれなかった。もちろんありふれた出来事ではあった。いずれ分かることだが、何年か後、**主権の誇り**に対するあの異例の攻撃が意味を（つまり抽象的な意味を）を持つことになるのだが、父はそれを知る立場になく、ぼくもまた無知であるしかなかった。

その代わりぼくは、父が微に入り細にわたる描写とともに伝えるニュースを通じて、リュシアン・ナポレオン・ボナパルト・ワイズ中尉が緊急の任務でブエナベントゥーラを経由し、十日間で四百キロを移動してボゴタまで来ていたこと、そして、着いたときにはひどい悪臭を放ち、髭剃りがすぐに必要な状態だったことを知った最初の人間だった。また、ワイズ中尉は二日後、髭を剃ってオーデコロンの匂いを漂わせ、コロンビアの外務秘書官ドン・エウストルヒオ・サルガールと面会し、コロンビア合州国政府から、**糞ったれ運河**の建設に関する九十九年間有効の独占的許可権をとりつけたこともぼくは知った。さらにぼくは、ワイズ中尉がその権利委譲書をポケットに入れ、アメリカ人から地峡探検の調査レポートを購入しようとニューヨークに渡ったことも知った。さらにぼくは、アメリカ人たちが真っ向からレポートを売るのを拒否し、それればかりか、地図を少しでも見せたり測量の結果を少しでも明かしたりすることも拒み、地理的な情報を共有することも、フランス人の計画に耳を傾けることも拒否したことも知った。「交渉は進んでいる」と、屈折望遠鏡である父は「スター&ヘラルド」紙に書いた。「鉄道のように進んでいるので、いかなるものもそれを止めることはできないだろう。」

いまあの遠い日々を思い出してみると、ぼくの人生が経験した最後の静寂の時代だったことが分かる。(メロドラマに出てくるようなこの宣言は、うわべほどメロドロマ的ではない。ぼくが生まれ落ちた熱帯の僻地、オンダの街というあの**遥かなる湿気の王国**に生まれ落ちた人間にとって、世俗的な経験というのは、どれも奇妙な強度を備えている。さほど内気でない人の手にかかれば、あの岸辺で過ごした牧歌的な少年時代は、たくさんの安っぽい十一音節の詩行の題材になったことだろう。たとえば「起伏のないぼくの幼少期の濁った水」、あるいは「あの起伏のない水の濁った幼少期」、あるいは「幼少期の起伏のない濁った水」でもいい。）しかしぼくが言いたいのは、このことだ。真新しい父――ぼくにとっては、彼が住んでいた杭上家屋と同様に、父は即席で一時的な存在だった――と過ごしたコロンでのあの最初の何年間は、ぼくは気づかなかったとはいえ、相対的には平穏な時だった。ぼくのガラス玉には、やがて来る出来事が映し出されていなかった。その他もろもろの事柄を隅に追いやるあの新しい出来事、すなわち父を得ることに集中していたのだ。したがって、いったいどのようにしてこれから起ころうとしていることを予見し、角を曲がったところでぼくたちを待ち受ける**偉大なる出来事**の滝まで先回りできたというのか？　いまここでぼくは恐るべきことを書くが、お許しいただきたい。あの日々、ミゲル・アルタミラーノと話をし、彼と行動を共にし、彼の看病を享受しながら、ぼくは世界における自分の居場所に行き着いたと感じた。（深い確信とともに感じたのではない。そんな大胆さを楽しむどころではなかった。たいてい起きることだが、最終的に自分は間違っていたことになる。）

ミゲル・アルタミラーノはぼくの看病と引き換えに、ぼくの無条件の関心だけを、熱心に聞いていないぼんやりした聴衆であることを要求した。父は聞き手を探す演説家だった。父は理想的な不眠状態にある理想的な聞き手を探し求め、あらゆる状況からして、父は息子がそれだと見なしたようである。ぼくが肺炎と診断された病を克服してからかなりたったあとも、何カ月かのあいだ、父はぼくが病気だったときにしたのと同じように話し続けていた。理由は分からないが、ぼくの病気と、**魔の山**での監禁は、父から奇妙な教育的熱意を引き出すことになり、その熱意はその後まで引き延ばされた。父はまるで回復期の患者に対してするように、ぼくにハンモックを譲り、椅子を玄関の木製の階段に近づけた。ぼくたちが蚊に慣れ、パナマの夜の濃密で湿った暑気に身を沈めると、ときどき腹をすかせたコウモリがはばたくなかで、父のモノローグが始まった。長い歳月の後、ある忌々しい本のなかで、父が知るよしもない小説家は、「彼の同国人の多くと同じように、彼は飾りたてた言葉の響き、特に自分の言葉にうっとりとして我を忘れるのだった」と書いている。しかしその描写は適切だ。父は自分の声と考えに魅せられ、テニス選手が壁打ちをするように、ぼくを壁として使った。

こうして奇妙な習慣がぼくの新しい生活に根を下ろした。昼間、ぼくは、証人の証人として、**地峡の記録者**の仕事をする父に付き添ってコロンの焼けつくような街路を歩き回り、鉄道会社の事務所を繰り返し訪れた。あまりに頻繁に通ったために、そこはぼくにとって第二の家庭になった（たとえば祖母の家のような、いつもぼくたちを暖かく迎えてくれて、テーブルにはいつもぼくたちのために食事が用意されているような場所だ）。やはり焼けつくように暑い夜になると、ぼくは**大洋間運河と人類の未来**についてのアルタミラーノの講座に出席した。昼間、ぼくたちは白い木造の「スター＆ヘラルド」紙の編集部を訪れた。父は仕事の依頼か助言か任務を命ぜられ、ぼくたちはすぐに外に飛び出した。夜になると、父はぼくに、なぜ海面レベル方式で建設される運河のほうが、水門式よりも優れ、費用がかからず、問題が少ないのかを説明し、水門式を支持する者がどれほど進歩の敵なのかを説明した。昼間、汗でびっしょりになったぼくの体は、父の体に付き添って鉄道機関士を訪問した。ぼくは、機関士が仕事中に数えきれないほどの襲撃を受け、その証拠にまだ治り切っていない刺し傷を何十と負ってはいるが、しかし鉄道会社のおかげでいかに自分の人生が変わったのかを話すのを聞いた（「傷痕を触ってみなよ、旦那、触るだけでいいから」）。夜になると、ぼくは、運河の建設には、アメリカの探検隊が反対の報告をしても、パナマのほうがニカラグアよりも適した領土であることを詳細に渡って知らされた（父によれば、「グリンゴはただ単にコロンビアを無茶苦茶にしたいだけだ」ということだった)。昼間……　夜になると……　昼間……

ぼくには知るよしもなかったが、そのころパリのサン・ジェルマン大通り百八十四番地に、コロンビア合州国を含めて二十以上の国の代表者が集まっていた。彼らは二週間、父とぼくが夜、コロンで行なっていたのと同じことを行なっていた。すなわち、パナマ地峡に海面レベル方式で運河を建造することの長所(と困難と影響)を議論していたのである。著名な演説家のなかにはリュシアン・ナポレオン・ボナパルト・ワイズ中尉がいた。彼はまだ、道の真ん中で疥癬《かいせん》にかかった犬のように地峡の蚊に刺されたあとを引っかいたり、あるいは、暑苦しい夢のなかにダリエンの密林で死んだ土木技師が登場し、恐怖の叫びを上げて目を覚ましたりすることがあった。探検には失敗し、土木知識に欠けていたとはいえ、ワイズ中尉——髭を剃ったばかりでエウストルヒオ・サルガールが署名した委譲書を上着の内ポケットにしっかりと入れている——は、パナマが大洋間運河建設という途方もない企てを許容しうる地球上で唯一の場所であるという意見の持ち主だった。また彼は、海面レベル方式の運河がその企てを適切に完成させられる唯一の方法であるという意見の持ち主だった。チャグレス川の恐るべき水量、聖書を思わせる洪水の歴史、川というよりは小さなバミューダ・トライアングルの底に眠る遭難品の目録に関する問いに対し、ワイズはこう答えた。「フランス人土木技師は困難という単語を知らない。」ワイズの意見は、フェルディナン・ド・レセップスというスエズ運河の建造者である英雄的人物の保証に裏書きされ、代表団を納得させた。代表団のうち七十八名、そのなかの七十四名はレセップスと個人的な友人だったが、彼らはワイズの計画に躊躇なしに賛成票を投じた。

続いていくつかの祝賀行事が催され、パリのあちこちで宴会が開かれたが、ぼくが特に関心を惹くことがひとつある。カフェ《リッシュ》で、著名なるコロンビア国家を代表して、アルベルト・ウルダネタが盛大な祝宴を企画したのである。彼は、二組の楽団、銀食器、会食者一人ずつに制服を着せた召使、さらに招待客たちのあいだで会話が弾むように、ホールを歩き回る通訳者を二、三人用意した。祝宴の目的は、コロンビアの独立と、レセップスが代表団への説得に勝利したことを祝うことにあった。祝宴はいわば、コロンビア性とコロンビアの精髄、誰もが——つまり全員が——詩人であり、詩人でない者は演説家であるこの国の精髄がためされる場所になった。詩が朗読され、演説が披露された。金のリトグラフで書かれたメニューの表面には、ボリーバルかサンタンデールの肖像画があった。ボリーバルの肖像画の背景には、それ自体も金のリトグラフで書かれたように見えた三行詩があった。それはどう見ても政治的マスターベーションとしか思えないものなので、ぼくにはどうでもいい。その代わりサンタンデールの後ろには、若々しい詩業の珠玉の作品があった。それは四行詩で、コロンビアで最も上品な学校の女子生徒の作品集から出て来たかのようだった。

勇敢で大胆な指導者
貴方は尊大な王の力を倒した。
執政官の地位に相応しい知を備え
法律家と呼ばれた。

演説の（いわば）責任者はキハーノ・ワリスという男だった。彼は言った。「アラブの息子たちが世界のどこにいようとも、その精神で距離を乗り越え、聖なる都市に向かってひれ伏しているように、我々もまた、コロンビア人の思いが大西洋を越え、その思いが熱帯の陽光で温められ、その思いが我が愛しの浜辺でひざまずき、歓喜の日にコロンビアに挨拶をし、コロンビアを祝福できるようにしようではありませんか。我々の両親は、我々を宗主国から独立させてくれました。レセップス氏は、世界の商業を地峡という障害から独立させ、そしておそらくコロンビアを永遠に、市民の不和とは無縁にしてくれるでしょう。」

ワリスの思いは、ぼくの想像では、大西洋を越え、温められ、ひざまずき、挨拶をし、祝福するというそれらすべてを行なった……その年の終り頃、もっと暑く、雨の少ないときに大西洋を渡ったのは（ひざまずきはしなかったが）、フランス人だった。「スター＆ヘラルド」紙は父に依頼して、フェルディナン・ド・レセップス氏と彼のガリアの英雄たちから成る一団について——できれば散文で——記事を書かせた。いずれにしても、政府代表者、銀行家、新聞記者、生まれたばかりのぼくたちの経済評論家、出来たばかりのぼくたちの共和国の歴史家の連中はみな、このときばかりは意見が一致していた。すなわち、コロンという街にとって、彼らフランス人の訪問は、遥か前にクリストバル・コロンがたまたま我々の動揺する土地を発見した日以来の、最も重要な訪問だったのである。

レセップスはラファイエット号を下船し、誰とでも完璧なスペイン語で話し、疲れた猫のような好奇の眼差しで周囲を眺め、パナマ人たちがこれまで見たことのない微笑みを右に左に投げ、中途半端なサンタクロースのようなたっぷりとした白髪をみせびらかした。そのときから父は一瞬たりとも彼から目を離さなかった。夜になると、父はコロンの目抜き通りで、獲物をすぐ後ろから追いかけた。絹のような紙で作られ、今にも火事を起こしそうな中国製の提灯の下を抜け、まず鉄道駅の正面を、その後コジェニョフスキが密輸品のライフルを降ろした桟橋の正面を過ぎ、まだ息子ではなかったときの息子がコロンで最初の夜を過ごしたホテルの正面を通り、世界で最も有名なスイカを売る、客と野次馬が銃殺された店の脇を通った。明くる朝、父はほどよい距離を保ってレセップス氏を見張った。彼が耐えがたい暑さのなか、ベルベットのスーツを着せた三人の息子と出かけるのを見、子供たちが幸せそうに、街路の腐肉と腐った果物の臭いのなかを駆け回り、海のそばで生まれたばかりのラバに襲いかかる禿鷲の群れを驚かすのを見た。父はさらに見た。レセップスはパシフィック・メールの桟橋でインディオの女を不意に捕まえ（そのとき、市長が契約した楽団が、レセップスの到着を祝うためにラッパを鳴らした）、ダンス向きではない行進曲で女と踊ろうとした。インディオの女が力ずくで離れ、海辺でかがみ、不快極まりないといった表情で手を洗おうとしたときもレセップスは笑いをやめず、そればかりか高笑いを放ち、熱帯への愛を、彼らを待ち受ける輝かしく明るい未来《リュミヌー》への愛を叫んだ。

レセップスはパナマ市行きの列車に乗り込み、父もすぐ後ろから乗った。列車がチャグレス川に着いたとき、レセップスは大声で担当者を呼び、列車を停めるように命じた。彼、フェルディナン・ド・レセップスは敵の水をコップ一杯持ち帰らなければならなかったのだ。随行団――アメリカ人、コロンビア人、フランス人――は全員、コップを掲げて運河の勝利とチャグレス川の敗北を祝福した。グラスがカチカチ音を立てているあいだ、レセップスの使者は、膝まで届く牧草の湿った小道を通ってガトゥンの集落を駆け足で抜け、小舟が休んでいる即席の艀《はしけ》に着くと、インディオの女が桟橋でかがんだのと同じように小舟の横でかがみ、たったいま空にしたシャンパングラスで緑がかった液体を汲むと、なかには死んだ蚊と緑の藻がたっぷり入っていた。レセップスと父は一度だけ話をした。鉄道を敷設したころ、鉄道会社の社員が死体を埋めたホープという小高い丘の側を列車が通ったときだった。父は情熱に火がつき、かつてボゴタまで運ばせた氷の樽に詰め込まれた中国人について話をした（「どこだって？」とレセップスは尋ねた。「ボゴタです」と父はもう一度言った）。父はさらに、もし彼ら中国人が首都の大学で研修医に利用されなければ、この土地の下に、蘭とキノコの下に埋められたはずだと付け加えた。父はレセップスと握手をして、知り合うことができて光栄です、あるいは大変光栄です、あるいはもしかすると、まったくもって光栄です、と言ったに違いない（いずれにしろ、光栄という言葉がその台詞のなかに入っていた）。父は迷惑にならないように、たちまち集団の隅に戻り、あの幸運の列車が、あの歴史的な列車が密林の繁る闇のなかを進んでいく道中、レセップスの観察を続けた。

レセップスが、重力と建築の法則に挑戦しているアーチで知られたサント・ドミンゴの古い教会を訪れているあいだ、父は近くから彼の後を追い、感嘆するレセップスが放つ感動の言葉を、何から何までノートに書き取った。レセップスがパナマ市の駅で、市長や軍人と握手しているあいだ（軍人も市長もその日はもう手を洗わないだろう）、父は彼の後を追った。彼らが、最も上品な政治家の妻たちが特別に縫い上げたフランス国旗の下、掃き清められたばかりの街路を歩いているあいだ、父は彼の後を追った（何年か後に別の旗が、もしかするとレセップスが街を訪れたのと同じ午後に存在を始めたかもしれない国の最初の旗が縫われるだろうが、ここでは先回りや性急な結論はやめておこう）。父は、大聖堂広場の最も長い一辺に沿って最近オープンしたグランド・ホテル、元は植民地時代の修道院だった建物までレセップスに付き添った。石畳、もちろんホテルのではなく、広場の石畳のことだが、そこは日頃、老いた馬の引く幌付き馬車が走り、石畳に蹄の音が響いていたが、その日は、髭も生え揃っていない兵隊たちが立っていて、白い服を着ておとなしい彼らはまるで、初聖体に向かうときの怯えた子供たちのようだった。グランド・ホテルでは、父がとりつかれたように眺めるなか、フランス料理と、「舟歌」か、でなければ、静かなポロネーズでも弾くためにボゴタから連れて来られたピアニストによる歓迎パーティが催された(「どこから来たんだ?」とレセップスはピアニストに尋ね、彼は「ボゴタからです」と答えた)。そのあいだコロンビア自由党の指導者たちはレセップスに、ヴィクトル・ユゴーが言っていたことを、つまりコロンビア共和国の憲法は人間の住む国のためのものではなく、天使の住む国のためのもののようだと言っていたことを伝えた。たった六十年前には植民地の住民だったあのコロンビアの政治家たちにとっては、あの予言者、『死刑囚最後の日』と『レミゼラブル』の作者、人類の擁護者であるユゴーがコロンビアに関心を払っているということは、それだけで至高の喜びであり、レセップスにそれを知って欲しかったのである。レセップスに関心を払ってもらえれば、それもまた至高の喜びだった。レセップスがありふれた質問をして、逸話を聞いたときに目をわずかに開くと、植民地の住民は急に、自分たちの生涯が新たな意味を獲得したように感じたのだった。フェルディナン・ド・レセップスがお望みとあらば、そこで彼のためにマパレーでもクンビアでも、場合によってはカンカンでも踊り、ここにいる自分たちが誰ひとりインディオでないことを信じてもらいたかった。というのは、パナマの地峡では、植民地根性が結核菌のように漂っていたからだ。ぼくはあるとき思ったのだが、もしかするとコロンビアが植民地でなかったことは一度もなく、時と政治はただ植民者を取り替えていただけなのかもしれない。植民地は美と同じで、それを感嘆する者の目のなかにだけ存在するのだ。

宴会が終わると、中庭と、派手な色の魚が泳ぐ泉に面した部屋を予約していた父は、レセップスが完全に引き上げるのを見届けた。父も部屋に引き上げようとしたとき、ビリヤード場のドアが開き、ワックスで整えられた髭とチョークで汚れた手をした若い男が通路に出て来て、父のことなら何から何まで知っているかというように話し出した。男はラファイエット号の随行委員会の一員でレセップス氏に同行し、パリに戻ったら、運河会社の広報を担当する予定だった。男は、記者としての父の仕事について良い噂を聞いている、レセップス氏も父に知り合ったとき、とても良い印象を受けたそうだと父に伝えた。男は、鉄道について書いた父の記事、「スター&ヘラルド」紙の記事をいくつか読んだことがあり、**運河の大事業**に継続的に関わるよう父に要請しようとしていた。「あなたのように筆が立つ人は、ご存知のとおり、進歩の最大の敵である懐疑主義と闘おうとする私たちにとって、大いに助けになるでしょう。」夜が明ける前、父はビリヤードをフランス人の一団とやっていた（ついでに言うと、何回かキャロムゲームで負け、輸入品の布に引っかき傷を作った）。父はあの布の光り輝く緑と無傷の象牙の玉がぶつかり合う音を、自分がイエスと言い、それが栄誉だと感じた瞬間と結びつけることになるだろう。父は翌日から、「大洋間運河会報」のパナマ特派員になる。友人たちのあいだでは、ただ「会報」と呼ばれた。

翌朝父は、ホテルのドアに立ってレセップスが出てくるのを待っていた。その後、父はレセップスに同伴してホテルの食堂へ行き、待っていた三人のエリート技師と、運河とその問題点とその可能性について話し合った。その後、父はレセップスと一緒に出かけてカヌーに乗り込み、敵であるチャグレス川のうねりを耐え難い太陽光線を浴びながら巡った。しかしそういうことすべてに先立って、父はぼくに、ぼくが自分の目では見たことのないことを語った。父は、自分が歴史の一部分に参入し、**歴史の天使**と親しくなりかけているというはっきりとした（そしてまた厄介な）感覚とともに、それをぼくに語った。おそらくある意味で、父は間違っていなかった。もちろんぼくは父に、父の記者としての仕事の**屈折効果**についても、そしてその効果が、金で買った宣伝が欲しいあのフランス人たちの決定に影響を及ぼす可能性があることについても何も言わなかった。その代わり、ぼくは父に、**老獪な外交の狼**のことをどう思うのか、ぼくから見ると、ひそめた眉よりももっと危ない微笑みの持ち主で、ナイフで刺されるよりも致命的な握手をする男だと映ったあの男についてどう思うのかを尋ねた。すると父は、ぼくの質問と不躾な感想に対して真面目に、ぼくがいままで見たことのないほど真面目になった。父は失望と自負のあいだのどちらともつかない様子で言った。

「おれがなってみたい男だな。」

5 サラ・ベルナールと《フランスの呪い》

「運河よ、造られん」とレセップスは言った。そして運河は造られ始めた…… しかしそれは、彼の疲れた猫の目の前では起きなかった。**偉大なる男**はパリに戻り――彼が申し分のない健康状態で戻ったことは、パナマの気候が殺人的だという評判が神話に過ぎないことをはっきりと示していた――、コーマルタン通りの事務所から、**総司令官**として、技師から成る軍隊を遠隔操作した。この軍隊が**気候**というゲリラを打ち倒し、危なっかしい**水文学**《すいもん》を征服しようというわけである。父はその戦いの語り手、そう、その戦いのトゥキディデスになるだろう。その頃、ミゲル・アルタミラーノにとって、まるで日蝕のように、未来の予言となる証拠がくっきりと現れた。六十歳を越えてはじめて明らかになりつつあった彼のはっきりとした運命は、**人間**が**自然の力**に対して収める至高の勝利について証言を書き残すことだったのである。それは大洋間運河だった。そこは、**進歩**にとって伝説的な敵である**自然**がついに、無条件降伏書に署名する戦場だった。

一八八一年一月、コジェニョフスキがオーストラリアの領海を航行しているあいだ、おなじみのラファイエット号は、ぼくの父が現代版ノアの方舟だと記事で詳述した積荷を積んで、パナマの領海に入ろうとしていた。タラップを降りたのは、創造によるすべての動物のつがいではなく、もっと決定的なもの、家族を連れた五十人の技師だった。何時間かのあいだ、コロンの港には、理工科学校《エコール・ポリテクニック》の卒業生の数が、彼らをホテルに導くポーターよりも勝っていたほどである。二月一日、その技師のひとり、アルマン・レクリュという男は、コーマルタン通りのオフィスに向けてこう書いた。「仕事に着手。」栄誉ある三語の電報は兎のように繁殖し、六角形の国フランスのどの新聞でも紙面を飾った。その晩、父はコロンのフレンテ街にいて、バー《グラント将軍》から最寄りのジャマイカ人のあばら屋へ、そしてそこから、船積み港にいる無害な酔っ払いの一団(と、それほど無害ではない酔っ払い連中)へと移動していたが、夜が明けたとき、自分がもういい歳だということを思い出した。夜明けの光とともに、ブランデーばかりか、とりあえずその気がある者なら誰とでも祝杯を上げてきたので、砂糖キビ酒の酔いも回って杭上家屋に戻った。「レセップス万歳! 運河万歳!」と彼は叫んだ。

コロン全体が「万歳!」と答えてくれているようだった。

愛しのエロイーサよ。もしぼくの物語が、昨今の映画の時代に起きているのなら(ああ、映画は父がきっと好きになった創造物だ)、カメラはこの瞬間ジェファーソン・ハウスを撮っているだろう。そこは率直に言えば、ラファイエット号の技師が宿泊するに相応しいコロンで唯一のホテルだった。カメラは窓に近づき、計算尺、分度器、コンパスを撮ったあと、すっかり寝入っている五歳の子供の顔と、赤いビロードのクッションを黒く染める唾液の糸にフォーカスする。カメラは閉じたドアを越えたあと――カメラの魔術を封じるものは何もない――性交中の男女の最後の動きを捕らえる。二人がこの土地の者でないのは、そろって大量に汗をかいていることから明らかだ。女については何行かのちに詳細に説明するが、さしあたりいま指摘できるのは、女は目を閉じ、夫の口を手で塞ぎ、オルガスムスのときの避け難い（そして差し迫る）物音で息子の目を覚まさないように気をつけていたこと、そして彼女の小さな胸が、彼女とコルセットにとって常に争いの種になっていたということだ。男はどうか。彼の胸部と女の胸部のあいだには、角度にして三十度の開きがある。彼の骨盤はガスピストンの正確さと不屈の規則性で動いている。彼がこの変数――角度と骨盤の動きの頻度――を保つことができたのは、彼が第三種のてこを巧妙に利用していたことによるところが大きい。誰でもご存知のとおり、第三種のてこでは、力点は作用点と支点のあいだにある。そう知的な読者よ、予想どおり、男は技師である。

男の名前はギュスターヴ・マディニエといった。最初理工科学校《エコール・ポリテクニック》を、その後国立土木学校《ポンゼショッセ》を、優秀な成績で卒業した。技師としての輝かしい経歴のあいだ、彼は何度となく、ナポレオンとヴァンセンヌで闘い、のちに火器に関する数学的理論を展開したもう一人のマディニエと自分とは無関係であることを繰り返さざるを得なかった。彼はその人物ではない。我らがマディニエ、「立つ場所を与えてくれ、そうすれば世界を動かしてみせる」と自分に言いながら、いま妻の中に射精した我らがギュスターヴは、ペルピニャンからカレーに至るフランス共和国全土、フランス中の川と湖にかかる二十九の橋を建造した責任者だった。彼は二冊の本、『河川とその渡河』と『ケーブルの新しい理論について』の著者だった。彼の著作はスエズ運河建設チームの関心を惹き、イスマイリア市の新たな建設は、彼の参加によって決定的になった。運河会社の一員としてパナマに来ることは、結婚のあとに子供が生まれるがごとく、彼にとって自然のことだった。

そう、ぼくたちはその話をしていた。ギュスターヴ・マディニエはシャルロット・ド・ラ・モールと、ぼくの両親にとって魔術的なあの年、一八七六年初頭に結婚し、五カ月後にジュリアンが体重三千二百グラムで生まれ、同じ数の意地悪な感想を生んだ。どんなコルセットにとっても手強い相手のシャルロット・ド・ラ・モールは、夫にとっても手強い相手だった。強情で、わがままで、耐え難いほどに魅力的だった。（ギュスターヴは、寒いときに妻の胸が縮こまるのが好きだった。まるでとても若い女とセックスしているような印象をもたらしてくれるからだった。しかしそれは罪深い好みだった。ギュスターヴはそのことを鼻にかけたりしなかったが、一度だけ酔っぱらったときに妻に打ち明けたことがあった。）実際のところ、パナマに家族そろって赴任することは、もともとシャルロットが提案したもので、たった二回のセックスと引き換えに技師の夫は受け入れた。ジェファーソン・ハウスの部屋で夫が心地よい眠りに落ち、いびきをかき始めたころ、シャルロットは自分が正しい選択をしたと感じる。偉大な技師の背後には、偉大なわがまま女がいることを知っている。確かに、コロンの最初のイメージ――腐ったような臭い、耐え難いほどしつこい虫、街路の混沌――はわずかな幻滅を引き起こした。しかしすぐに妻は、澄んだ空に釘付けになり、二月のカラッとした暑さが毛穴から血液のなかに入り込むのが気に入った。シャルロットは、暑さが必ずしもカラッとしていないこと、空が必ずしも澄んでいないことを知らなかった。誰か、親切な人がそれを教えてやるべきだった。誰も彼女に教えなかった。

サラ・ベルナールが着いたのはちょうどその頃のことだった。読者は警戒し、疑わしいものだと言っているが、本当のことだ。サラ・ベルナールはそこにいたのである。女優が訪問したことは、パナマが世界の中心であること、地峡が急に世界の中心に移動することを示す一つの徴候だった…… ベルナールは他とは違うということを示すために、フランスのイメージに名誉を与える船ラファイエット号に乗って来て、コロンでの滞在時間は、パナマ市行きの鉄道に乗るのを待つ（そして、この本に手短に彼女のことを記すに値する）あいだでしかなかった。サラ・ベルナールは、グランド・ホテルの脇のサロンに大急ぎでしつらえられた、小さくて、しかもかなり暑苦しい劇場で、一人をのぞいて全員フランス人の聴衆を前にして、二脚の椅子と、パリから連れてきたアマチュア俳優の助けを借りて舞台に上がり、ラシーヌの『フェードル』の長広舌をすべてそらで、一カ所も間違わずに朗読してみせた。一週間後、今度はコロンに戻る鉄道に乗り、パナマ人とは一人も話をせずにヨーロッパには帰ったが、ぼくの物語には場所を得た…… というのはその『フェードル』を朗読した晩、二人の人間が誰よりも熱烈な拍手を彼女に送ったからである。一人はシャルロット・マディニエで、彼女にとってサラ・ベルナールは地峡での生活の耐え難い退屈の癒しになった。もう一人は、運河建設にまつわる（直接的あるいは間接的）帰結として生じる利益や利潤をすべて物語る任務を負った者、すなわちミゲル・アルタミラーノだった。

　単刀直入に説明しよう。シャルロット・マディニエとミゲル・アルタミラーノはその晩に知り合い、名前と挨拶だけでなく、古典の十二音節詩《アレクサンドラン》まで交換したが、次に会うまでには時間がかかった。ごく当たり前のことだ。彼女には夫がいたので、良き習慣にしたがって、年中退屈していた。一方、ミゲル・アルタミラーノのほうは止まっていることがなかった。そのころのパナマでは、「会報」に採り上げられにふさわしいことが起こらない瞬間はひと時もなかったからだ。シャルロットはぼくの父と知り合い、すぐに忘れ、いつもの生活を続け、そうしてみると、二月のカラッとした風が週ごとに重みを増していくのに気がついた。そして五月のある晩、彼女は恐怖で目を覚ました。街が爆撃に遭っているのではないかと思ったからだった。窓から外をのぞいた。雨が降っていた。夫は彼女のそばから外をのぞき、一目見て、にわか雨が降った四十五分間に、フランスの一年間の降水量よりも多くの雨が降ったと見積もった。シャルロットは浸水した街路、流れに浮かんで動くバナナの皮やヤシの葉を見た。もっと別の、ぞっとする物体を目にすることもあった。死んだ鼠だったり、人間の糞便の塊だったりした。五月のうちに、十一回同じような雨が繰り返し降った。シャルロットは部屋に引きこもり、コロンが、あらゆる大きさの虫が飛び交う沼地に変貌していくのを眺め、この旅が誤りではなかったのかどうかを、自問し始めた。

七月のある日、息子が悪寒で目を覚ました。ジュリアンは、まるでベッドが生きているかのように激しく身を揺すり、テラスに叩き付けられる雨音にもかかわらず、シャルロットには息子が歯をカチカチいわせているのがはっきりと聞こえた。ギュスターヴは降水被害の計測に運河建設現場に出かけていた。シャルロットは前日の午後洗濯に出したばかりの、まだ湿っている服を着て、息子を腕に抱き、がたつく幌馬車に乗って病院に着いた。悪寒は止まっていたが、指定されたベッドにジュリアンを寝かせたとき、シャルロットはふと本能的に、手のひらをジュリアンのおでこに当て、その瞬間子供が高熱で燃えるように熱いことと、目が真っ白になっていることに気がついた。ジュリアンは牛が草を食むかのように、口をぱくぱく動かしていた。渇き切った舌を突き出したが、口に唾液はなかった。しかしシャルロットは、息子の渇きを癒してやるだけの水を見つけられなかった（にわか雨が降っていたのに、皮肉なことである）。午後の半分が過ぎてから、ギュスターヴが病院に着いた。妻を見かけなかったかどうか街中をフランス語で尋ね回り、ついに他の可能性がなくなったので、病院に行くことを決心したのだった。ギュスターヴとシャルロットは、寄りかかると背もたれが倒れる堅い木の椅子に腰掛け、疲れに負けたときは座ったまま眠り、二人だけの縁起担ぎにしたがって、順番でジュリアンの熱を測って夜を明かした。夜が明け、シャルロットは静けさで目を覚ました。雨は止み、夫は体を折り曲げて、頭が両膝のあいだにあり、両腕を床に届くまでぶら下げて眠っていた。息子に手を伸ばし、熱が下がっていることを確かめ、つかの間の安堵を得た。ジュリアンを起こそうとしたが、それは不可能なことだった。

改めて、何度もぼくが書いてきたこの一節を書こう。ミゲル・アルタミラーノの登場である。父はあの忌まわしい手続き、死んだ息子を病院から運び出し、棺桶に入れ、棺桶を埋葬する手続きを行なうマディニエ夫妻に、最初から最後まで付き添った。「罪はサラ・ベルナールの亡霊にある」と、父は長い歳月が過ぎたあと、顔見知り程度のあの夫婦の苦しみに躊躇なく身を差し出した理由を説明しようとして、ぼくに言うだろう（結局その理由が説明されることはなかった）。マディニエ夫婦は父に対し、永遠とも呼ぶべき感謝の念を抱くだろう。息子の喪失、喪失による混乱のなか、父は通訳として、埋葬人として、弁護士として、メッセンジャーとして二人に仕えた。喪の存在に圧倒される日もあった。そういうとき、父は自分の任務は終了した、出しゃばりすぎだと考えた。しかしシャルロットは父に、行かないで欲しい、置き去りにしないで欲しい、付き添うだけでいいから助け続けて欲しいと頼んだ。

ギュスターヴは戦友がするかのように、父の肩に手を置き、「私たちにはあなたしかいないのです」と言った……。そのときサラ・ベルナールが現れ、『フェードル』の一節を口にして通り過ぎた。父は別れることのできない人だった。子犬のようなマディニエ夫婦は、ジュリアンのいない、住みづらく、理解不能な地峡の世界に向き合うのに、彼を必要としていた。

おそらくコロンで**フランスの呪い**が話題になり始めたのは、その頃のことだろう。五月から九月にかけて、マディニエ夫婦の一粒種の息子のほかにも、二十二名の運河労働者と九名の技師と三名の技師の妻が、地峡の殺人的高熱の犠牲になった。雨は降り続けた——空は午後二時に黒くなり、まもなくにわか雨が降り始めた。水滴ではなく、毛布が空中に投げられたかのように、固くて重い雨が落ちてきた——。しかし建設作業は、掘削した土が翌日には雨の重みで溝に戻ったにもかかわらず、続けられた。チャグレス川は週末に水位が増し、鉄道は運行を取りやめた。線路があの海藻の生えた水面の三十センチ下に沈んでいたからだ。鉄道が麻痺すれば、運河建設も麻痺した。技師連中はジェファーソン・ハウスのうまくもないレストランか、地勢図と建築図面を広げられる大きなテーブルのある《七月四日》という名の酒場に集まった——図面と地勢図の上で、手っ取り早くポーカーをしただろう——。連中は雨が止んだらどこから工事を始めるかを議論しながら何時間も過ごしていた。午後が終わると技師連中は、翌日の掘削の約束をして別れたが、翌日になると、そのうちの誰かが病院に行っているのを知った。悪寒に襲われて入院したか、妻の看病で病院にいるか、パナマに来たことを後悔しながら、子供の看病で妻と一緒に病院にいた。生き延びた者はほとんどいなかった。

ここで、争いの種となる領域に入ることにしよう。父(というか、彼の興味深い**屈折したペン**)は、こうした事態にもかかわらず、そしてマディニエ夫婦との付き合いがあったにもかかわらず、「運河建設の英雄たちのあいだに発生した奇妙な事例である黄熱病は、別の地方からもたらされた」と書いた。誰も止めないので、父は書き続けた。「熱帯の疫病が、土着ではない人々のあいだで発生していることは誰も否定できない。しかし一人か二人死んだからといって、とくに死んだのがマルチニークかハイチから来た労働者ならば、根拠のない不安を煽ってはならない。」彼の記録・報告・ルポはもっぱらフランスで読まれていた。フランスでは**運河関係者**が読んで安心し、株主は株を買い続けた。パナマは万事順調に進んでいたからだ……ぼくは、父がもしあの自ら発明した**屈折ジャーナリズム**で特許をとっていれば、それ以降乱用したのだから、大金持ちになっただろうと何度も考えた。しかしそう考えるのは不公正だ。いずれにしても、彼の奇妙な才能は、穴に、広大な噴火口の穴のことではなく、真実と、彼が真実だと解釈することとのあいだに開いている穴に気づかないところにあった。

黄熱病は休みなく人を殺し続け、とりわけ着いたばかりのフランス人を殺した。パナマ司教にとってそれは十全な証拠となった。疫病は人を選び、疫病は知的なのだ。司教は、まるでコロンが旧約聖書のエジプトであるがごとく、長い手が放蕩者、不義を犯す者、酒を飲む者、不信心な者の家に、夜になると訪れ、子供たちをさらうのだと言った。「高潔な者は恐れる必要はありません」と彼は言った。父は司教の言葉を聞いて、かつてエチャバリア司祭に対して起こした闘いのことを思い出した。まるで時が繰り返しているかのようだった。しかしそのころ、司教の従兄弟にして、植民地時代の遺産であるポルト・ベーリョ旧大聖堂管財人であるハイメ・ソーサは具合が悪いと言った。後に喉が渇くと言った。司教自らが、ウィスキーとマスタードと聖水の溶液に浸からせたにもかかわらず、ソーサは三日後に埋葬された。

その何カ月かのあいだ、葬儀は食事のように日常の一部となった。腐敗した体液が空気を伝って熱病を運ぶのを避けようと、黄熱病の死者は死後数時間以内に埋葬されたからである。フランス人は口に手を当てるか、薄布でマスクを作り、伝説の逃亡者のように口と鼻を覆うかして、外を歩くようになった。ある午後、マスクをしたシャルロットから何メートルか離れ、頬までマスクでおおったギュスターヴ・マディニエ——気候、喪服、理解不能で手に負えない熱病に対する恐れに打ち負かされていた——は父に別れの手紙を送った。「祖国へ戻るときです」と彼は書いていた。「妻も私も新しい空気が必要です。あなたは常に私たちの心のなかにいることを忘れないでください。」

さて、ぼくなら夫婦の気持ちが理解できただろう。あなたたち、猫かぶりの読者のみなさん、ぼくの仲間たち、ぼくの兄弟たちにも理解できただろう。たとえ、ただの人間的な同情心からであったとしても。しかし父はそうではなかった。彼の頭は独立した機関車に引っ張られ、違うレールの上を走り始めていた…… ぼくが彼の頭に侵入して見つけたのはこれだ。無数の死んだ技師たち、同じように無数の逃亡者たち、中途で放り出された運河。もしも地獄が個人的なもの、人それぞれで異なる空間（ぼくたちの最悪の恐怖、交換可能な恐怖から成る空間）であるなら、あれは父の地獄だった。放り出された工事。苔と錆で腐りかけのクレーンと蒸気掘削機。貨物車両から、密林の大地の湿った起源へ戻っていく掘り出された土。建設者から見放された**大洋間運河の偉大なる壕《ほり》**。陪審席の読者よ、これはミゲル・アルタミラーノが見た最悪の悪夢だった。ミゲル・アルタミラーノはそんな地獄が現実に根を下ろすのを放置するつもりはなかった。そういうわけで父は、サラ・ベルナールの亡霊がラシーヌの十二音節詩《アレクサンドラン》を、父を少しばかり挑発しようと放ってくるそばで、落ち着いて以下のような文章を書いた。「ムッシュー・マディニエ、たったひとりの息子さんを忘れてはなりません。工事を完成させるのです。小さなジュリアンは永遠にこの運河を記念碑とするでしょう。」付け加えておこう。ギュスターヴ・マディニエがこの手紙を読んだのは、私的な手紙としてではない。「スター&ヘラルド」紙の第一面、「ギュスターヴ・マディニエへの公開書簡」という、恫喝ともとれる見出しのもとであった。

十二月のある午後、乾季の太陽──この太陽は十二月になると戻ってきて、過ぎ去った雨を忘れさせ、本当のパナマはこうであるとぼくたちに信じさせる奇妙な才能を持ち合わせていた──がコロンの街路と運河の偉大なる塹壕の地域全体を照らしているあいだ、ジェファーソン・ハウスでは、いったん作られた荷物をほどいている技師とその妻の姿が見られた。服は洋服ダンスに、文房具は書斎机に戻り、亡くなった子供の写真は再びドレッサーの上に置かれた。

二人はその場所に、少なくとも予期せぬ力によって打ち倒されるまで残るだろう。

要するに、動揺する時代だったのである。

もう一度言わせてもらいたい。動揺する時代だったのである。親愛なる読者よ、ぼくは、ほかに言うことのない政治家連中のあの甘ったれた考えを言っているのではない。保守派がコロンビアのサンタンデル州で盗みを働いて自由派の票を消し、存在しないところに保守派をねつ造した選挙のことを言っているのでもない。自由派の反動分子が武装革命を念頭に革命派の集会を開き、革命のための資金を集め始めていたことを言っているのでもない。愛しのエロイーサよ、そうではない。保守派と自由派のあいだで起こりそうな新たな内戦に対する恐怖、まるで獰猛な犬のようにコロンビア人にいつもつきまとい、いまにも、たったいまにも再び具体的な形をとりそうなあの恐怖のことを言っているのでもない……「アメリカ合衆国はパナマ地峡を領有することに決めた」という知らせを持っていると、共和国上院で請け合った急進的指導者による秘密の会合でなされた宣言のことを言っているのでもなければ、「パナマ人はこの共和国市民として幸せであって、その栄誉ある貧困を、あの黄金探しの連中の無慈悲な快適と交換することは決してない。したがって煽動する声によって祖国を脅かすべきではない」という、うぬぼれた保守派の応答のことを言っているのでもない。ぼくはそういうことは言っていない。動揺する時代だったと言っているとき、ぼくは比喩的ではなく、文字通りの意味での動揺を言っている。はっきりさせておこう。パナマは物が揺れている場所だった。

一年のあいだ、地峡の住民は輸入されたダイナマイトの爆発におびえていた。間もなく彼らは輸入されたダイナマイトの爆発に慣れた。パナマは物が揺れている場所だった。何カ月ものあいだ、蒸気の浚渫機《しゅんせつき》が大地を切り開くたびにパナマ人はひざまずき、祈り始めた。その後、浚渫機は聞き慣れた風景の一部となり、パナマ人たちはひざまずくのを止めた。パナマは物が揺れている場所だった……黄熱病の患者の病棟では、ベッドが悪寒によって持ち上がり、木の床の上で音を立てていた。陪審席の読者よ、パナマは物が揺れている場所だった。

さてこうして、一八八二年九月二日に最大級の揺れが起こった。

振動が始まったのは午前三時二十九分である。急いで付け加えておくが、振動はわずか一分しか続かなかった。しかしその短い一分のあいだ、ぼくは最初ダイナマイトかと思ったが、運河地帯で火薬を爆破させるにふさわしい時間ではないことを考えてそれを退けた。次にフランス製の機械のことを考え、同じ理由で退けた。その瞬間、杭上家屋のかつての居住者であるワッツ氏が所有しており、そのときまで戸棚の上で静かに眠っていた陶器の植木鉢がじりじり歩き出して縁に達し、空中に身を投げた。戸棚全体もあとを追って倒れた（大音響を立てて食器が粉々になり、床にガラスが散らばって危険な状態になった）。父とぼくは、揺れで杭が倒れ、家が、捕獲した水牛のようにのっそり、重々しく、ずしんと腹から落ちる前に、どうにかして死んだ中国人の骨張った手とファイルの入った箱を摑み、家から飛び出すことができた。同じ時刻、パナマ鉄道会社の居住地区から何メートルか離れたところで、マディニエ夫婦は外に飛び出した。パジャマ姿のまま震え上がっていた。ジュリアンの写真がジェファーソン・ハウスの床で粉々になる寸前に救い出し、しかも幸運なことに、その後、ジェファーソン・ハウス――あるいは、少なくともそのファサード――は街路に倒れ込み、砂埃を巻き上げて立ち会った何人かのくしゃみを引き起こしたのである。

多くの人びとにとって**フランスの呪い**の新たなエピソードとなった一八八二年の地震によって、コロンの教会はまるでトランプでできていたかのように崩れ、鉄道の枕木は百五十キロに渡って破壊され、フレンテ街は切れないナイフで切ったかのように引き裂かれた。地震の最初の帰結、それは父が仕事に取りかかったことだ（このとき以上にこれが適切な表現になることはない）。**偉大なる壕**の基礎部分は陥没し、掘削した壁も沈み、完了した工事の大部分は無駄になった。ミラフローレス近郊に設置されたキャンプは、工事道具、人員、蒸気ショベルカーもろとも、ダイナマイトでは歯が立たない大地に飲み込まれていった。このような痛ましい光景のなかで父は書いた。「何者も落ち着きを失ってはならない、何者も不安になってはならない。工事はいささかなりとも遅れずに進められる。」

父はその次の記事で、完全に崩壊したパナマ市庁舎のことを書いただろうか？　鉄道会社の本部とそのフロア数階分、そしてアメリカ合衆国から着いたばかりの請負人と技師何名かを葬ったグランド・ホテルの天井のことを書いただろうか？　否。父はそういったものを何も見なかった。理由は、そのとき父はすでにコロンビアでは有名な病である選択的盲目症（CS）にすっかり罹患していたからである。この病は、部分的盲目症（CP）や政治的利害網膜症（RIP）という病名としても知られている。彼にとって――つまり「会報」の読者や、現在あるいは未来の株主にとって――運河工事は予定された期間の半分で終了し、資金も予定の半分で済むはずだった。掘り出された土の量は一カ月あたり二十万立方メートルを超えていなかったが、「会報」の報告では、ゼロが増えて百万立方メートルに変更されていた。レセップスは幸福だった。株主――現在の株主も未来の株主も――同じである。まったくもってフランス万歳、運河万歳だ。

一方、地峡では、三つの戦線で**進歩への闘い**の火ぶたが切られていた。運河建設、鉄道改修、コロンとパナマ市の復興である。トゥキディデスはその闘いについて詳細に（政治的利害網膜症によって見ることのできた詳細ではあるが）報告していた。杭上家屋が崩壊したあと、ぼくは父の盲目がもたらしてくれる実利的な成果を見る最初の証人になった。父は、四日とたたないうちに、運河会社の白人技術者用に建設された、小さな地区クリストフ・コロンブにある、絵画に描かれるような部屋を提供されたのである。ハンモックと、人形の家のような派手な色のブラインドが付いたプレハブの建造物で、海に面していた。そこにぼくたちはただで住むことになった。まるで王様のような待遇で、父は**権力者に媚び**

ること——別の地方では買収、賄賂、袖の下とも呼ばれている——の、分かりやすいひと撫でを後頭部に感じた。

喜びはしかも倍増した。四軒先にはほとんど同じ時期に、地震によって難民になったギュスターヴとシャルロット・マディニエが引っ越してきたからだ。忌まわしい思い出でいっぱいのあのおぞましいホテルを出ることが、著しい利益を、まっさらな状態とその他もろもろをもたらしうることに全員が賛成だった。夜、夕食が終わると、父はマディニエの家までの五十メートルを歩いた。あるいは彼らのほうがぼくたちの家まで歩いてやってきた。そしてポーチに腰掛け、ブランデーと葉巻を手に、黄色い月がリモン湾の水に反射して溶けるのを眺め、ムッシュー・マディニエがパナマに残る決心をしたことを喜び合った。親愛なる読者よ、ぼくにはどうやって説明したらよいか分からないが、地震のあと何かが起きていた。ぼくらの生活の変化かもしれない、あるいは新しい生活の始まりかもしれない。

パナマの伝統によれば、コロンの夜は人が親密になるのに好都合だそうである。理由は科学的に証明できるものではないと思う。「もう終わったよ《ジャ・アカボー》」といつも言っているような、あのフクロウの懐かしい鳴き声に何かがある。手を伸ばせばおおぐま座が摑めそうな夜の闇に、何かがある。とりわけ（もうキザったらしい言い方はやめよう）危険が身近にあることに、とても具体的な何かがある。危険とは、退屈しのぎにジャングルの外を散歩することにしたジャガー、時たま靴のなかに入り込んでくるサソリ、フランス人が来るまでつるはしとシャベルよりも山刀と拳銃のほうが多かったコロン＝ゴモラの暴力だけとはかぎらない。コロンにおける危険とは、日常的で変幻自在な生き物であり、人はその臭いに慣れ、たちまち危険な存在を忘れてしまう。恐怖は人を結びつける。パナマでぼくたちは、たとえ気づいていなくとも恐怖を抱いていた。そしていまぼくは思うのだが、だからこそリモン湾を目の前にした夜、空が澄み切って雨期が去ったあとであれば、心からの友情を育むことができるのだ。実際、ぼくたちにはそのようなことが起きた。ぼくは秘書の目として眺めたが、父とマディニエ夫婦は友情と告白からなる百四十五回の夜を過ごした。ギュスターヴは、運河建設はほとんど人間業とは思われない挑戦だが、そのような挑戦に立ち向かうことは栄誉であり光栄であると打ち明けた。シャルロットは、死んだ息子のジュリアンの思い出はもう苦しみの種ではなく、孤独のときに守護天使となって彼女に付き添ってくれていると打ち明けた。マディニエ夫婦は、結婚以来、これほど結びついていると感じたことはないと(声をそろえて、そして少し調子はずれな声で)打ち明けた。

「あなたのおかげです、ムッシュー・アルタミラノ」と技師は言った。

「コロンビアこそ、あなたたちにもっとお世話になっている」と父はそつなく応じた。

「地震のおかげだ」とぼくは言った。

「そうじゃないわ」とシャルロットは言った。「サラ・ベルナールのおかげよ」

笑い。乾杯。そして十二音節詩《アレクサンドラン》。

四月の終わり、父は機械を見せてほしいとマディニエ技師に言った。夜明けどき二人は、パナマ人が熱と名付け、フランス人がマラリアと名付けている病気の予防に、ウィスキーひとさじにキニーネを入れて飲んだあと、チャグレス川で丸木舟に乗ってガトゥンの掘削地帯まで出かけて行った。そのころの父がもっとも惚れ込んでいたのが機械だった。蒸気ショベルカーにはたっぷり何分ものあいだ見とれていた。その年の初めに到着したアメリカ製の浚渫機《しゅんせつき》を見ると、イサベル号に乗った母(昔のことだが)

を見たときのようなため息をもらした。ガトゥンから一キロのところで巨大なビール樽のように据えられている浚渫機が最初の中継地点だった。丸木舟の漕ぎ手が岸辺に近づいて、櫂を川底に突き刺すと、父は蚊に攻め立てられても、催眠術にでもかかったように、じっと図体の大きな機械の魔術を眺めていた。パナマは物が揺れている場所だった。怪物のような機械の鎖が、中世の囚人の足かせのようにジャラジャラ鳴っていた。鉄製のバケツが掘った土を持ち上げると、ガタガタ音を立てた。その後、水圧で土を工事区域外に投げるとき、鳥肌の立つようなシーシーという音がした。父はすべてを注意深く記録し、恐竜図鑑か『ガリバー旅行記』から引っ張ってきた比較を思いつき、マディニエに感謝しようと振り返った。すると彼は両足のあいだに頭を埋めて座っていた。技師はウィスキーに酔ったと言った。二人は戻ることにした。

午後彼らは（ぼくも含まれている）ポーチに集まって、葉巻とブランデーの儀式を繰り返した。マディニエの具合はかなり良くなっていた。どういうことか分からないな、と彼は言った、これからは少し胃に気をつけるよ。ギュスターヴは二杯ほど飲むと、会話の途中で立ち上がり、ハンモックに横になった。シャルロットは酒のせいだと思った。父とシャルロットはサラ・ベルナールのことも、ラシーヌの『フェードル』のことも、グランド・ホテルに即席で作られたホールのことも話さなかった。すでに友人同士だということを感じていたので、そういった暗号は必要なかった。二人は、郷愁の思いがないわけでなく、それぞれ別の場所にいた過去について話した。これまで気づいたことはなかったが、父もパナマではよそ者であり、彼もまた新参者の過程——学ぶ努力、適応の不安——を通過していた。共有することがあることに二人は熱狂した。シャルロットはギュスターヴとの馴れ初めを語った。二人はパリ植物園で、どちらかと言えば内輪の祝賀会のようなものに参加していた。それはスエズへ出発する技師一団の歓送会だった。シャルロットによれば、二人はそこで知り合い、誰にも邪魔されずに話したくて、すぐにビュフォンの迷宮に迷い込むことにした。シャルロットはギュスターヴがその午後言ったことを繰り返して言った。迷宮から出るためには、迷宮の壁に切れ目がなければ、壁面に手をくっつけていれば大丈夫だ。遅かれ早かれ出口は見つかるか、出口に戻れる。彼女は言い終わる前に黙り込み、平らな胸が湖面のように動きを止めた。父とぼくは本能的に振り返って彼女が見ているものを見た。ぼくたちが見たのはハンモックだった。ギュスターヴ・マディニエ技師の重みで大きく膨れ、臀部の湾曲と肘の角度をなぞっていたハンモックは震え出し、掛かっていた梁が絶望的な軋みを立てていた。もう言ったかどうか分からないが、親愛なる読者よ、パナマは物が揺れている場所なのだ。

何分かのうちに悪寒は止み、熱が上がり始め、渇きが始まった。しかし新しい症状も見られた。マディニエ技師は残っていたわずかな明晰さで頭が痛いと言い、その痛みはあまりにひどく、後生だから一発撃ち込んでほしいと父に頼むことすらあった。シャルロットは、父の主張にもかかわらず、病院に連れて行くのを拒み、ぼくたちは、痛がる彼の体を起こしてポーチの一番近くにあったぼくのベッドに運びこんだ。ギュスターヴ・マディニエは、アンティールの商人から半額で買ったばかりの亜麻のシーツの上で一晩過ごした。妻はジュリアンに付き添ったように夫に付き添った。ジュリアンの思い出が夜通し彼女を追い回したに違いない。夜が明け、ギュスターヴは頭痛が楽になってきたこと、足と背中にあの無慈悲な痛みはなく、漠然とした不安があるだけだと言った。シャルロットは、夫の肌や目を侵していた黄疸《おうだん》には気づかず、ただ安堵に呑まれるだけだった。彼女は、自分も少し眠るべきだということに同意した。疲れ切っていたので、午後が終わるまで彼女は眠り込んだ。夫が黒くねばねばした物質を嘔吐し始めた瞬間をたまたまぼくが見たとき、すでにあたりは暗かった。その物質は血であってはならなかった。絶対に。

ギュスターヴ・マディニエの死はクリストフ・コロンブ地区では悲しいまでに広まった。地区の住民は父に、亜麻のシーツを、哀れな技師の感染した口と触れたはずのコップ、カップ、食器と一緒にまとめて燃やすよう命じた。当然、同じ命令がシャルロットにも下された。もちろん妻は強情でわがままだったので、最初はそれなりに抵抗した。あの思い出の詰まった物をむざむざと処分したり、夫の最後の記憶を燃やすつもりはなかった。在コロンのフランス領事がやってきて、世界中の切手で飾られた傲慢な布告を掲げ、衆人環視のもとで彼女に焼却処分を行なわせた。（領事は三週間後、痙攣と黒い吐瀉《としゃ》物とともに黄熱病で死ぬことになる。しかしその小さな詩的な正義は、いまここでは関係がない。）父とぼくで、異端審問のようなあの儀式を執り行った。クリストフ・コロンブの中央通りの真ん中に、毛布と蝶ネクタイ、豚の毛のブラシとひげ剃り、抵抗理論の学術書と家族写真のアルバム、ページが切られていない『河川とその渡河』と『ケーブルの新しい理論について』、ガラスのコップと磁器の皿、かじった跡が汚く残るライ麦パンが山を作っていった。混じり合う臭気とともに黒い煙が立ち上り、すべてが燃えた。火が消えると、焦げついた真っ黒の塊が残った。父はシャルロット・マディニエを抱きしめたあと、すぐさまバケツを掴んで湾の岸辺まで歩き、色あせた最後の燃えかすを消すだけの水を入れて戻ってきた。父が戻り、多色刷りで青いベルベットの表紙だと分かる本に向かってバケツを空にしたとき、シャルロットはもう姿を消していた。

彼女はぼくたちの家から四軒先に住んでいたが、ぼくたちの前から姿を消した。焼却処分のあと、毎日父とぼくは、彼女のポーチを通り抜け、網戸の木枠を三回ノックした。一度も答えは返ってこなかった。ぶしつけにのぞいて見ようとしたが無駄だった。シャルロットは暗い色の洋服（パリのマント、長いタフタのスカート）で窓を覆っていたからだ。彼女が朝早くドアを開け放して外出するのを見かけたのは、技師の死から五カ月か六カ月たってからだろう。父は彼女を追った。ぼくは父を追った。シャルロットは右手に――左手は手首の位置まで包帯が不器用に巻き付けられていた――医者が使うのと似た鞄を持って、港のほうに向かっていた。彼女は、父の言葉や挨拶、改めてのお悔やみも聞かなかった。あるいは聞きたがらなかった。フレンテ街に着くと、自宅に戻る馬のように、マッグズ&オーツ質店に向かった。鞄を渡す代わりに、前もって合意していたと思われる金額を受け取った（何枚かの紙幣には鉄道の絵が描かれていた。別の紙幣には地図が、また別の紙幣には年老いた元大統領の絵があった）。こうしているあいだずっと、彼女は顔をリモン湾のほうに向け、目を、一カ月前投錨したものの、乗組員が全員黄熱病で死んだために、いまは無人の蒸気船ボルドー号に釘付けにしていた。「私帰るわ《ジュ・マン・ヴェ》」とシャルロットは目を大きく開いて繰り返し言っていた。父は家に帰る彼女を追いかけたが、彼女は「私帰るわ」とだけ言った。父は、立ち止まって一瞬でいいから自分を見てほしいと言ったが、彼女は「私帰るわ」とだけ言った。父は彼女を追ってポーチまで上がり、人間臭い息の固まりが感じられるくらい近寄ったが、彼女は「私帰るわ」とだけ言った。

シャルロット・マディニエは町を去る決意を固めていた。それは確かだが、即座にそうはできなかったのか、そうしようとしなかった。日中、ひとりでコロンを歩いたり、墓地にある夫の墓を訪れたりする姿が見られた。あるいは、影のように病院に入り込み、熱のある病人のベッドのそばで熱心に病人を見つめて怖がらせ、本当は違う病気なのに、どうしてベッドのラベルには胃炎と書いてあるのかと看護婦に尋ねる姿さえ見られた。鉄道客に物乞いをする彼女の姿を見た者がいた。品位というもののあらゆる規範を挑発し、カリブ全域で名高いドレ館のフランス人娼婦と会話を始める彼女を見た者がいた。誰が最初に**運河の未亡人**だと言い出したのかをぼくは知らない。しかしそのあだ名は疫病のように定着し、父でさえ、ある時から使い始めた。（ぼくの想像では、他の連中はからかいと若干の辛辣さを込めていたが、父にそれはなかったと思う。父は敬意を込めて**運河の未亡人**のことを話していた。まるで技師マディニエの墓には、地峡の運命を解読する暗号が本当にあるかのようだった。）**運河の未亡人**はおしゃべりの熱帯ではよくあるように、伝説になった。子供と話すために泥沼のなかでひざまずいている姿がガトゥンで見られた。クレブラ峠では人夫と工事の進度について話し合う姿が見られた。旅行の費用が足りないので町を出なかったという噂だった。それ以来、ボテージャスの小道で彼女が運河の人夫と手短なセックスで金を得たり、リベリアから来たばかりの人夫とはもっと時間をかけ、しかもただでセックスをしている姿が見られた。しかし**運河の未亡人**は噂によると何を言っても無駄で、コロンの街路を、彼女の話を聞こうとする者に「私帰るわ」とあらゆる口調で言いながら、しかし決して帰らずに、さまよい歩いていた。あの日が来るまでは……

しかし、まだだ。

まだだめだ。

まだ早い。

運河の未亡人をめぐる数奇な運命についてはいずれ話すことにしよう。いまはそこから遠い場所で流れている、**運河の未亡人**も知らない別の噂に触れるほうが重要である。というのはいま、**政治**という口うるさい貴婦人がぼくを呼び出しているからで、少なくともこの本が続くあいだ、ぼくは彼女の従順な召使である。国内の他の地域では、政治家たちが演説で、「社会秩序にとって切迫した危険」だとか、「平和が乱されかねない」だとか言っていた。しかしパナマでは、そういう言葉に耳を傾けた者は一人もいなかった。政治家たちは「内的騒擾」や、国内で謀議されつつある「革命」と、その「付随物である憂鬱な不幸」について話し続けていた。しかしコロン、運河会社の社員でできたあのコロンのゲットーでは、ぼくたちはそういう演説に耳をかさなかった。政治家たちは国の運命について、「再生あるいは災厄」という煽動的な言葉を用いて話していたが、その言葉はダリエンの密林にからみついてしまうか、ぼくたちの二つの海のどこかで溺死していた。最終的にパナマに届いたのは致命的な噂、噂のなかの噂だった。こうして地峡の住民が知ったのは、地峡が所属しているあの遥か遠くの土地では、何回か選挙が行なわれ、ある政党が曖昧な状況で勝利を収め、もう片方の政党がどちらかと言えば不満を残しているということだった。パナマの（保守派の）聖職者たちはコロンの娯楽場で、往生際の悪い自由派の連中め！　と叫んでいた。ことは単純だった。行方不明になった投票用紙があった。投票に行くのが困難になった者たちがいた。自由党に入れるつもりだったが、最後の瞬間に民主主義の砦である聖職者による適切かつ神聖な介入があって、投票先を変えた者たちがいたというわけである。保守派の政府がそうした選挙の成り行きにどんな責任を負うというのか？　コロンの娯楽場でそんな話をしているとき、遠方で起こっていること、つまり不満分子の武装蜂起についての詳細な報告が届いた。

信じがたいことに、コロンビアは内戦に突入していた。

最初の勝利は反乱分子の側にあった。

自由派の将軍ガイタン・オベソがオンダを掌握してマグダレナ川を航行する船舶をおさえ、バランキーリャに入った。彼の成功はもうすぐそこまで来ていた。カリブ沿岸は赤い革命の手に落ちようとしていた。すると、コロンビアの民主主義というあの長い喜劇を書いていた作家たちは歴史上初めて、パナマ州に小さな役割を、何行かの台詞を与えることにした。パナマはカリブ沿岸の擁護者となるだろう。フリーメイソンの悪魔から国を救出するため、殉教者たちはパナマから海に出るのだ、と。そしてある晴れた日、パナマ州知事ラモン・サントドミンゴ将軍指揮のもと、古参兵からなる分遣隊がコロンの港に集結し、いざ歴史を作らんとカルタヘナ目指して急遽出帆したのである。ミゲル・アルタミラーノとその息子は、港で船が出て行くのを見守った。もちろん港にいたのは、彼らだけではなかった。あらゆる国籍の野次馬が詰めかけ、あらゆる言葉で話し、何が起きているのか、そしてそれがなぜ起きているのかを尋ねていた。野次馬のなかには、事態を的確に把握し、つけいって軍人の不在から利を得ようとする者が一人いた……　三月の終わり、混血の弁護士ペドロ・プレスタンは、ぼろ切れを着て山刀で武装した裸足のアンティール人十三名を従えて、自分が革命将軍およびパナマ市民軍事長官だと名乗りをあげたのである。

愛しのエロイーサよ、戦争がついにぼくらの中立地帯、その時までカリブのスイスとして知られていたこの地までやってきた。半世紀に渡り、地峡を口説き落とそうと扉を叩いたあと、戦争がそれを開けさせるのに成功した。その結果は……　そう、ここにその凄まじい結果が訪れるのだが、その前に簡潔で安っぽい哲学講義の時間を少しだけ設けよう。コロンビアは――すでにご存知のように――分裂症の国であり、コロン＝アスピンウォールはその分裂症を受け継いでいた。アスピンウォール＝コロンでは、現実は二重になったり、増殖したり、分裂したり、造作なく共存しながら同時に二つの存在になったりする、謎の能力を有していた。ここでぼくに、ほんの少しジャンプして未来に行き、サスペンスと語りの戦略の効果を全部台無しにして、このエピソードの結末を話すお許しをいただきたい。コロンに火災が起きたのである。ぼくがフランス街の新しい家でハンモック（ぼくの第二の肌になっていた）に横たわり、開いたほうの手に、ボゴタから蒸気船でやってきたホルへ・イサークスの小説『マリア』を載せていたとき、本の向こうで空が黄色くなった。熱病患者の目の色というよりは、解毒剤として処方されるマスタードのような色だった。

ぼくは外に出た。風はフレンテ街の相当手前で動きを止め、熱帯のものではない熱波の最初の一撃がぼくに届いた。伝説では**運河の未亡人**が、リベリア人と話をしていたというボテージャスの小道の入り口に来てみると、焼けた肉の臭いがして、すぐに影のなかから横向きに倒れたラバの姿が浮かび上がった。後ろ足はすでに焼け、長い舌が緑のガラスの破片のうえに広がっていた。燃え上がるたいまつに魅せられたトカゲのように炎に近づいたが、それはぼくではなく、ぼくの体が勝手にしたことだ。野次馬がぼくの横を走って通り過ぎ、熱い空気を動かした。まるで気球用のふいごがぼくの顔に向かって風を吹き付けているようだった。肉の臭いに再びぼくは震え上がった。しかし今度の臭いはラバからではなく、ロベさんというハイチ出身の、年齢や家族や住所は不詳の乞食、ぼくたちよりも前にコロンにやってきて、中国人の肉屋から食事を盗むのが専門の男から発せられたものだった。ぼくはしゃがみこんで吐いたのを覚えている。顔を敷石に近づけると、あまりに熱かったので両手をつくのを避けたほどだ。すると北からいつもの強風が吹き始め、火災は風に乗って旅に出た……　一八八五年のその三月三十一日、午後と夜の何時間かのうちに、洪水と地震を生き延びた街、コロンは黒こげの板の山に変わり果てた。

あの免罪の国で、コロンビアという無責任の世界の首都で、火災の犯人がわずか数日後に裁判にかけられたとき、ぼくたちがどれほど驚いたことか、読者は想像されたい。ぼくは覚えているが、父とぼくは事の本質を知ったとき恐怖で真っ青になった。しかしもっと真っ青になったのはそれから少しあと、ポーチのテーブルに腰掛けて、出来事をめぐるぼくたちの解釈が異なっているために、出来事をめぐるぼくたちの評価が抜本的に異なっているのを知ったときだった。言い換えよう。コロンの大火について、矛盾する物語が流布していたのだ。

どういうことですか、語り手さん？　と聴衆は反論している。出来事に解釈はなく、事実は一つではないのか。ぼくはそれに対し、あの正午、火事が起った直後の熱帯の暑さなかで、パナマの我が家で語られた内容を話すことでその答えとしたい。ぼくの解釈と父の解釈は物語の冒頭では一致していた。ぼくらは二人とも、街で起きたことに通じているコロンの人々と同じく、火事の原因を知っていた。ペドロ・プレスタン、あの混血で自由派の弁護士は、遠方の保守派政府に対して武装反乱を起こしたが、十分な武器がないことにすぐに気がつく。彼は、ライフル二百丁の積荷がアメリカ合衆国から私船で来るのを知ると、安く手に入れようとする。しかし、コロンビア保守派政府を防護せよというはっきりとした命令をワシントンから受けた北米の快速船が、時宜よくいささかも中立ではなく積荷を横取りする。プレスタンはその報復として、コロンの領事を含む三名のアメリカ人を逮捕させる。いっぽう、そのあいだに保守派の軍隊がコロンに上陸し、反乱軍を退却させる。また、北米の海兵隊がコロンに上陸し、やはり反乱軍を退却させる。退却した反乱軍は敗北間近であることを知る……　ここにきて、パナマ政治の分裂症的な発作がはじまる。これから先に起きることをめぐるぼくの解釈は、父の解釈とは異なる。無自覚な**歴史の天使**は二つの異なる福音をぼくたちに与えるのだ。子孫の信頼に値するのはどちらなのかを知ることは率直に言って不可能なので、記録者たちは人生の最後まで頭を悩ませることだろう。こうしてアルタミラーノ家のテーブルで、ペドロ・プレスタンは二つに分裂した。

敗北を見てとるや、第一のプレスタン、カリスマ的リーダーにして反帝国主義の偉人は、カルタヘナを目指して海から逃亡し、かの地で戦っている自由派の軍隊と合流する。保守派の兵士は政府の命令を受け、**非道なアメリカ海兵隊**《マリーン》と共謀してコロンに火を放ち、カリスマ的リーダーにその罪をなすりつける。第二のプレスタンはせいぜい恨みを抱いた殺人者にすぎない。彼は晩年を過ごした街を燃やして白人の利益を損なうぐらいしか楽しみがなく、自分の根っからの放火癖を満足させることにする……　第一のプレスタンは逃げる前、快速船ガリーナ号がコロンを砲撃する音を、何時間か後に火災を起こすその砲撃の音を聞いている。第二のプレスタンは逃げる前、コロンには占拠よりも死がお似合いだから、街を地図から消してしまえという命令をアンティールの乱暴者《マチエテーロ》たちに下す。第一のプレスタンに何カ月かが過ぎ、第二のプレスタンにも何カ月かが過ぎる。同じ一八八五年の八月に第一のプレスタンは逮捕、コロンに連行され、軍法会議にかけられる。万全の裁判を保証され、著名で有能、人種や階級に偏見のない弁護士のもと、反論の余地のない証拠により、火災の犯人であるとされる。

一方、第二のプレスタンはそれほどの幸運には恵まれなかった。彼を裁いた軍法会議は弁護側による証人の話を聞かなかった。軍法会議は街に広まった噂――他ならぬフランス領事も信用した噂――も調べなかった。その噂によれば、火災の真犯人はジョージ・バートという鉄道会社の元管理職で、警察のおとりだった。軍法会議はプレスタンの裁判にアメリカ人、フランス人、ドイツ人、イタリア人だけを証人として召喚したが、連中のうち一人もスペイン語を一言も話すことができず、彼らの証言は翻訳もされず、公にもされなかった。軍法会議は、もしペドロ・プレスタンの放火の動機がアメリカ人とフランス人への憎悪だとするなら、なぜ鉄道会社と運河会社が、コロンで唯一無傷で済んだのか、その理由を解明できなかった。

八月十八日、第一のプレスタンは死刑を宣告された。

何たる偶然、第二のプレスタンも同じだった。

陪審席の読者よ。ぼくはそこにいた。**政治**が、目を見た者を石に変えるあのゴルゴンが、無視されるのを拒み、あのときぼくのすぐそばを通り過ぎた。十八日の朝、n度目の内戦に勝利した保守派の当局は、アメリカ海兵隊の大砲が一定の距離を保って監視するなか（それを誰も奇妙だとは思わなかった）、ペドロ・プレスタンを線路まで連行した。ぼくは火災の被害に遭った建物の二階から、罪人と同じ混血の人夫四名が二、三時間で木製のアーチを組み立てるのを見た。すると線路のうえに、音を立てずに無蓋貨車が現れた。ペドロ・プレスタンは貨車に上ったが、実際は押されて貨車に載せられたようなもので、その後から、フードは被っていなかったが、おそらく死刑を執行する男が上った。安い木製のアーチの下に立たされたプレスタンはまるで迷子になった子供だった。服が急にぶかぶかになった。山高帽は頭からずり落ちそうだった。執行人は、抱えていた亜麻の袋を貨車の上に置き、袋から、油でてかてかになって、遠くから見ると毒蛇（おかしなことに、ぼくはプレスタンが毒蛇に噛まれて死ぬのだと思った）のように見えるロープを取り出した。執行人はロープをアーチの横木の上から投げて通し、ロープのもう片端を、まるで肌を傷つけてはいけないかのように、慎重に四人の首に巻きつけた。執行人は引き解け結びでロープを縛った。執行人は貨車から降りた。と、そのとき、貨車が口笛を合図にパナマ鉄道の線路上を滑り出し、プレスタンの体は空中に浮き上がった。首が折れるときの音は、ロープが引っ張られる音や木の激しい揺れと混じり合った。安っぽい木だった。パナマはいずれにしても物が揺れる場所だった。

ペドロ・プレスタンの死刑執行は、当時はまだ**天使のための憲法**が有効で、それが死刑を明確に禁止していたために、多くの人びとにとって心からの衝撃として受け止められた。（その後、七十五名のコロン住人が保守派軍隊に逮捕され、焼けこげた壁の残骸に背を向けて立たされ、訴訟手続きなしに銃殺されたとき、改めて七十五回の衝撃があった。）もちろんぼくの父は「運河会報」の記事を書くとき、彼の屈折効果のあるペンを取り出して、熟知した方法で現実を編集した。こうして、あの遠方の国の政治的争乱と、それが投資に引き起こしうる損害が気になっていたフランス人株主が知ったのは、「嘆かわしい火災」が「予期せぬ幸運な出来事」ののちに、「価値のないバラックを何軒か」と「すでに崩壊しかけていた段ボールの小屋」を何軒か焼き尽くしたということだった。火災の後、「十六名のパナマ人が呼吸器系の問題で病院に収容された」、と父は書いた（呼吸器系の問題とは、連中が呼吸をしていなかったという意味だ。その十六名のパナマ人は死んだのだから）。父が書いた記事のなかで、運河労働者は「八番目の奇跡」を命がけで守った「戦争の真の英雄」であり、労働者の敵は「恐るべき自然」だった（恐るべき民主主義については一言も触れられなかった）。こうして屈折のおかげで、一八八五年の戦争はフランス人投資家には存在しないものとなった。ペドロ・プレスタンは、フランス人が物資を運ぶのに役立てていた鉄道の線路上では絞首刑を執行されなかった。反乱を起こし、敗北を喫したラファエル・アイスプル将軍は、何人かのパナマの名士から陳情を聞いたのち、もしアメリカ合衆国が自分を統治者として認めるのなら、パナマの独立を宣言してもよいと提案した。ミゲル・アルタミラーノはそれを報じなかった。

クリストフ・コロンブの集落は、運河会社と鉄道会社の施設と同様、まるで防火レーンによって燃えた街と区分けされたかのように無傷だった。地峡では放浪の民だと思っていた父とぼくは引っ越す必要がなかった。火災のすぐ後、鉄道会社／絞首台の職員が街の再建に専念しているあいだ、ぼくは父に、自分たちには幸運があると言った。すると父はぼくに、きっと憂鬱に違いない何かによる気難しいしかめ面に支配された顔で答えた。「幸運ではない、おれたちにあるのはアメリカの船だ。」偉大なる壊の建設は、米国船ガリーナ号とシェナンドー号が父親のように監視し、米国船スワタラ号とテネシー号が支配力を行使するなかで進められようとしていた。しかし以前のようには進まなかった。コロンビアの戦争が地峡にも届いたあの八月、ペドロ・プレスタンが処刑されたあの忌まわしい八月、何かが変化していた。何かがパナマ州で腐りかけ、それが見逃されることはなかった。手短に麻酔をかけずに言ってしまおう。ぼくは何かが沈みかけているのだと感じた。株主たち、「会報」の読者たちは、あのグロテスクな嘘を、自分たちの兄弟、甥、息子たちが次々にパナマで死んでいることを聞きつけるようになった。「会報」には反対のことが書かれているが、それは本当だろうか？　と彼らは自問した。労働者や技師が地峡からマルセイユやル・アーヴルに戻ってきた。彼らは蒸気船を降りるや否や、侮蔑的な中傷の言葉を口にし、工事が予定通りには進んでいないこと、費用がとてつもなく増大していることを伝えた……　信じがたいことに、根拠のないそれらの虚偽がフランス人の信じやすい頭のなかに浸透していった。そうしているあいだにぼくの国は、毒蛇が脱皮をするように、名前と憲法を変更し、歴史上最も暗い時代に頭から沈んでいったのだ。

6
象の腹のなかで

運河会社の沈没（このことについては後に触れる）が比喩的な意味であるのと同じく、ぼくの国もまた、もちろん比喩的な意味で沈むことになる。しかしそのころ、もっと文字通りの別の沈没があり、それら沈没がどういう性質のものかは、当たり前のことながら、何が沈むかによって変わった。たとえば大西洋の向こう側では、帆船アニー・フロスト号が沈没した。そのことは、親愛なるコジェニョフスキ、君が遭難に関与したとずうずうしくでっち上げたりしなければ、特別なことではなかっただろう。ぼくは知っている。君は金に困っていて、叔父のタデウシュが最も手近にあり、最も低額の担保を要求する君の銀行だった。そこで君は至急、「遭難ノ被害ニアッタ。全部ウシナッタ。援助モトム。」と電報を打った……　ぼくを悩ませる彼との類似は尽きることがなく、ぼくはその類似関係を記すために何ページか用意したのだが、ここでその一つを書いておこう。コジェニョフスキが沈没に関わったと装っているあいだ、おそらくもっと小規模とはいえ、いっそう差し迫った帰結をもたらした別の沈没が起きていたのである。

乾季のある夜明けどき、シャルロット・マディニエは丸木舟――かつて彼女の夫とぼくの父を載せたのとよく似たものだ――を借り出し、独りで、誰にも見られずにチャグレス川を漕ぎ進んだ。あの死後の焼却処分から救い出すことに成功した夫のレインコートを着ていた。夫が調査のはじめに集めていた岩を、はちきれんばかりにポケットに詰めていた。彼女の頭のなかに入ってみると――語り手のぼくには許されている行為だ――、恐怖と郷愁と思考が無秩序にもつれあい、「私帰るわ《ジュ・マン・ヴェ》」ということばがマントラのように繰り返され、一つひとつ折り重なっているのが見える。ポケットのなかには、玄武岩の欠片と石灰岩の薄片が見える。そのときシャルロットはポケットに両手を突っ込み、左手で花崗岩の欠片をたっぷり摑み、右手でリンゴ大の青っぽい粘土の塊を摑む。彼女はまるで空気に寄り掛かるかのようにして、背中から入水する。パナマの大地、アメリカ大陸で最も古い地層は、彼女を何秒かのうちに底まで引きずり込む。

想像しよう。沈む途中でシャルロットは靴が脱げ、川底に着いたとき、裸足で砂に触れる……想像しよう。耳と、閉じた目にかかる水圧を。もしかすると目は閉じず、開いているかもしれない。その目はもしかすると、鱒や川蛇や浮いている川藻、湿気で木から剝がれた枝の断片を見ているかもしれない。シャルロットの空気を失った胸、小さな二つの胸と、冷水に触れて縮こまった乳首にかかる重みを想像しよう。皮膚の毛穴すべてが、小さな強情な口のように閉じられ、水を飲むことに疲れ、間もなくこれ以上こらえられなくなり、窒息死がすぐそこに迫っていることに気づくのを想像しよう。シャルロットが想像していることを想像しよう。彼女が生きることのできた人生——夫、ことばを覚えかけて死んだ息子、性的にも社会的にも経済的にも不満だったこと——と、何よりこれから先に生きることのできない人生を想像しよう。（誠実に考えて）想像力はぼくたちをそんなに遠くまで連れていってくれないので、その部分を想像することは決して容易くはない。シャルロットは、窒息死するとはどういうことか、どの感覚が最初に失われるのか、このような死には痛みが伴うのか、果たしてどこにその痛みが来るのかを自問し始める。もう空気が足りない。胸にかかる重みが増大する。頬は引きつる。頬のなかにあった空気は、肺の無意識の貪欲——いや、暴食によって——飲み込まれてしまった。シャルロットは自分の脳が働かなくなるのを感じる。

そのとき彼女の頭を何かがよぎる。

あるいは、彼女の頭のなかで何かが起きる。

何だろう？　それは記憶、思考、感情だ。物語の語り手としての特権がありながらも、そのぼくにも立ち入れない何か（唯一のケース）だ。か弱い肩と細い腕を動かして、シャルロットは夫のレインコートを脱ぐ。亜炭の欠片、片岩の薄片が底に落ちる。解き放たれたブイのように素早く、シャルロットの体はたちまちチャグレス川の底から浮き上がる。

彼女の体は浮き始める。

耳が痛む。唾が喉に戻る。

詮索好きな読者の疑問と質問に、ぼくは先回りしておこう。シャルロットは、チャグレスの川底でおぞましい死となるはずの出来事が起きる寸前に自分が考えたこと（あるいは想像したこと、感じたこと、ただ単に見たこと）を、決して口にすることはないだろう。推測好きのぼくも、この件では推測する能力がなく、歳月とともにその無能さは強化された……　出来事をめぐるどんな仮説も、この現実の前には青ざめる。すなわち、シャルロットは生き続けることを決め、チャグレスの濁った緑の川面に顔を出したときにはすでに、新しい（そしておそらく墓場まで秘密を持っていく覚悟を決めた）女性になっていたのである。彼女の頭――息は喘ぎ、捕らえられた鮭のように苦しく呼吸する口――は、地峡の表の世界、憎むようになってはいたが、いま許しを与えたあの世界に、再び現れた。その後の彼女の抜本的に生まれ変わる過程、**運河の未亡人**が企てた、自身の**再発明**については、どれほど強調してもし過ぎることはない。ぼくは恐れることなく、彼女の変容とともに生じた肉体的事実を明らかにしておこう。彼女の目は以前より明るくなり、声はさらに深刻さを増し、木の色をした頭髪は腰まで伸び、まるでチャグレス川の濁った水が背中に滝をつくっているかのようだった。シャルロット・マディニエは、パナマの地質をポケットいっぱいに詰め込んで川に身を沈めたとき、美しかったが衰弱していた。その彼女が再生したとき――その日起きたことはまさにそれこそ復活だった――、さほど昔ではない青春期の、とまどわせるような美人に戻ったようだった。ほとんど神話的な出来事だった。チャグレス川の人魚、シャルロット・マディニエ。パナマのファウスト、シャルロット・マディニエ。陪審席の読者のみなさん、他の**変身**を見たかったですって？　この変身は予測できないもので、前例もない。この変身は、おそらく最終的にぼくに関わってくるので、ぼくが知っているなかで最も力強いものだ。その新しい女性は、チャグレス川の底から出てきただけでなく（それはもちろん驚異だが）、もっと驚異的な手柄をたてた。つまり、ぼくの人生に入ってきたのである。

そしてもちろんぼくの人生を変えた。動揺の八〇年代の終わりごろ、時代の精神に変身が宿っていたことは疑いを入れない。コジェニョフスキは世界の向こう側、コルカタで、アイデンティティのわずかな移動があり、手紙に「コンラッド」と署名するようになった——ただそれだけのことだ。運河の未亡人は名前を変えなかった。ぼくたち二人のあいだには暗黙の了解があって、彼女は結婚していたときの姓を保持し続け、ぼくは説明されなくとも、その理由が理解できた。いっぽうで装いは変えた。クリストフ・コロンブの家は扉を開け放ち、窓を覆っていたスカートとマントを取り外し、ぼくも彼女がリベリア人地区に行くのに付き添って、パリ風の重くて徹底的に暗い色の服を、緑や青や黄色の綿のチュニックに買い替えるのを手伝ってやった。青白い肌をしていたので、彼女が着ると、熟していない果実のように見えた。通りの真ん中で新たな焼却処分を行なった。今度の焼却は悪魔祓いであって、浄化ではなく、これまでの人生の悪霊を追い払う試みだった。一八八五年の終わりごろ、コロンの港でシャルロットは生まれ変わりに着手し、ぼくも参加した。イニシエーションの儀式(紳士的に振る舞って、その細部については控えさせていただくが)は土曜の夜に執り行われた。それなりに共有した孤独、共有しなかった郷愁、そしてフランス産ブランデーという折り紙つきの燃料を糧とした。読者の辞書とはおそらく同じではないぼくの個人的な辞書によれば、「生まれ変わり」とは「肉に戻ること」という意味である。ぼくは毎週土曜日に肉に戻った。毎週土曜日、シャルロットの寛大な肉は、失う物を持たぬ人の貪欲、絶望的な献身でぼくを待っていた。しかしイニシエーションの日々においても、その後も、チャグレス川の底で何が起きたのかを知ることはできなかった。

ぼくは大晦日を父の家ではなく、シャルロットの家で過ごし、一八八六年に最初に聞いた言葉は、命令を秘めた懇願だった。「絶対に出て行かないで。」ぼくは従った(上機嫌で、と付け足しておくべきだろう)。こうして三十一歳にして突如、ぼくは何の予告もなしに、スペイン語を少ししか話せない未亡人と同棲していた。彼女の若々しい肉体を、自分が最初ではないことを知らない探索者のように支配して、心底あつかましく、危険なほど満足を感じている自分がいた。ぼくたちの住まいのある地区とシャルロットの国籍という、二つの国勢調査上のデータは、道徳的な安全通行証、白紙委任状のようなものので、おかげでぼくたちは、嫌々ながら属していた厳格なパナマのブルジョア社会を自由に動き回ることができた。親愛なる読者よ、しかしぼくたちが免罪されたという意味ではない。あるときイエズス会のフェデリコ・ラドロン・デ・ゲバラ神父はシャルロットを、「汚れたという噂のある女性」と呼び、フランスが歴史的に「自由派の根城にして、反キリスト教的革命の生みの親」であることを強調した。ぼくがそれをよく覚えているのは、当時、まるでそれらの告発に応答するかのように、夜になってからシャルロットがぼくを家のポーチに呼び出したからだ。四月最初のにわか雨が降ったばかりで、空気にはまだ土の湿り気、死んだミミズと用水路で詰まった水の臭いが感じられ、蚊の雲が網のように漂っていた。最も余計な言葉とは、たいてい、人類の決定的な瞬間を告知する台詞のことである。「話しておきたいことがあるの」と、話しておきたいことが——明らかに——ある人が言う。シャルロットは伝統に忠実だった。「話しておきたいことがあるの」と彼女はぼくに言った。ぼくは、チャグレス川の底で起きたこと、金とも引き換えにしないあの強固な謎をきっぱりと告白してくれるものと思った。しかしハンモックに横たわり、オレンジ色のチュニックを着て、頭に赤いターバンを巻いた彼女は、ぼくに背を向けて手を差し出した。空から激しい雨が再び落ちてくるあいだ、妊娠しているのだとぼくに打ち明けた。

ぼくたちの個人的な歴史はときどき、著しい対照をなしうる。シャルロットの腹で新しいアルタミラーノは存在を予告し、地峡における一族の血統を継続する意志をあらわしていた。と同時に父、老アルタミラーノは隠居を始めた。世界をあとにし始めた。傷を負ったイノシシのように。冬眠する熊のように。みなさんがお気に入りの動物を比喩に使えばよい。

父はぼくから離れるようになった。シャルロット、新しいシャルロットは（生まれ変わったにもかかわらず）、父を徹底的に軽蔑していた。ぼくは言わなければならないのか？　彼女のなかの何かが、息子と夫はミゲル・アルタミラーノのせいで死んだのだと責めていた。もちろん父にはそれが理解できなかった。彼の選択的盲目と二人のマディニエの死のあいだに直接的な結びつきがあるという考えは、父にはおよそ馬鹿げたことであり、立証不可能なことと思われただろう。もしも誰かが、二人のマディニエは殺されたのであり、その凶器はどこかの新聞に掲載された公開書簡だと言ったとしたら、ぼくは誓ってもいいが、父には何のことやらさっぱり分からなかっただろう。ミゲル・アルタミラーノはパナマによって一族が絶滅させられたことにわずかの涙を流した。しかしその涙は、罪を感じていないので、無実の涙だった。しかも賢い涙でもなかったので、無垢な涙だった。ミゲル・アルタミラーノは、起こったあとから予言するという防御メカニズム――否定と拒絶――を、芸術的な形式の水準にまで高めていた。そしてそのプロセスは人生の他の領域にまで広げられた。ぼくたちのもとに、ヨーロッパのマスコミのニュースが伝わり始めてきたが、憤慨し、激怒し、挫折した父にとり、分別を保つ唯一の方法は、ニュースには確かではないこともそれなりにある振りをすることだった。

ここから何段落かのあいだ、ぼくの物語は新聞の切り抜きの超個人的なアンソロジーになるが、ぼくが想像するに、陪審席の読者のみなさんは、とりわけ高い評価をそれに与えてくださるはずだ。新聞のねずみ色のページ、窮屈なコラム、とても小さくて、しばしば誤植のある文字を想像してほしい……あの死んだ文字がどれほど途方もなく、大きな力を持っていることか！　人間の人生にどれほど影響を及ぼしうることか！　アルファベットの二十八文字は、元来、父の味方だった。しかしいま突然、煽動的で破壊的な言葉が、**新聞共和国**の政治的風景に揺さぶりをかけていた。

ペドロ・プレスタンの首が乾いた音を立てて切れたのとほぼ同じ頃、ロンドンの「エコノミスト」紙は全世界、特に株主に向けて、運河会社は自殺的な企てだと警告した。自由派の反乱軍がロス・グアモスで降伏し、それをもって内戦が終わったのと同じ頃、「エコノミスト」紙の長いルポルタージュは、レセップスが故意にフランス人を騙したと報告し、結びでは以下のように断言していた。「運河は決して終わらないだろう。理由はいくつかあるが、何よりも、終わらせることが決して投機家連中のもくろみではなかったからだ。」　フランス、フェルディナン・ド・レセップスの愛する六角形は徐々に、運河会社に六角形の背を向け始めていた。父はそういうニュースを、コロンの街路で（会社のオフィスで、新聞が届く港で）受け取ったが、そのときは疲れた雄牛のように口を開いて涎《よだれ》をたらしていた。まるでどの新聞も槍を持った闘牛士、どの記事も槍のように見えたのだった。しかし父が、とどめのひと突き、急所への無慈悲な一撃を覚悟していたとは思わないし、思えない。ぼくの理解では、この世は父のものであることをとっくにやめていたか、父はこの世に所属するのをやめていて、ぼくがそう思ってから二、三日して決定的な二つの事件が起きた。ボゴタでは憲法が改正され、そして「エコノミスト」紙に、マスコミに対するかの有名な告発が掲載されたのである。ボゴタではラファエル・ヌニェス大統領、急進的な自由主義者から頑迷な保守主義者への変節漢が、「全権力の泉」である神の名を憲法のなかに戻した。ロンドンでは「エコノミスト」紙が以下のような馬鹿げた告発を行なった。「運河建設が進まない理由、また、フランス人が自ら犠牲になっている、とてつもない詐欺行為に気づかなかった理由は、レセップス氏と運河会社が、掘削人ではなく新聞記者を買収することに多額の金を、技師よりも賄賂に多額の金をつぎ込んだからである。」

イエロー・ジャーナリズムの読者よ、つまらないスキャンダルを好む者たちよ、他人の不幸を喜ぶ傍観者たちよ。「エコノミスト」紙の告発は、最高の回転速度で回っている扇風機に向かって投げられた糞の袋のようなものだった。部屋——たとえば、コーマルタン通りのオフィス——は天井から床まで汚れた。どの新聞社でも、出版人、編集主幹、記者の首が飛んだ。連中をしかるべく調査にかけると、全員、運河会社の名簿に名前が載っていることがわかった。糞に浮遊する性質があることはほとんど知られていないが、糞は海を越え、コロンにまで届き、「地峡日報《コレオ・デル・イストウモ》」紙（雇われ記者が三名いる）と「パナマ人《パナメーニヨ》」紙（記者が二名と二人の編集者がいる）の壁にも飛び散り、特に屈折症候群を患っている哀れな無実の男の顔にも届いた。「スター＆ヘラルド」紙が、おそるべき速さで「エコノミスト」紙の告発を翻訳する任務を請け負った。父はその事実を、あらゆる文字と一緒に裏切りとして生きた。ある日、ボゴタで変節大統領のヌニェスが、コロンビアにおける教育はカトリックに基づくべきか、そうではないかを演説しているころ、コロンでミゲル・アルタミラーノは自分が事故か街角の諍いの流れ弾の犠牲者になったのを、樹木を引き裂き通行人の頭上に落とす稲妻に貫かれるのを感じる。運河会社に関わっていたあらゆる新聞記者たちが――見たものを語っただけの彼らが――、「スター＆ヘラルド」紙から買収行為だと非難を受けることは、父には理解ができない。またその記事の三十行先で、進歩の大義に協力することが唯一の関心だった新聞記者に対し、非難から詐欺行為という、もっと直接的な告発に至ることは父には理解できない。理解できない。

「フィガロ」紙は、「フランスはレセップスの呪縛を抜け始めた」と見出しをつけた。それは通常の感覚だった。レセップスは、しみったれたまじない師、サーカスの手品師であって、好意的に見ても、優れた催眠術師だった。しかし与えられた呼び名が何であれ、その下には――冬眠する熊のように長い昼寝をむさぼって――、そもそも運河建設の契約事項が、工法に照らしてみると費用から期間まで、とんでもない大嘘だったという考えがあった。「もしマスコミと身勝手な記者たちの熱心な協力がなければ、こんな事業はありえなかっただろう」と新聞記者は言った。しかし父は防戦した。「この規模の事業には」、と「会報」に書いた。「逆境は日常の一部である。我々労働者の美徳は、障害の不在にあるのではなく、障害を乗り越え、乗り越え続ける英雄的行為に存するのだ。」理想主義者の父は、この二十年の熱意をしばし取り戻したかに見え、こう書いた。「運河は人間精神の作品である。幸ある終着点に至るためには、人類の支援が必要だ。」比較主義者の父は、人間による他の大事業の助けを借りた。スエズ運河の事例はすでに古びていたため、こう書いた。「ブルックリン橋は当初予算の八倍を要したではないか。テムズ川のトンネルは三倍必要だったではないか。運河の歴史は人類の歴史であり、はした金ごときの問題で人類の歩みを止めることはできない。」楽観主義者の父、何年も前に快適な故郷をあとにして、最も必要とされる場所で人助けをした彼は書き続けた。「時間を与えてくれたまえ、フランを与えてくれたまえ。」ちょうどそのころ、地峡に、近年みられたのと同じぐらいの強さと優しさで、いつものにわか雨が降った。しかし今回、掘削された土は水を吸って動きだした。水気を含み、強情で扱いにくい土は、粘土小屋から外れた大きなテラスのように、元の場所に戻った。パナマの雨が強烈に降る午後、三カ月分の労働が無に帰した。「時間を与えてくれたまえ」と理想主義者＝楽観主義者の父は書いた。「フランを与えてくれたまえ。」

ぼくの新聞切り抜きアンソロジーの最後のアイテム（ぼくのファイルのなかで切り抜きは、引用されようとして争い、小突き合い、目に指を入れ合っている）は、公式の新聞「ラ・ナシオン」紙に掲載された。その記事がもたらした現実的な結果――すでに知られているものであれ、まだのものであれ――に照らすと、その記事は脅し以外の何ものでもなかった。ぼくたちはみな、コロンビア中央政府がレセップス個人とフランス人一般に対し、おおっぴらな敵意を抱いていたことを知っていた。ぼくたちはみな、政府が国庫の金をみみっちく使い果たしてから何カ月かが過ぎたあと、運河会社へ借金を申し込んだが、会社に断られたことを知っていた。読んだ後にはインクが紙に吸い込まれてしまうような、実に素っ気ない電報が行き来し、またそのことも広まっていた。その出来事が怒りを生み、大統領宮殿では、「この件は、間違いなく我が友人であるところのアメリカ人に任せなくてはならない」という台詞がささやかれていることも広まっていた。しかしぼくたちには、あの記事から発せられたと思われる、深い満足を予見することはできなかった。

それは、「運河会社、倒産の危機に」という見出しだった。記事本文の説明によれば、パナマ人の多くの家族が、不動産を抵当に入れ、家財を売り、預金通帳を奪って、運河会社の株に投資したとのことだった。記事はこう結ばれていた。「破産したとしても、無数の同胞の決定的な破産の責任者が誰かは、はっきりとわかっている。」そして、記事では、民衆に「嘘をつき、騙し、裏切った」作家と記者のリストが省略せずに書き記されていた。

リストはアルファベット順だった。

Aの文字には名前がひとつあった。

ミゲル・アルタミラーノ（Miguel Altamirano）にとって、終りの始まりだった。

ここからぼくの記憶とペンは、（ゴルゴンが通り道に残す石の恐怖にとりつかれ）救いがたいほど政治的変遷の中毒になって、好奇心をそそる国歌の歌詞で始まり、千百二十八日間の戦争で終わるあの恐ろしい日々の語りに一心不乱に向かうべきだろう。しかし、超自然的と言っていいようなある出来事によって、国の政治的動乱の動きは止められたか、あるいはぼくの思い出のなかでその動きは止まっている。一八八六年九月二十三日、妊娠してから六カ月半後、エロイーサ・アルタミラーノが生まれた。とても小さかったので、ぼくの両手ですっぽり覆うことができ、肉がほとんどついていなかったので、まだ骨の湾曲が脚に透けて見え、陰唇のない性器にはクリトリスの小さな突起が見えるだけだった。エロイーサはとても弱々しく、母の乳首を奪えなかったので、生後六週間は二度煮沸したミルクをスプーンで飲ませてやる必要があった。陪審席の読者よ、子づくりをする年頃の俗な読者よ、あらゆる場所の父と母よ。エロイーサの到来は全世界の動きを止めた。あるいはそれを無効にし、盲人の世界で色が消えていくように、全世界を無慈悲に消し去った……　外界では運河会社が沈まないように絶望的な努力を払い、新しい債券を発行したり、会社の資本金を増やそうと、痛ましい富くじを準備したりしていたが、ぼくにはそういうことはどうでもよかった。ぼくの仕事はエロイーサのスプーンを煮沸すること、二本の指でほっぺたを摑み、ミルクを無駄にしないように固定することだった。娘が飲み込めるように、人差し指の腹で、のどをさすってやった。そのころコンラッドが最初の短篇「ブラック・メイト」を書いていたことは、ぼくにはどうでもいい。二十九歳になる寸前にコンラッドはロンドンで船長試験に合格し、ぼくたちにとってあの船長ジョゼフ・Kになった。しかしぼくにはそのことも、エロイーサが初めて皺だらけの乳首を口に含んだことや、ゆっくり何週間もかけて顎の鍛錬をしたあと、あまりに強く吸ったために乳首を歯茎で傷つけて流血させたことと並べてみると、俗っぽく見えてしまうのだ。

しかしここにきて、ぼくには理解できないことがある。エロイーサの誕生と、彼女の緩慢で困難な成長にともなう手のかかる世話にもかかわらず、破棄された世界は歩みを続け、国は傲慢な独立国家のままだった。そしてパナマ地峡での生活は、その最も忠実なる臣民に起きていることに、まったく無関心のまま動いていたのである。ぼくの記憶ではもっぱら娘に属している瞬間を思い出しながら、つまりあのころのことを考えるのと同時に、政治についてどのように話せというのか？　ぼくの唯一の関心が、エロイーサが一グラムずつ体重を増やすのを見守ることであったとき、国にまつわる出来事を取り戻す作業にどのように身を置けというのか？　シャルロットとぼくは、毎日、煮沸したばかりの布切れにしっかりと包んだ娘を中国人タンの肉屋に連れて行って、包みを開いて天秤の上の大きなボウルの中に、まるでフィレ肉かレバーの欠片のように載せたものだった。木製の大きなテーブルの向こう側でタンは、おもりを、錆びた色のどっしりとしたあの円板を載せる。ぼくたち両親にとって、タンがニスを塗って輝いている引き出しのなかに、足りない分の大きなおもりをもう一つ探しに行くのを見ることほど嬉しいことはなかった……　この思い出をぼくの物語に連れてくると、たちまち疑問が浮かぶ。個人的な熱い記憶のなかに、どのようにして無味乾燥な公的な記憶を探したらよいのか？

ぼくは献身的な人間なので、それを試みよう、親愛なる読者よ、やってみよう。

というのは、ぼくの国では歴史家連中が、どういう事情で自分たちはこうなったのかと自らに大げさに問い、その後自分は知っている、自分には答えがあると答え、決まって最後には本に書き込むことになるたぐいの出来事が起きる寸前だったからだ。もちろんそのことはほとんどおかしくも何ともない。というのは最もうっかりした者でさえも、そのころの雰囲気には何か奇妙なものを感じたはずだからだ。あらゆるところに予言があった。それを解釈しさえすればよかったのだ。父がどう考えていたのかは知らないが、ぼくとすれば、詩人の国がもはや詩を書くことができなくなったとき、悲劇が間近にあることに気づくべきだった。コロンビア共和国の耳がおかしくなり、文学的な趣味を取り違え、叙情詩の最も小さな規則を無視したとき、ぼくは警報を鳴らして助けを求め、船を止めるべきだった。最初に国歌の歌詞を聞いたとき、たとえ陸地にたどりつけない危険を犯してでも、救命ボートを奪い、即座に乗り込むべきだった。

ああ、あの歌詞……　どこで初めて聞いたのか？　今もっとも重要なのはこの自問である。どこからあの歌詞、誰にも理解できず、どんな文芸批評家にとっても、最低の文学というよりも不安定な心の産物に思われたあの歌詞はどこから生まれたのか? 読者よ、(詩に対する、上品さに対する) 犯罪の跡を追うことにしよう。年は一八八七年。ホセ・ドミンゴ・トーレス、クリスマスの飾りを作るのが一番の才能だった役人が舞台監督になることに決め、きたる国家行事の場で、**大統領のペンによって書かれた愛国詩**が披露されるべきだと決める。こんなことを思いつくのは、我が共和国大統領、ラファエル・ヌニェス氏が退屈しのぎに、幼稚なつまらない詩を書いていたことを知らない、おめでたい人だけだ。ヌニェスはこうすることで、コロンビアに根付いた伝統に従っていた。彼が二番目の妻の気高い道徳を満足させるために——そして、外国で教会を通さずに二度目の結婚をした罪を、コロンビア社会に許してもらうために——、新たに宗教との契りを結ばなかったとき、ヌニェス大統領はパジャマを着てナイトキャップを被り、ボゴタの寒さをしのぐためにポンチョを羽織り、チーズ入りココアを注文して七音節の詩を吐き出しはじめた。十一月の午後、ボゴタの娯楽劇場は、何の罪もない若者の一団が、深い落胆とともに言語を絶する詩連を歌う現場となる。

ボヤカの平原で
栄光の才知は
どの穂も頂点に
不屈の英雄を飾った。
甲冑のない兵士たちは
勝利を勝ち取った。

男らしい活力が
盾となったのだ。

そのころパリでフェルディナン・ド・レセップスはあの冗長な作業、すなわち認めることに全時間を傾注していた。運河が予定通りには終わらないことではなく、さらに何年も必要とすることを彼は認めた。フランス人が拠出した十億フランでは十分ではないことを彼は認めた。要するに、海面レベル方式運河は技術的に不可能で、判断に誤りがあったことを認めた。パナマ運河は閘門式で建設されるべきだと認めた…… 彼は認め続けた。この誇り高い男は、いままでの人生で行なってきた譲歩よりも多くの譲歩を二週間で行なった。しかし――この**しかし**は相当に大きなものだが――十分ではなかった。誰も想像しなかったこと（「誰」とは「レセップス」の意味だ）が起きた。フランス人はうんざりしていたのだ。運河会社を救済するはずの債券が売りに出た日、フェルディナン・ド・レセップスが死んだという匿名の文章がヨーロッパ中の新聞に届けられた。もちろん真実ではなかった。だが損害はあった。債券の販売は失敗で、富くじはその前に失敗していた。運河会社の解散が報告され、重機担当の清算人が任命されたとき、父は「スター&ヘラルド」紙のオフィスにいて、もう一度自分を雇ってほしい、紙面にもう一度場所を用意してくれれば、最初の五回はただで書くと申し出た。現場にいた人によれば、父は泣いていたそうだ。そのあいだコロンビア全土で人びとはこう歌っていた。

苦悩の乙女は

髪を引き抜き、
報われない愛ゆえに
糸杉に吊るす。
冷たい墓石の下で、
乙女は希望を嘆く、
しかし勝利の誇りが
青白い顔を輝かせる。

パナマ運河、**偉大なる壕**の建設作業は一八八九年五月、正式に中断あるいは停止された。フランス人は出て行き始めた。コロンの港は毎日、トランク、布製の大袋、木のかごで溢れ、しかるべき蒸気船にしかるべき荷物を運ぶのに沖仲仕が足りなかった。ラファイエット号は、その脱出《エクソダス》(地峡で起きていたのはまさにエクソダスだった。フランス人はもっと優しい土地を求めて逃げる、迫害された人種のようだった)が続くあいだ、一週間に通常の三倍航行した。クリストフ・コロンブのフランス人街は、疫病に襲われて住人が絶滅したかのように、徐々に寂れていった。それはゴーストタウンが誕生する過程だったが、ぼくたちの目の前で起き、その光景には誰でも目を奪われたに違いない。空になったばかりの家からは、洗ったばかりの食器戸棚の臭いがした。シャルロットとぼくはエロイーサの手を取って、捨てられた家並みを散歩しに出かけ、引き出しのなかに意味ありげで秘密が満載の日記か、エロイーサが変装して遊ぶ古着を何着か探すのが好きだった(前者は決して見つけられず、後者はしばしば見つかった)。家の壁には釘の跡や、ナポレオンと戦った祖父の肖像画が掛かっていた、そこだけ白い長方形が残っていた。フランス人は必要がないと思われた物をすべて売り払った。所持品を減らすためというよりは、出発すると知ったその瞬間から、パナマはすぐに忘れることが必要な呪いの場所になり、パナマの物は呪いも運ぶような気がしたからだった。たちまち競売にかけられて落札されたそういう所持品のひとつに、元の持ち主が施しでもしてやろうとして、運河で働いていた人夫から買った静物画があった。その人夫は銀行家とも画家とも言われたが、実際にはただの野蛮な男であって、可哀そうな頭のいかれたフランス人だった。フロラ・トリスタンの親戚だとも言われ、ぼくの母なら興味を持っただろう。ペルー発の船でパナマ市にやってきて、人前で小便をして逮捕された。蚊と労働条件に怯えて、何週間としないうちに出て行った。その後世界は彼の人生についてもっと知り、おそらくその名前は読者にとって未知ではないだろう。ポール・ゴーギャンという名前だった。

祖国はこうして作られる
テルモピレー峠を生みながら。
キュプロクスの星座を
その夜は照らした。
震える花は
風が強いので
月桂樹の下に

庇護を求めた。

クリストフ・コロンブ地区の住人のいない家は壊れ出した（原因の一部に国歌があるとは言わないが、分かったものではない）。雨期が終わるごとに、街のどこかで壁がまるごと倒れ、腐り切った木は折れずにゴムのように曲がり、梁は中心まで白アリに食われた。ぼくたちがしていた家の散策は中断せざるを得なかった。六月のある午後、にわか雨が降りしきるなか、クナ族の男が、元は技師ビラールのものだった家で雨宿りをした。好奇心から食器戸棚の下に手を伸ばし、わりと小さなアメリカハブに二度咬まれ、コロンに戻る前に死んだ。なぜ蛇がクリストフ・コロンブ地区の空っぽの家をそれほど好むのかは分からなかったが、街は年を追うごとにその訪問客、おそらく餌を探しに来ている毒蛇で満ちていった。父は、かの有名な**運河会社社員名簿**が「スター＆ヘラルド」紙に掲載されて以降、要注意人物のような存在、地峡の記者連中の厄介者になっていたが、そのころ、技師ドブレの家で二人の先住民と会い、二人のうちどちらが優れた解毒剤を知っているかを調べて短い記事を書いた。二人の先住民はクリストフ・コロンブ地区を隈なく回り、家に入っては戸棚や籠や床板の下に手を突っ込み、蛇に咬ませ、その後、スギかツルかトコンを使って解毒の技術を確かめた。父の話では、片方の先住民は夜通し家の支柱の下に潜り込み、咬まれるのを感じたが、何の蛇かは分からなかったという。もう一人はその男が死ぬのを待っていた。それが競争に勝つ方法だった。勝った方は、パナマ人判事から過失致死の罪で有罪宣告を受け、コロンの牢獄で勝利を祝った。

陪審席の読者よ。いま述べたくだりは、もし仮にそう見えたとしても、イギリスの読者ばかりかヨーロッパ人の読者を喜ばせたいと切に願う語り手が差し出す、才知あふれる地方色ではない。先住民と蛇の逸話は、ぼくの語りのなかでは能動的な役割を果たしている。あの解毒剤コンテストを境にして、父の不幸は決定的なものになったからだ。ミゲル・アルタミラーノは、パナマの先住民と、彼らが遺した有益な医学的情報について普通の記事を書いた。しかし載せてもらえなかった。こうして、ぼくが書こうとしている内容に含まれている皮肉とともに、この非政治的で世俗的な記事、教会とも歴史とも大洋間運河とも関わりのない無害の逸話は、彼の敗北に終ったのである。彼はエキゾチシズムと冒険が好きなボゴタに記事を送ったが、新聞七紙（保守派四紙、自由派三紙）に断られた。彼はメキシコの新聞とキューバの新聞に送ったが、返事が来なかった。七十歳の父は、周囲が全員自分の敵であること、全世界が進歩の力に抗しようとするローマ教皇レオ十三世とボゴタ司教ホセ・テレスフォロ・パウルの陰謀によって、自分に背を向けていることを確信し、少しずつ自分のなかに閉じ込もるようになった（傷ついたイノシシ、冬眠する熊）。父の家を訪れたぼくは、憤慨し、不機嫌で、恨みがましい人物と対面することになった。白い髭の影が顔を覆い、不安に震える手は何もしないでいることに忙しかった。ミゲル・アルタミラーノ、かつては新聞のコラムや煽動的なチラシを通じ、長老に死を宣告されるほどの憎悪をかき立てることさえした男。その彼がいま、まるでそうすれば誰かに復讐できるかのように、こっそりあの愛国歌の替え歌を作っていた。彼が作った詩連は不敬の恐れがあった。

苦悩の乙女は
髪を引き抜き、

男らしい活力が
盾となった。

しかも強烈な政治批判の詩連もあった。

ボヤカの平原で
栄光の才知は
月桂樹の下に
庇護を求めた。

ただ単に馬鹿ばかしい詩連もあった。

テルモピレー峠を生みながら
勝利を勝ち取った。
キュプロクスの星座が
彼女の青白い肌を
輝かせる。

紙で遊び、言葉で遊び、子供のように一日を送り、誰にも理由が分からない高笑いの声を上げた（誰にも理由が分からなかったのは、高笑いの声はもちろん、彼の話を聞く人が父の家にいなかったからだ）。父は自身の崩壊、個人としての沈没に突入した。ぼくが会いに行くと、「その詩は間違いなく、何にでもなる」と言っていた。そして父はぼくに最新の発見を教えた。ぼくたちは一緒になって笑った。しかし父の笑いには、苦渋という新しい成分が、地峡を訪れた者の多くを殺した憂鬱が混じり込んでいた。ぼくが別れを告げようとするころ、家族の幸せという奇跡が待っている家――同棲相手のシャルロット、私生児のエロイーサ――に戻る時間だと思うそのころ、その日の夜、ぼくがいないと何の助けもなく、たとえ国歌の替え歌遊びをしたところで、父が再び難破してしまうことがぼくにははっきり分かっていた。彼の日常は難破と浮上の繰り返しだった。ぼくが彼に会いに行く気になりさえすれば、遅かれ早かれ、あの難破のうちのどれかが最後になることに気づいただろう。しかしぼくは会いたくなかった。ぼくはチャグレス川の謎めいた出来事の産物でもあり、父性という謎めいた幸せの源でもある自分自身の謎めいた快適に酔い、ミゲル・アルタミラーノの助けを乞う声、船が発する信号灯が目に入らなかった。ぼくは、屈折の力が遺伝することに、ぼくもまたある種の盲目だということに気づいて驚いた……ぼくにとってコロンとは、恋をして、家族がどういうものなのかを教えてくれた場所だった。ぼくは気づかなかった――気づきたくなかった――が、父にとってコロンとは、もし運河がないのであれば、存在せず、パナマも存在せず、彼の人生もまた存在しえないのだった。

こうしてぼくたちは、ぼくの人生で最も大切な岐路のひとつに今たどり着く。クリストフ・コロンブ地区の借家で、男が紙の上で他人の歌詞をもてあそんでいるころ、何千キロと離れたロンドンのベスボロウ・ガーデンズの借家で、もう一人の男が処女作の最初のページを書き始める。クリストフ・コロンブ地区では、密林と川を搾取することからなる命が消えかけている。いっぽう、ベスボロウ・ガーデンズの男にとって、搾取——別の密林、別の川での——は、まだ始まったばかりである。

卓越した人形使い、**歴史の天使**は、ぼくたちの予想もつかないように糸をあやつり始める。ジョゼフ・コンラッドとホセ・アルタミラーノは、そうとは知らずに、近づき始めるのだ。**平行線の歴史家**としてのぼくの任務は、その行程をたどることだ。いまそれに取り組むことにしよう。一八八九年九月、コンラッドが朝食を食べ終え、その瞬間に何かが起きる。彼の手は鐘を取って振り、誰かに食器を片付けて、テーブルをきれいにしてもらおうとする。パイプに火をつけ、窓越しに外を見る。ベスボロウのどこかでわずかに日が差しているだけの、灰色の霧のかかった日だ。「書きたいのかどうか、私の目的が書くことなのか、書くことなど何もないのかどうか、私には確信が持てない。」彼はその後、ペンを持ち上げて書く……　オルメイヤーという名の男について二百語を書く。小説家としてのコンラッドの人生はまだ始まったばかりだ。しかし船乗りの人生はまだ終わらず、問題の渦中にある。何カ月か前、船長ジョゼフ・Kは最後の旅から戻り、まだどこにも船長の職を得ていなかった。ひとつ計画がある。ベルギー領奥地コンゴ貿易会社の蒸気船の船長になって、アフリカに行くというものだ。しかしその計画は頓挫している……　まるで大洋間運河建設が、一見決定的に頓挫しているのと同じである。「失敗なのか？」、とミゲル・アルタミラーノはコロンで自問する。その場面の屈折した光はすべて、一八九〇年の十二カ月というあの不吉な期間に集まっている。

一月――乾季だったので、ミゲル・アルタミラーノは木造平底船を借り、チャグレス川をガトゥン湖まで航行する。この二カ月で出かけるのは初めてのことだ。とはいえ、そんな彼も、時々フレンテ街（もはや、さまざまな言語の国旗や記章の飾りもなく、何カ月もたつと、世界の中心の大通りであることをやめ、植民地熱帯のどうしようもない道路に変わり果てる）を散歩したり、クリストバル・コロン像までを往復したりしていた。かつてと同じ印象が繰り返される。街はゴーストタウンと化し、死者の幽霊が街に住み、生者は幽霊のように街を徘徊している。フランス、ドイツ、ロシア、イタリアからの技師たち、ジャマイカやリベリアからの工夫たち、災難に遭って運河に仕事を探し求めたアメリカ合衆国からの冒険者たち、憂鬱もマラリアも恐れない中国人たち、その子供たち、またその子供たちは街を捨て、ついこの前まで世界のへそだった街はいま、禿鷹に食われて死に、皮だけが残った雄牛のようだ。キューバ人とベネズエラ人は帰った。「パナマ万歳。」彼は、七年前に技師のマディニエと一緒に訪れた機材のある地点まで行こうとしたが、考えを変える。ここでは何もやることがないからだ。「パナマは死んだ」とミゲル・アルタミラーノは考える。はっきりとは分からない何か――恐怖、悲しみ、挫折の圧倒的な感覚――が、彼を打ち負かしていた。

二月――叔父タデウシュの助言でコンラッドは、母方のもう一人の叔父アレクサンダー・ポラドフスキに手紙を書く。この叔父は、帝政ロシアに抗した革命運動の英雄で、六三年の蜂起後に死刑を宣告され、逆説的なことに、ロシア人共犯者の助けでポーランドから逃げることに成功していた。アレクサンダーはブリュッセルに住んでいる。彼の妻マルグリートは繊細かつ魅力的な女性で、本を話題に知的な話をするばかりでなく、ひどい小説も書き、とりわけベルギー領奥地コンゴ貿易会社とつながりのある世界中の人と連絡を取り合っている。コンラッドは、数日以内にポーランドに出かけてタデウシュに会うつもりであること、そのためにブリュッセルに立ち寄ることを連絡する。叔父アレクサンダーはその返事として、歓迎はするが、体調が悪いので、きちんともてなすことはできないと伝える。コンラッドは書く。「ロンドンを明日金曜日の朝九時に出ますので、午後の五時にブリュッセルに着いているはずです。」しかしコンラッドが着いたとき、運命のいたずらに遭う。アレクサンダーは二日前に死んでいたのだ。船長ジョゼフ・Kは落胆してポーランドまで旅を続ける。彼には埋葬に参列する時間さえなかった。

三月――ミゲル・アルタミラーノは、七日の早朝、鉄道駅に姿を見せる。パナマ市に行こうとして、三十年間そうしてきたように、八時ちょうどの鉄道に乗り、誰にも知らせずに後部車両に身を落ち着け、道中読むための本を開く。窓越しに、樽に腰掛けている黒人が見える。ラバに引かれた荷車が線路を横切り、排泄のあいだ、線路上で止まっているのが見える。ミゲル・アルタミラーノは気晴らしに、鉄道沿いの海や、リモン湾に錨を下ろしている遠くの船を鉄道の片側から眺め、もう片側からは、鉄道が動き始めるのを待ちながら、踵を敷石でコツコツならしている人の群れを眺める。しかしそのときミゲル・アルタミラーノは、パナマにおける自分の新しい立場の最初の平手打ちを受ける。鉄道員が検札に来て、アルタミラーノのところにくると、いつものように帽子を持ち上げて挨拶する代わりに、乱暴に手を伸ばしてくる。アルタミラーノは、切符に触れて汚れた鉄道員の指に目をやり、「おれは持ってない」と言う。三十年間鉄道会社の厚遇で乗っていたとは言わずにおく。ただ、「おれは持ってない」と言う。鉄道員は降りろと怒鳴る。ミゲル・アルタミラーノは残っている最後の威厳の粒をかき集めて立ち上がり、降りたくなったら降りると言う。その少し後、再び鉄道員は現れるが、今度は二人の運搬人を伴っている。その三人でアルタミラーノを持ち上げ、外に押し出す。アルタミラーノは敷石の上で転ぶ。ささやき声が聞こえ、次第に笑い声になる。ズボンを見る。腰のあたりで破れ、隙間からは、転んだときに傷ついた肌と、やがて化膿する血と土の汚れが見える。

四月——船長ジョゼフ・Kはポーランドで、自分が生まれ、自分の意志で亡命するまで住んでいた場所を十五年ぶりに訪れて二カ月を費やした後、ブリュッセルに戻る。叔母のマルグリートがベルギー領奥地コンゴ貿易会社に自分を推薦してくれたことを知る。しかし着いたとき、幸運の一撃が彼を不意に襲う。ベルギー領奥地コンゴ貿易会社の蒸気船船長フライスリーブンという名のデンマーク人が急死し、ポストが空いたのである。船長ジョゼフ・Kは死人の代わりを務めることを怖がらない。机上の計算では、アフリカへの旅に三年間を要するだろう。コンラッドは急遽ロンドンに戻り、荷物をまとめ、ブリュッセルに戻り、ボルドー港行きの鉄道に乗り、ヴィル・ド・マセイオ号に乗船し、ベルギー領コンゴの入り口となるボーマ港へ向けて出発する。経由地のテネリフェから、こう書いている。「プロペラが回り、私を未知のところに導いていています。幸せにも、別の自分がいて、ヨーロッパを動き回っています。実に簡単に移動する別の自分です。一度に二カ所にいることさえも可能です。」経由地のフリータウンからこう書いている。「熱と赤痢！　最初の一年が終わった後、故郷に戻る人びとがいます。そうすれば、コンゴで死を迎えることはありません。そんなことが起きては困りますが！」経由地のリーブルヴィルからこう書いている。「かなり前から、自分の道が最後にどこに導くのかに関心を持つのをやめました。私はかがみ込んで、石を呪いながら自分の道を進んでいます。いまの私は別の旅人に興味があります。おかげで私自身の道のつまらない不幸を忘れられます。私には避けようのない熱が待ち構えていますが、今のところ私はかなり元気です。」

五月――ミゲル・アルタミラーノはパナマ市へ赴き、「スター&ヘラルド」紙の本社を訪問する。新聞社が自分を紙面に戻してくれるのなら、必要とあれば頭を下げる覚悟がある。しかしその必要はない。エレーラ一族の息子で、ひげも生えそろっていない若い編集長が彼を迎え入れ、パリでセンセーションを巻き起こしている本の書評を書く気があるかどうかを尋ねる。ミゲル・アルタミラーノは当然のことながら、好奇心をくすぐられて受諾する。「スター&ヘラルド」紙は、外国の本の書評にさほど紙面を割かないのが常だ。若者はアルタミラーノに、出版社ドンテュから出版されたばかりの、八つ折版五七二ページの分厚い本を渡す。題名は『最後の戦い』で、副題には「心理と社会の新しい研究」とある。著者は、フランス反ユダヤ協会の創設者にして、同協会の主導者でもあり、『ユダヤ的フランス』と、『世論の前のユダヤ的フランス』の著者でもあるエドゥアール・ドリュモンという男である。ミゲル・アルタミラーノはこの男について聞いたことがない。コロンに戻る列車のなかで、赤い背表紙をして、扉に本屋の名前が載っている皮表紙の本を読みはじめる。ミラフローレスに着く前に、両手が震えだし、同じ車両の乗客は、彼がページから顔を上げ、信じられないという表情（あるいは腹を立てているような、あるいは憤激しているような表情）で窓越しに外を眺めているのを見る。彼はなぜ自分にこの本が回ってきたのかを理解する。『最後の戦い』は大洋間運河建設の歴史だが、その本における歴史とは非難だと理解しなければならない。レセップスのことを「犯罪者」にして「哀れな悪魔」だと、「大いなる詐欺師」にして「発作的嘘つき」だと呼んでいる。「《地峡》は巨大な墓場と成り果てた」と書き、「災厄の原因は、我が社会の疫病たるユダヤ人金融業者と彼らの共犯者、全世界の腐敗した新聞記者たちにある」とも書いている。ミゲル・アルタミラーノは自分が嘲笑されていると感じる。自分が矢の当たる的になったように感じ、この本の書評を執筆させる裏には、最善の場合でも自分を笑い者にしようとする、最悪の場合には、わざと自分を破滅させようとする大がかりな陰謀が企まれているのを見てとる。（突然列車の全乗客の指が持ち上がり、自分を指差す。）列車が少しのあいだ停車するクレブラを通過するとき、彼は本を窓から投げる。本は枝葉のなかに飛び込み――木の葉が小さな音を立てるのを想像するか、実際に耳にする――、小さな沼にぽちゃんと音を立てて落ちるのを彼は目にする。彼がたまたま目線を上げると、疲労でいつもやつれているその目線は、フランス人が置き去りにした機材、浚渫船《しゅんせつせん》、掘削機をじっと見入る。まるで初めて目に入ったかのようだ。

六月――船長ジョゼフ・Kはようやくボーマで下船する。ほとんど間をおかずにキンシャサに向けて出発する。国の内陸部で、自分が依頼された蒸気船フロリダ号の船長を引き受けるためだ。マタディでは、ベルギー領奥地コンゴ貿易会社のために働いているアイルランド人ロジャー・ケースメントと知り合う。この男は労働者の採用担当を任されていたが、それまでの彼の最重要任務は、コンゴの領土を探索し、マタディとスタンリー・プール間に鉄道が敷設できるかどうかを調べることだった。鉄道は進歩の真の前進となるだろう。自由貿易を促進し、アフリカ人の生活状況を改善するだろう。コンラッドは将来鉄道が走る行程を進もうとする。叔母のマルガリートに手紙を書く。「私は明日出発します。徒歩で行きます。自分のささやかな使用人は、一頭のロバです。」会社の道先案内人、プロスペア・ハロウがある午後、コンラッドに近づき、「数日分の旅支度をしてください、コンラッドさん。明日探索に出発です」と言う。船長ジョゼフ・Kはそれに従って、二日後、三十一人の男とともにコンゴのジャングルに入り、三十六日間、アフリカの炎暑の容赦ない湿気のなか、彼らのあとから徒歩で進み、半裸の黒人が山刀で道を切り開いているのを見ていた。そのあいだ、シャツをはだけたその白人は、旅日記に——イギリスの言葉で——見たものすべてを書き留める。徒歩で進もうとしたときのコンゴ川の深さだけでなく、フルートのような鳴き声や、犬のような鳴き声の鳥のさえずりも。峡谷の牧草地の黄色っぽい色合いだけでなく、アブラヤシの途方もない高さも。行程は耐え難い。殺人的な暑さ、湿気、ブドウの粒ほどの大きさをした蚊や蠅の大群、飲料水の不足、迫り来る熱帯の病気。これらは、あのジャングル踏破を真の地獄巡りに変える。こうして船長ジョゼフ・Kの六月が終わる。七月三日にこう書く。「バコンゴの死体をキャンプで見た。」七月四日にはこう書く。「道中で、瞑想しているような姿勢の別の死体を見た。」七月二十四日にはこう書く。「白人がここで死んだ。」七月二十九日はこう書く。「支柱に縛りつけられた白骨死体を通過した。白人の墓も。」

七月——運河の財政破綻について、最も醜悪な細部が世に伝わりはじめた。父は、自分がかつて崇拝し、人生の模範としていたレセップスがパリの生活から隠遁したことを、マスコミを通じて知る。すでに警察はコーマルタン通りのオフィスを捜索していた。関係者の自宅にも間もなく同じことをするだろう。捜査によって、フランス政治史上最大級の詐欺と嘘と横領が暴き出されることに疑いを抱く者はいない。共和国の国民の祝日である七月十四日、パリで文書と宣言が公表され、ニューヨークとボゴタ、ワシントンとパナマ市にも転載される。特に、次のことが明らかにされる。フランスの国会議員の三十人以上が賄賂を受け取り、運河建設に賛意を示していたこと。三百万フランを超える額が、「善いマスコミを買収すること」に投資されていたこと。運河会社は「広告費」の名目で、一千万フラン以上の手形を、運び屋のために百単位の小切手に分割して受け取っていたこと。これらの小切手の行き先を調査すると、パナマの新聞社の編集部に届いているものがあることが分かった。七月二十一日、中央政府の代表者（知事、大佐、司教）が主催した非公式の食事会で、父はその小切手を見たことがないと言う。テーブルには居心地の悪い沈黙が生まれる。

八月――船長ジョゼフ・Kはキンシャサに着き、フロリダ号の指揮を引き受けようとする。しかしフロリダ号は沈没していた。そこでコンラッドはロワ・デ・ベルジュ号に臨時船員として乗り込み、コンゴ川の偵察に出発する。上流で、彼にそのときまで起きなかったことが起きる。つまり病気になる。熱の発作に三度襲われる。二度は赤痢の、一度は郷愁の発作だった。スタンリー瀑布に着くと、自分の任務は、内陸中継所で重い赤痢にかかった工作員と交代することだと知らされる。彼の名はジョルジュ・アントワーヌ・クラインという。二十七歳。よくいる若者で、将来に多くの希望と計画を抱き、ヨーロッパに戻ることを切望している。コンラッドとクラインは内陸中継所ではほとんど話さない。九月六日、重篤なクラインを船に乗せ、ロワ・デ・ベルジュ号は川を下る。蒸気船の船長も病気になり、最初の行程はジョゼフ・Kが指揮をとる。彼が指揮をとっているあいだ、ジョゼフに少なからず責任があるときにクラインが死亡する。彼の死をジョゼフ・Kは生涯忘れないだろう。

九月――クリストフ・コロンブの家、ぼくが住むようになってから驚くべき再生を遂げた家で、ぼくたちはエロイーサの誕生日を祝う。ミゲル・アルタミラーノは、ゴーストタウンのコロンに残ることに決めた数少ない大胆な店のひとつ、ケーキ屋の《ミシェル》に立ち寄り、4という数字の形をしたケーキ、三段重ねのクリームを焦がし砂糖で覆ったケーキを孫娘に買ってくる。食後、ぼくたちは家のポーチに全員で出る。何日か前にシャルロットは手すりにジャガーの毛皮を、縁が白く、脇腹の部分は黄色で、茶色の斑点があって、背骨に茶色のストライプのある毛皮を掛けていた。父は手すりに寄り掛かり、毛皮の斑点の部分をなではじめ、目線はヤシの樹冠のあたりをさまよっている。シャルロットはその後ろで、カルタヘナ出身の女中に、リモージュ焼きの四組のカップでコーヒーを用意するように指示している。ぼくはハンモックで横になっていた。エロイーサはぼくの腕の中で眠りに落ち、半開きの口から軽い寝息が漏れ、その清潔な香りが届いて、ぼくは心地よい。そのとき、父は振り返らずに、ジャガーの毛皮をなでながら話を始め、ぼくに向けて言っていたのかもしれないが、シャルロットにも言っていたのかもしれない。「おれが殺したんだよ、分かってるだろうが。おれが技師を殺したんだ。」シャルロットは泣き崩れる。

十月――キンシャサに戻ると、コンラッドは以下のように書く。「ここでは何もかもが不愉快です。人も、物も。とくに人ですが。」そのひとりがカミーユ・デルコミューン、中継所の所長で、コンラッドの直属の上司にあたる人物だ。デルコミューンがこのイギリス人船乗り――コンラッドはこのときすでにイギリス人船乗りだった――に感じる不快感は、イギリス人船乗りがデルコミューンに感じる不快感とのみ比べられる。そうした状況のなか、船長ジョゼフ・Kは、アフリカにおける自分の将来がどちらかと言えば不透明で、さほど有望ではないことに気づく。昇進する可能性はない。昇給はなおさらありえない。しかし彼は三年の契約を結んでいたため、その現実は変えられない。どうするべきか？　恥じ入ってはいたが、打ち負かされていたコンラッドは、仕事を辞めてロンドンに戻るための論争をけしかけることにする。しかしこんな極端な方法をとらなくてもよい。赤痢の発作――いずれにしても非常に現実的だ――が最高の言い訳になる。

十一月――二十日、父はぼくに、機材を見に行くのにつきあってくれと言う。「もういやってほど見たじゃないか」と父に言うと、父は「違う、ここのは見たくない。クレブラへ行こう。あそこには大きな機材がある」と答える。あえて父には言わないが、鉄道の切符代は、無職の父にはたちまち高くつくようになったのだ。ぼくにはずっとそうだったが。しかし彼の言うことも確かである。運河建設がきっぱり中断されたとき、建設現場はコロンからパナマ市までのあいだで五つの工区に分かれていた。技師にとって最難関の場所だったクレブラ工区は、地質的に予測のつかない厄介な二キロの区間にあたり、そこには、運河会社が近年購入したなかでも、一番優秀な浚渫《しゅんせつ》船《せん》や掘削機が集中して投入されていたのである。十一月二十日に父が見たがったのはそれ、つまり人類史上最大級の失敗が放置された残骸である。そのときのぼくは、父が別の機会にあの郷愁の巡礼を試みたことがあるのをまだ知らずにいる。父の声には深い悲しみがあるにもかかわらず、そして、彼の体の動きには疲労がのしかかっているにもかかわらず、役立たずの錆びついた機材を見に行きたがるというのは、ぼくには、失意の人の単なる気まぐれだと思える。だからぼくは蠅を追い払うように応じる。「独りで行きなよ」とぼくは言う。「あとでどうだったか教えて。」

十二月――骨の折れる六週間の行程ののち――長引いたのはコンラッドが健康を害していたからだ――、十二月四日、コンラッドはマタディに戻る。自分より若い、強い者に背負われて戻らなければならなかった。屈辱に疲労が加わる。ロンドンに戻ると、船長ジョゼフ・Kは再びブリュッセルに滞在する。しかしブリュッセルはこの何カ月かのあいだに変貌している。コンラッドが以前に知った白い壁と死ぬほど退屈な街ではない。いまや奴隷制の、搾取の、殺人帝国の中心である。いまや人間を幽霊に変容させる場所、零落というものの真の産業である。コンラッドは植民地の零落を見たことがあり、彼の頭のなかで、まるで酔っぱらっているときのように、コンゴのあのイメージが、異国における母の死、反乱した父の挫折、ツァーリ・ロシアの帝国主義的専制、ヨーロッパ勢力の手でポーランドが犠牲になる裏切りと混ざりはじめる。ヨーロッパ人がポーランドというケーキを分けたのと同じように、とコンラッドは考える、今度はコンゴを分けるだろう。その後、間違いなく他の国々がやって来るだろう。彼の健康は悪化する。まるで彼を苦しめるあのイメージに反応しているかのようだ。間違いなく父から受け継いだ、あの恐怖に反応しているかのようだ。船長ジョゼフ・Kは左腕のリウマチから心悸亢進《しんきこうしん》に、コンゴの赤痢からパナマのマラリアに移る。叔父タデウシュはコンラッドに書く。「君の文体がひどく変わってしまったので――熱と赤痢のせいだと思っているが――私は幸せではなくなっている。」

クレブラへの巡礼の日、何人かのアメリカ人乗客は、父が八時の鉄道に乗るのを見た。ガトゥンからエンペラドールまで、建設現場が窓越しに現れるたびに、父が誰とはなしに感想をもらすのを聞いた。マタチンの近くを通ったときには、父が、この地名は命を落として周囲に埋められた中国人のことを指していると説明するのが聞こえ、ボイーオ・ソルダードを通ったときには、その単語を二つとも、説明を付け加えずにただ英語に訳すのが聞こえた。正午、列車のなかで、乗客が途中で食べようと用意しておいた食事の香ばしい香りが溢れるころ、父がクレブラで下車し、線路の盛土を滑り降り、密林に消えて行くのが見られた。息子と一緒にバナナを収穫していたクナ族のひとりが父を遠くに認め、歩くときの父の様子――毒蛇が隠れているかもしれない腐った木片を無造作に蹴り飛ばしたり、疲れ切った動作で石を探し、猿に投げたりする――がおかしいと思ったので、フランス人の機材のある場所まで父のあとをつけた。ミゲル・アルタミラーノは、隕石が落ちたかのようにも見える、灰色で粘土質の巨大な壕の、建設現場に着き、戦場を調査する将軍のように、縁に立って壕を眺めた。そのとき、誰かが地峡の規則を挑発したのか、雨が降り出した。

重なり合う枝葉が傘代わりになったはずだが、ミゲル・アルタミラーノは近くの木の下には避難せず、雨のなかを、壕を縁取るように歩き出し、地面から十メートルの高さはあるような、巨大で、ツタに覆われた怪物のそばまでたどり着いた。蒸気掘削機だった。ここ十八カ月のにわか雨によって、サンゴのように分厚く、固い錆に覆われていた。しかしその錆を見るにも、掘削機を覆い尽くしている手幅にして三つ分の熱帯植物と、掘削機を土に沈めようと引っ張っている密林の枝葉をかき分けなければならなかった。ミゲル・アルタミラーノはショベルの部分に近づいて、それが年老いた象の鼻であるかのようになでた。ゆっくりと掘削機の周りを歩き、一歩進んでは止まり、手で葉をかき分け、腕を伸ばせば届くところにあるバケツに触れた。老いた象は病んでいて、父は原因を探し回っていた。父はやがて、象の腹に当たる部分、巨大な掘削機の機械室になっている小さなひさし小屋のような場所を見つけ、そこに身を隠した。父はそこから二度と出なかった。コロンとその周辺を二日間無駄に探したあと、ぼくは彼の隠れ場所を探し出し、発見したとき、父は掘削機の湿った床に横たわっていた。幸運にも、その日もやはり雨が降っていて、ぼくは死んだ父の隣りに横たわり、彼が最後の瞬間に感じたのと同じことを感じようと自分の目を閉じた。金属でできたバケツの底に殺人的に叩きつける雨の音、ハイビスカスの匂い、シャツにしみ込む湿った錆の冷気、疲労、容赦のない疲労。

第二部

……南米にまたひとつ共和国が誕生した。一つ増えようが、一つ減ろうが、どうだというのだ？

ジョゼフ・コンラッド『ノストローモ』

7

千百二十八日、あるいはアナトリオ・カルデロンという男の短い人生

父の死をめぐり最も悲しかったことについて、ぼくは時々思いにとらわれ（しばしば考え続けているのだが、それは、誰ひとり父に相応しい喪に服して追悼しなかったという事実だ。クリストフ・コロンブの我が家に黒い服はなく、それを着ようという気もなかった。シャルロットとぼくのあいだには、エロイーサがあのような死とは関わりを持たないようにしようという暗黙の了解があった。娘を庇護しようという気持ちがあったわけではなく、むしろ晩年のミゲル・アルタミラーノはぼくたちの生活のなかに大した存在感がなかったので、その男が死んだあとになって、娘に祖父の存在を贈るというのも意味がなかった。こうして葬儀が終わると同時に、父はたちまち忘却に沈み、それを避けるために、ぼくが何かをしたりすることはなかった。まったく何も。

パナマ司教の命令で、フリーメイソンの父は教会墓地での埋葬を拒まれた。父は、中国人や無神論者、

洗礼を受けていないアフリカ人、あらゆる類いの破門者たちと一緒に、聖別されていない墓地の、砂利でできたような墓石の下に埋められた。知った者は戦慄を覚えたが、何年も前に死んだアジア人の切断された腕と一緒に埋葬された。生きているときにすべてを見てしまったコロンの墓堀人は、当局から死亡証明書を受け取り、ホテルで伝言を渡すポーターのように、それをぼくに手渡した。運河会社専用の便箋に書かれ、そのことは時代錯誤的で、ほとんど愚弄のようなものだった。しかし墓堀人はぼくに、会社の便箋は印刷されたものなので、余計に金はかからない、何百束とあるものを倉庫で腐らせるよりは使ったほうがいいのだと説明した。こうして父の情報は、便箋の点線上にフランス語で、「名前」、「姓」、「国籍」と書かれた欄に記入された。「職業欄」には、誰かが「新聞記者」と書いていた。「死因」には、「自然死」とあった。ぼくはいっそのこと、しかるべく当局に参じて、ミゲル・アルタミラーノは失望が原因で死んだのだ、彼は憂鬱を受け入れる覚悟があったのだということを証明してもらおうと思ったが、シャルロットはそんなことをしても時間の無駄だとぼくを説得した。

九カ月の喪が明けたとき、シャルロットとぼくは、自分たちが一度もミゲル・アルタミラーノの墓を訪れたことがないことに気がついた。一年後の命日は、ぼくたちの知らぬ間にやって来て、ぼくたちはそのことを、申し訳ない気持ちから表情を固くして話題にした。二度目の命日が来たことにぼくたちは二人とも気がつかず、父の思い出がつかの間であっても、我が家の秩序ある安寧のなかに入ってくるためには、パリで行われている裁判のニュースが届かなければならなかった。どういうことか説明しよう。父の死がもたらした、ある種大きな帰結として、クリストフ・コロンブの家とその三人の住人は、パナマという土地から自由になり、**政治的生活**の領域の外部にいたのである。パリでフェルナン・ド・レセップスと息子のシャルルは、騙された株主側、すでに全財産を投資していた運河を救うために家を抵当に入れ、宝石を売り払った何千もの家族から、容赦のない尋問を受けていた。しかしそのニュースはぼくに、分厚いガラス板越しに、あるいは無声映画の仮想現実として届いていた。つまり俳優の顔は見え、唇が動いているのも見え、しかし何を言っているのかは分からない、あるいはもしかするとぼくには興味がない……ということだ。フランス大統領サディ・カルノーは、運河会社の財政にまつわるスキャンダルと、多種多様の経済的損失に動揺して新しい内閣を組むほかなかった。そうした出来事の余波はコロンの浜辺にも届いたに違いない。しかしアルタミラーノ＝マディニエの家は、政治とは無縁、住人のうち何人かは政治に無関心でもあって、そうした出来事の外にいた。二人の女たちとぼくは、大文字の存在しないパラレル・ワールドに住んでいた。**偉大なる出来事**はなく、**戦争**も**祖国**も**歴史的瞬間**もなかった。ぼくたちにとって最も重要な出来事、ぼくたちの人生のささやかなる最高到達点は、そのころまったく違ったものだった。その例を二つ挙げよう。エロイーサが三つの言葉で、二十まで数えられるようになったこと。そして、シャルロットがある晩、涙に暮れることなくジュリアンのことを話せるようになったことだ。

そうこうしているうちに、（小説で言われるように）時は流れ、**政治的生活**はボゴタでお決まりの方向に進んでいた。**詩人大統領**、**国歌の作者**が指を伸ばし、後継者が指名された。後継者は、翻訳に携わり、かつドラコンのような法律も起草した南米のアテネの模範、ドン・ミゲル・アントニオ・カロだった。ドン・ミゲル・アントニオのお気に入りの趣味と言えば、ギリシャの古典の本を開き、自由派の新聞を閉鎖すること、追放すること、この世から追放することだった。「道に迷った人々は腐るほどいる」と彼は就任初期の演説で言った。「しかし、革命派の熱烈な演説は国に響き渡っていない。」彼自身の指は、道に迷った無数の人々、無数の革命信奉者たちに、亡命以外の道がないことを示した。しかしクリストフ・コロンブの家、政治に無縁で無関心、歴史の外にいた家には、大統領に追放された者のなかにパナマの自由派がいたにもかかわらず、カロの演説は聞こえてこなかった。地峡ではいくつかの新聞社が検閲に苦しんでいたにもかかわらず、その耐え難い重みを嘆く声も聞こえなかった。そのころ、かの有名なロベスピエールが、かの有名な文句、「歴史は作り物である」と言い残した日からちょうど百年が過ぎていた。しかし歴史がないという作り物のなかに生きていたぼくたちにとっては、他人にとってはとても重要なその記念日も、ほとんど意味がなかった……　シャルロットとぼくは、エロイーサの教育を完璧なものにすることに専心していた。それは、ラファエル・ポンボから古き良きラ・フォンテーヌまで、入手できるあらゆる物語を、家族みんなで声に出して（ときには仮装して）読むという方法だった。家の板張りの床で、ぼくがバッタ、エロイーサがアリになり、二人してシャルロットにネクタイをつけて、オタマジャクシの役をやらせた。同時にぼくは、愛しのエロイーサよ、二度とぼくの人生に**政治**が割り込んでこないようにする誓いを自分に立てていた。父を崩壊させ、ぼくの国を何度も混乱に追い込んだ**政治**が攻めてきたときには、完璧な状態にある新しい家族を最善の方法で守り抜くつもりだった。アロセマナ一家、あるいはアランゴ一家、あるいはメノカル一家（あるいは、らっぱ銃を抱えたジャマイカ人、鉄道会社を所有するアメリカ人、縫製屋出身の道に迷えるボゴタ人）が、直近の未来を決しかねない出来事があると、ぼくに、「あなたはどう思う？」と聞いてきた。ぼくは機械のように同じ台詞、「ぼくは政治に興味がない」を繰り返した。

「あなたは自由派に入れるの？」

「ぼくは政治に興味がない。」

「保守派に入れる？」

「ぼくは政治に興味がない。」

「あなたは誰？　どこの出身？　誰が好きで、誰が嫌い？」

「ぼくは政治に興味がない。」

　陪審席の読者よ。ぼくはなんという夢想家だったことか。ぼくは本当に、あの偏在する全能の怪物の影響から逃れうると思っていたのか？　ぼくは、それが政治的な問いであることに気づかないまま、平和に生きるためにどうしたらよいのか、ぼくに贈られた幸せをどうしたら永続させられるのかを自問していた。現実はすぐに、ぼくの夢を覚まさせることになるだろう。というのはそのころのボゴタには、カロ大統領を捕らえ、年老いた帝王であるかのように打ち倒し、自由派の革命を始めようと謀反を企てた一団が集まっていたからだ……　しかし連中はあまりに熱狂してその計画を立てたために、行動を起こす前に警察に露見し逮捕された。政府の弾圧は続いた。この措置への応答として、国のいくつかの場所で蜂起が続いた。ぼくはシャルロットとエロイーサをクリストフ・コロンブの家に閉じ込め、食料と新鮮な水を確保して、持ち主のいない家から盗み出した板材でドアも窓もすべて覆った。そうしているころ、新しい戦争が勃発したというニュースが届いた。

　急いで付け加えておく。それはごく小さな戦争、戦争の原型のようなもの、アマチュアの戦争だった。政府軍は二カ月もしないうちに革命軍を弱体化させていた。ボカス・デル・トロの戦い、地峡が経験した唯一の重要な軍事衝突の反響が、ぼくたちの家の覆われた窓まで届いた。パナマ人にとっては、ペドロ・プレスタンのこと、首の骨が折れてぶらさがる彼の体の記憶が生々しかった。臆病な雰囲気が蔓延し、ひときわ大きく聞こえるあの自由派の銃声の響きがボカスから届いたとき、パナマ人の多くはまた銃殺刑があるのではないかと、鉄道の線路上でまた絞首刑があるのではないかと考え始めた。
しかし、そうしたことは何も起きなかった。

しかし……この歴史にはいつも**しかし**がつきもので、ここでもそうだ。戦争は地峡沿岸をかすめた程度だったが、触れたのは確かだ。戦争はぼくたちのあいだでは、ほんの何時間かしか続かなかったが、確かに続いた。そして何より重要なことに、あのアマチュアの戦争はコロンビア人の食欲をかき立てた。馬に人参をぶら下げたようなものだった。ぼくはその瞬間を境にして、もう少し先に、何か重大なことがぼくたちを待ち受けているのだと覚悟した……　主戦論が蔓延するのを感じながら、ぼくは政治に無縁のぼくたちの家に閉じ込もっていれば十分なのかどうかを自問し、そうするよりほかに方法がないと即座に自答した。エロイーサが眠るのを見ながら――彼女の脚が必死に、ぼくがじっと見つめるなかで伸び、彼女の骨は不可思議に位置を変えていた――、そして、ヤシの木の下を通って中庭に入り、オランジュリーから運ばれてきたばかりのようなじょうろで水浴びするときのシャルロットの裸体を見ながら、ぼくは考えていた。ぼくたちは確実に安全なところにいる。ぼくたちに触れる者はいない。ぼくたちは歴史の外にいて、政治に無縁のぼくたちの家では無傷でいられるのだ、と。しかしここで告白しておきたいのだが、ぼくたちが無傷でいられることを思うと同時に、胃の中では空腹に似た腸の不調を感じてもいた。空虚感は夜、家の明かりが消えたときに繰り返すようになった。寝ているとき、あるいは父の死のことを考えるときに襲ってくるようになった。一週間かかってその感覚が何なのか分かった。やや驚きながらも、自分が恐怖をおぼえていることを認めた。

ぼくがシャルロットに恐怖について話したり、エロイーサに話したりしたかだと？ もちろん話していない。恐怖は幽霊と同じで、呼び出すと大きな被害をもたらすからだ。何年ものあいだ、ぼくは、恐怖の存在を拒否しながらもそばに置き、禁止されたペットでも飼うように、餌としてぼくの苦しみを与えて育てていた（あるいはもしかすると、恐怖は熱帯の着生植物で、情け容赦のない蘭のようにぼくから栄養分を得ていたのかもしれない）。ロンドンでは船長ジョゼフ・Kもまた、個人的な、これまでにない小さな恐怖と対面していた。「叔父が今月十一日に亡くなりました」と彼はマルグリート・ポラドフスカに手紙を書いた。「私の内ですべてが死んだように思えます、まるで彼が私の魂までも連れ去ったかのようです。」続く数カ月間は、失われた魂を回復する試みだった。コンラッドがジェシー・ジョージというイギリス人のタイピスト、ポーランド人作家にとってとても明白な二つの美点、イギリス人であることと、タイピストであることを兼ね備えた女性と知り合ったのはそのころのことだ。それから何カ月か後、コンラッドは「いずれにせよ、私に残された時間はそれほど長くないのです」という無敵の論理で彼女に結婚を申し込んだ。確かにコンラッドはそれ、足下に開いた空白を見ていた。空腹のあの奇妙な形式を感じていた。そして嵐に襲われた犬のように庇護を求めて駆け出していた。ぼくがやるべきなのはそれだった。つまり駆け出すこと、出発すること、家族の物をまとめ、家族の手を取り、振り返らずに避難することだった。『闇の奥』を書いたあと、コンラッドは鬱と健康悪化の新たな深淵に落ちていた。しかしぼくはそれを知らなかった。ぼくは別の深淵がぼくの足下に開いているのを気づかずにいた。一八九九年の聖金曜日、コンラッドはこう書いている。「私の不屈の精神は怪物を見て揺らいでいる。怪物は動かない。恐ろしい目つきをしている。死と同じように動かない。私は呑み込まれるだろう。」もしぼくが、そのコンラッドの言葉が送り出す予言的でテレパシーのような信号をとらえることが出来たとしたら、ぼくはたぶんその言葉を解読し、怪物が何かを調べ（しかしぼくにはもう想像がついている、読者も同じだろう）、怪物に呑み込まれないようにするにはどうするべきかを調べようとしただろう。しかしぼくには、そのころの空気に満ちていた何千という予兆を解釈することができなかった。出来事の記されたテキストのなかに、そうした警告を読み取ることはできなかった。コンラッド、ぼくの双子の魂が、とても遠くからテレパシーを使って送っている警告は、ぼくに届かなかった。

「人間とは邪悪な生き物です」、とコンラッドはそのころカニンガム・グレアムに書いた。「その邪悪さは編制されなければいけません。」「犯罪は編制された存在の必要条件です。社会は本質的に犯罪的です――さもなければ存在しないでしょう。」ユゼフ・コンラト・コジェニョフスキよ、どうして君の言葉はぼくまで届かなかったのだ？　親愛なるコンラッドよ、どうして君はぼくに、邪悪な人間と、編制された人間の邪悪さから身を守る機会を与えてくれなかったのだ？　「私は神々を失った人間のようなものです」と君はそのころ言った。親愛なるジョゼフ・Kよ、ぼくはどうしても、君の言葉のなかに、ぼくの神々が失われるのを見ることができなかった。

一八九九年十月十七日、娘の最初の生理が始まってすぐ後、コロンビア史上最も長く、最も残酷な内戦がサンタンデル州で始まった。

歴史の天使の手口《モードゥス・オペランディ》は基本的にいつもと同じだった。**天使**は優秀な連続殺人鬼である。いったん人間どもに殺し合いを行なわせる適切な方法を見つけると、二度と手放さず、セント・バーナード犬の信念と頑固さでそれに固執する……　一八九九年の戦争のとき、**天使**は何カ月かのあいだ、自由派を辱めることに専念した。最初は保守派の大統領、ドン・ミゲル・アントニオ・カロを利用した。彼が権力に昇りつめるまで、国軍はおよそ六千の部隊で構成されていた。カロは許容最大限の一万人まで軍を増強し、二年のうちに軍費を四倍にした。「政府には平和を保証する義務がある」と大統領は言い、そのあいだに自分の小さなアリの巣を、九千九百五十二本の鞘付き山刀、五千九十丁のウィンチェスターライフル44、三千八百四十一丁の、綺麗に磨かれた銃剣付きグラース銃60で満たした。両手を使える器用な男だった。片方の手ではモンテスキュー、たとえば「共和国の精神は平和と節度である」を翻訳していた。そしてもう片方の手では、徴兵の布告書に署名をしていた。ボゴタの街路では、飢えた農夫や田舎者たちが日当二レアルで徴用された。彼らの妻たちは壁を背に腰掛けてその金を待ち、受け取ると、昼食のジャガイモを買いに行った。聖職者たちは街で若者たちに向けて、祖国への奉仕と引き換えに、永遠の至福を説いて回っていた。

天使はこの保守派の大統領に飽きると、すぐに別の男と取り替えた。自由派にさらなる屈辱を味わわせようと、その任務をドン・ミゲル・アントニオ・サンクレメンテ、八十四歳の老人に託した。彼は就任宣誓をして間もなく、かかりつけの医師から首都を出るよう命令を受け取った。「こんなに寒いと、大統領遊びは高くつくでしょう」と医者は彼に言った。「暑いところに行って、くだらないことは若い連中に任せておくことです。」大統領はその命令に従い、アナポイマ村へ、八十歳以上の肺にとっても比較的楽になり、八十歳以上の血圧を下げてくれる熱帯気候の小さな村へ引っ越した。もちろん国から政府がなくなってしまったが、そんな些細なことで保守派は怖じ気づかなかった…… 何日かのうちに、ボゴタにいる大臣は大統領の署名を彫ったゴム印を作り、関係各局へ配布し、これによってサンクレメンテが首都にいる必要はなくなった。議員はそれぞれ自分の法案に署名し、大臣はそれぞれ進めたい布告を有効にした。魔法のゴム印を押すだけで法律に命が与えられたのである。こうして天使の高笑いに包まれながら、新政府は自由派の憤怒と屈辱を買っていった。十月のある朝、忍耐はサンタンデル州で迷子になり、百戦錬磨の将軍が、革命の最初の銃声を放った。

ぼくたちは最初からこの戦争がいままでとは異なるものだと気づいていた。パナマにはまだ一八八五年の戦争の記憶が生きていて、パナマ人たちは今度こそ、自分の運命は自分の手で摑もうと決めていた。こうして、コロンビアの現実から切り離された地峡パナマ、カリブのスイスはただちに交戦状態に突入した。地峡の内陸のいくつかの村は、最初の銃声の二日後に蜂起した。一週間が過ぎないうちに、先住民のビクトリアノ・ロレンソは三百人の軍隊を組み、コクレーの山間部でゲリラ戦を開始した。コロンにその知らせが届いたころ、ぼくは四半世紀前に父が出てくるのを見た鏡のレストランで昼食を食べていた。シャルロットと、得体の知れない、どきりとするような美しい娘に少しずつ変身していったエロイーサも一緒で、ぼくたち三人はジャマイカ人のウェイターがこう言うのを聞いた。

「戦争が始まったところでどうだっていいさ。世界はどうせ終わるんだ。」

パナマ人のあいだには、十二月三十一日に最後の審判が始まり、世界は二十世紀を見ることができないという確固たる思いが広がっていた。（コロンから見える彗星の一つひとつ、流れ星一つひとつが、そうした予言を揺るぎないものにしているようだった。）何カ月かのあいだ、予言は勢いづいた。世紀の最後の何日間かのあいだ、独立の時代以降、見たこともないほどの血なまぐさい戦闘が行われた。国の座標は血に沈み、その血はすべて自由派のものだった。どの軍事衝突でも、革命派は、数で勝る政府軍に打ち倒された。ブカラマンガで自由派のラファエル・ウリベ・ウリベ将軍は、満腹の農民と反乱する大学生からなる混成軍を指揮していたが、サン・ラウレアーノ教会の塔から銃撃を受けた。狙撃手たちは、「無原罪のマリア、万歳！」と、自由派の若者が死ぬたびに叫んだ。パストではエセキエル・モレーノ神父が、「マカベア家を真似よ！　イエス・キリストの権利を擁護せよ！　フリーメイソンの野獣を容赦なく殺害せよ！」と言って、保守派の兵士を煽り立てていた。泥色のマグダレナ川も舞台を貸した。ガマーラの港の正面で、自由派の船が政府の砲撃を浴びて沈没し、四百九十九名の革命兵士が燃え上がる木造の船のなかで焼死した。焼死しなかった者は川で水死した。水死する前に岸辺にたどり着いた者は、裁判の手続きを踏まずに銃殺され、死体は放置され、朝のナマズと一緒に腐っていった。コロンの住人は電報局に集まって、最終的な電報――予言ハ的中シタ。彗星ト蝕ハ正シイ。全世界ノ終ワリハ近イ――を待っていた。コロンビア共和国は少しの祝福も受けずに新世紀を迎えた。しかし電報は届かなかった。

とはいえ他の電報が届いた。（読者のみなさんはお気づきだろう。一八九九年の戦争の大部分はモールス符号で戦われた。）トゥンハにおける革命軍の惨敗。ククタにおける革命軍の惨敗。トゥマコにおける革命軍の惨敗……　電報を通じた惨敗の光景が続いていたために、ペラロンソにおける自由派の勝利の知らせを信じた者は誰もいなかった。まともな武器もない三千名の自由派軍――レミントンライフルが千丁、山刀が五百本、水道管で大砲を作った砲兵隊——が、革命軍が敗北した日のために制服を新調する余裕のあった一万二千名の兵士からなる政府軍と対等に渡り合ったとは、誰にも信じられなかった。「ペラロンソで政府軍敗走。ウリベ・ドゥラン・エレーラはパンプローナまで進軍」と電報は伝えていたが、それが本当だとは誰も信じなかった。ベンハミン・エレーラ将軍は大腿部に銃撃を受け、戦いに勝利したとき担架の上にいた。彼はぼくより四歳年上だったが、すでに戦争の英雄と呼んでよかった。それがクリスマスのころだった。一月一日、街が目を覚ましたとき、世界がまだ同じ場所にあることに気づいてコロンは驚いた。**フランスの呪い**は効力を失っていた。そしてぼくは、愛しのエロイーサよ、政治に無縁の家が無敵の要塞だと感じていた。

まったくの確信をもって、ぼくはそう感じていた。ぼくの意志の強さ、それだけが、**歴史の天使**を遠ざけ、埒外に置けると考えていた。多弁家だらけのこの国で、ぼくにとって戦争とは、電報、将軍がやりとりをする書簡、共和国の両端で署名される協定のなかで起きていた。ペラロンソの勝利のあと、革命派の将軍バルガス・サントスは、「共和国暫定大統領」に任命された。所詮言葉の上でのことだ（あまりに楽観的なものでもある）。革命派の将軍ベリサリオ・ポーラスはパナマの街ダビーから、政府軍兵士の「狼藉」について、保守派政府を告発していた。所詮言葉の上でのことだ。自由派司令部は、「自宅で」、しかも「武装していない状態で」捕らえられた囚人に加えられる「鞭打ち」と「拷問」について不平を申し立てていた。

所詮言葉、所詮言葉、所詮言葉。

しかし、言葉がますます近くから音を立てていたということを、ぼくは認めよう。（言葉は責め立てる。傷つける力がある。危険だ。コロンビア人が通常発している言葉は、空虚であるにもかかわらず、ぼくたちの口で爆発することがある。軽視してはいけない。）戦争はすでにパナマに上陸していた。コロンのぼくたちのところにも、近くの銃声やそのニュース、政治犯の収容された牢獄での騒動と虐待の噂、チリキーからアグアドゥルセまで地峡を漂い始めた死者の腐臭が、届いていた。しかし**分裂症の街**クリストフ・コロンブ地区は、パラレル・ワールドにしっかりと根を下ろしていた。クリストフ・コロンブはゴーストタウンで、加えて言うなら、フランスの街だった。すでに存在しないフランスの街。そんな場所がコロンビアの内戦にとってどんな役に立つというのか？　ぼくたちがそこから出ないかぎりは――ぼくはそう考えていたことを覚えている――、ぼくの二人の女とぼくは安全なのだ……　しかしおそらくぼくの熱狂は早計に過ぎた（ぼくはすでに別の言葉でそのことは示唆したが、正しい文句を見つけるのが作家の仕事なのだ）。同じころ、遠方の忌まわしいサンタンデル州、戦争のあの発端となった土地は血に染まり、不思議なことにその戦闘とともに、政治といういかがわしい人殺しのメカニズムが作動し始めた。言い換えれば、ゴルゴンと**歴史の天使**が手を取り合い、遠慮なしにアルタミラーノ＝マディニエの楽園に侵入する陰謀が作動し始めたのである。

パロネグロと呼ばれる場所でそれは起きた。エレーラ将軍は、銃弾を受けた大腿部も完治しないまま、革命派前線として北方に進軍していた。ブカラマンガに着いたとき、「不正義は、反乱を生む不滅の種子である」と、新しい言葉の収穫物を世に送った。しかし五月十一日、八千人の革命軍が二万人の政府軍兵士と衝突したこと、そしてその後に起きたことを物語るに相応しい言葉はなかった……　その後に起きたことを、どのように述べたらよいだろうか？　数字（父のような新聞記者にはとても貴重な代用品）は役に立たないし、電信機に乗って旅をする統計資料も役に立たない。ぼくに言えるのは、戦闘は十四日間続いたということだ。七千人の死者が出たということも言える。しかし数字は腐ったりしないし、統計資料は疫病の広まる土壌でもない。十四日間、パロネグロの空気には、腐った目の悪臭が充満した。禿鷹は誰にも邪魔されずに制服の布をくちばしでつついて穴をあけ、平原は、腹を割かれ、内蔵が飛び散り、緑の芝を汚す青白い裸体で覆い尽くされた。その十四日間、死臭は、まだ若すぎてそれを知らない連中、まだ若すぎてなぜそれが粘膜を強く刺激し、なぜ髭に火薬をこすりつけても死臭が消えないかを知らない連中の鼻に突き刺さった。怪我を負った革命軍兵士はトルコローマの抜け道から逃げ、逃亡ルートの途中で道標のようにばらばらになっていった。禿鷹のたどった道筋を追えば、彼らの運命を知ることができただろう。

逃亡した将軍は即座に亡命する羽目になった。バルガス・サントスとウリベ・ウリベはリオアーチャからカラカスに逃げた。エレーラ将軍はエクアドルに向かい、政府軍からは逃げおおせたが、意志の強い、頑固な言葉からは逃げられなかった。バルガス・サントスは、エレーラ将軍を伝言で追いかけて彼のもとに届け、戦争をカウカ州とパナマ州に導くように依頼した。

パナマから戦争に勝利することは可能である。

パナマで祖国の解放が始まるだろう。

エレーラ将軍は、予想どおり、その伝言を受け入れた。彼は何週間かのうちに遠征軍――南部と太平洋で敗北し、仇討ちの機会を欲していた三百名の自由派からなる――を組織した。しかしその遠征軍には、地峡に行く船がなかった。その瞬間、（歴史劇ではおなじみの）機械仕掛けの神《デウス・エクス・マキナ》が善き知らせをもたらした。グアヤキルの港には、イリス号がエルサルバドル向けに家畜を積んでのんびり停泊していたのである。エレーラはイリス号を調査した。すると、その船に関する、とても重要な事実を発見した。船の持ち主、ベンハミン・ブルーム社は船を売りに出していたのである。エレーラ将軍は遅滞なく船を購入する旨確約し、売買契約にサインして、レモンを絞った黒砂糖水で乾杯した。するとエルサルバドルの船長と一等航海士はお返しに、火酒を出してきた。十月の初め、イリス号は、革命軍兵士の若者と、四つの胃がいっぺんに下痢になってもいいと思っているらしい牛を同じ数だけ載せて、グアヤキルを出航した。

ぼくたちが特に興味を覚えるのはそのうちの兵士のひとりだ。カメラは近づいて、牛の背を一頭か二頭苦労して避け、そばかすだらけの白い乳房の下をくぐり、何をするか分からない尻尾の動きをかわす。カメラの伝える灰色のイメージは、アナトリオ・カルデロンという男の、(牛糞のなかに隠れた)無垢でおびえた表情であることがぼくたちに分かる。

アナトリオは、イリス号がトゥマコの沿岸を過ぎるころ、牛に挟まれながら十九歳になるのだが、臆病ゆえに誰にも教えない。生まれはシパキラーの大農園だった。母(彼を生んだときに亡くなった)は先住民の女中で、父は、地主のドン・フェリペ・デ・ロウ、反抗するブルジョアで、芸術愛好家の社会主義者だった。ドン・フェリペは一族の大農地を売り払い、私生児の息子が思春期になる前にパリに旅立ったが、息子が国のどの大学であれ、したいことを勉強できるだけの金を残していった。アナトリオは法学を修めようとエクステルナド大学に入学したが、本当はロサリオ大学で文学を学び、神とあがめる詩人フリオ・フローレスの跡を追いかけたいと思っていた。エレーラ将軍がペラロンソの戦いのあとボゴタに立ち寄り、自由派の若者たちから英雄として迎えられたとき、アナトリオは、大学の窓から顔をのぞかせて愛国的な熱狂に満ちて盛り上がる若者のなかにいた。アナトリオが将軍に挨拶を送ると、将軍は挨拶を返す相手のひとりとしてアナトリオを選んだ（少なくとも彼にはそう見えた）。行進が終わったとき、アナトリオは街路に出て、自由派の馬が残した蹄鉄を敷石に見つけた。その発見は彼に驚異的な幸運だと思われた。アナトリオは蹄鉄の土や乾いた糞を洗い落とし、ポケットにしまい込んだ。

しかし戦争は必ずしも物語のように整然としているわけではない。アナトリオ青年はそのとき、エレーラ将軍の革命軍には加わらなかった。彼は、保守派政府に踏みにじられたまさにその法律を通じて、国を変える決意で勉強を続けた。しかし一九〇〇年七月一日、その保守派の連中の何人かが、九十歳になろうというドン・マヌエル・サンクレメンテの住む熱帯の隠遁所を訪れ、ぼくよりも礼節に欠ける言葉遣いで、役立たずの老人が国の実権を握るべきではない、この場で大統領位の解任を宣言すると言った。クーデターはあっという間に完了した。その週が終わる前に、六名の法学部の学生が大学を去り、荷物をまとめ、入隊させてくれる自由派の大隊を探し求めて出発した。六名の学生のうち、三名はポパヤンの戦いで命を落とし、一名は捕虜となり、ボゴタの一望監視牢獄《パノプティコン》に送られた。二名は南へ逃げ、ガレーラス火山を回り込んで保守派軍隊を回避し、エクアドルに到達した。そのうちのひとりがアナトリオだった。戦場を探して何カ月もさまよったあと、アナトリオの持っていた荷物といえば、磨かれた蹄鉄と皮の水筒、そして茶色の表紙に手の汗がしみ込んだフリオ・フローレスの本だった。カウカ大隊の司令官クロドミーロ・アリアスの指示によって、アナトリオがいた大隊がベンハミン・エレーラ将軍の軍隊に編入されることが通知された日、アナトリオは「何ごとも遅れてやってくる」という詩を読み直していた。

そして栄光は、あの幸運のニンフは
ただ埋葬のときに踊るのだ。
何ごとも遅れてやってくる……死さえもが！

彼は急に目がむずむずしてきた。詩句を読み、泣きたいのだと気づいた。何か恐ろしいことが起きたのだろうか、戦争は自分を臆病者に変えてしまったのだろうかと自問した。何日か後、誰か――たとえばラトーレ曹長――に目を見られ、臆病の虫にとりつかれていることがばれないように、アナトリオはイリス号の牛のあいだに隠れて、母のことを考え、革命軍に加わることを思いついた瞬間を呪い、家に帰って何か温かい物を食べたい猛烈な欲望を感じた。その代わり彼は船のなかにいて、牛糞の臭いを嗅ぎ、太平洋の塩辛い湿気を吸っていた。しかし何よりも、パナマで自分を待ち受けているものに死ぬほどおびえていた。

イリス号は十月二十日、エルサルバドルに錨を下ろした。エレーラ将軍はアカフトゥラで船主と会い、売買契約というよりは借用契約にサインした。革命に勝利すれば、自由派政府はブルーム社社主に、一万六千ポンド支払うこととする。もし敗北した場合には、船舶は、「戦争の付帯物」になることとする。

エレーラ将軍はエルサルバドルの港で、家畜や兵士、乗組員を厳しい命令のもと下船させ、全員に聞かせるために木箱に立って、洗礼の儀式を行なった。こうしてイリス号はパディーリャ司令官号と名付けられた。アナトリオは船名の変更に気づいたが、自分がおびえ続けていることにも気づいた。彼はコロンビア独立に貢献したグアヒラ出身の殉教者ホセ・プルデンシオ・パディーリャのことを思い出し、自分が殉教者になるつもりはまったくないこと、法令で栄誉を称えられるために死ぬつもりもないこと、ましてや船に自分の名前をつけるような、半分頭のいかれた軍人のために死ぬのはもってのほかだと自分に言い聞かせた。十二月、パディーリャ司令官号は、トゥマコに寄港して、千五百名の兵士から成る分遣隊、百十五箱の弾薬、九百九十七発の船首砲の砲弾を受け取ったのち、パナマに接岸した。ちょうどクリスマスで、湿度のない暑さは心地よかった。兵士たちは、地峡全体の自由派が壊滅したという知らせが届いたとき、下船さえしなかった。甲板で九日間の祈りが唱えられているあいだ、アナトリオは船の中に隠れたまま怖くて泣いていた。

エレーラの軍隊が地峡に着くと、戦争は新たな様相を呈した。アナトリオはクロドミーロ・アリアス大佐の指揮のもと、トノシー攻略に参加して、アントンで下船、先住民ビクトリアノ・ロレンソの軍隊を、ラ・ネグリータの包囲から解放したが、どこにいても脱走のことばかり考えていた。アナトリオはアグアドゥルセの戦いに加わった。満月の夜、ベリサリオ・ポーラス将軍率いる革命軍がビヒーアの丘を占拠し、ポクリーへ向けて進軍しているあいだ、先住民ビクトリアノ・ロレンソの軍は、街を守るサンチェスとファリーアスの大隊を壊滅させた。翌日の正午、敵軍は密使を送り、死者を葬るために休戦協定を要求し、それなりに栄誉を称えた降伏協定の交渉に入った。アナトリオはあの歴史的な日、つまり天秤が革命軍側に傾いたように見えた日、革命軍が何時間かはあの夢想、決定的な勝利を信じた日の一部をなしていた。カウカ大隊は自軍の八十九名を埋葬し、アナトリオも自分で何体かを引き受けた。しかし彼が永遠に思い出すことになるのは、自軍ではなく政府軍のことだ。埋葬しないことにした保守派百七十七名の死体それぞれにファリーアス大隊の医師が火をつけたとき、あたりに侵入した焼けた肉の臭いである。

その臭いは、エレーラの軍隊の次の目的地であるパナマ市へ向けて進軍するあいだもずっと彼につきまとった。やがてフリオ・フローレスの本のページにさえも、灰になった保守派兵士の異臭が染み込んでいるような気がした。「なぜぼくの吸う空気に君が満ちているのだ?」という詩句を読んでいると、空気はたちまち神経、筋肉、焼けこげた脂肪に満ち溢れた。しかし大隊は、アナトリオのことは気にもかけずに進軍を続けていた。アナトリオを苦しめている地獄に気づいた者はいなかった。彼の目を見て、そこに臆病者の印を見つけた者はいなかった。パナマ市まで五十キロを切ったとき、クロドミーロ・アリアス大佐は大隊を二つに分けた。彼の作戦は、何名かは大佐とともに首都のほうへ進み、しかるべき距離を保って野営し、パディーリャ司令官号がチャメの東に降ろすはずの援軍の到着を待つ。いっぽう、アナトリオを含む残りの兵士はラトーレ曹長に付き従って北へ進むというものだった。ラトーレの任務はラス・カスカーダスのところで鉄道の線路に到達し、そこで、列車の運行をさまたげる試みから線路を防御するというものだった。エレーラ将軍は、幽霊のような存在のアメリカの蒸気船――パナマ市側のアイオワ号、コロン側のマリエッタ号――で待機している海兵隊に明瞭なメッセージを伝えようとしていた。その内容は、自由派の軍隊は鉄道や運河工事地帯は危険にさらさないことを確約し、したがって、アメリカ海兵隊が下船する必要はないというものだった。アナトリオは、その懐柔戦略の一部として、ラトーレ曹長が選んだ場所で野営キャンプを張っていた。その晩、三回の爆発音で彼は目を覚ました。歩哨が野良猫の動き回るのを政府軍の反撃と勘違いして、空に向けて三発撃ったのだった。間違った警報だったが、所持している唯一の毛布の上に座っていたアナトリオは、太腿のあいだに新しい熱さを感じ、小便を漏らしていることに気づいた。野営地が静まり返り、テントの仲間が再び眠るころ、アナトリオは蹄鉄とフアン・フローレスの本を、汚れたシャツで包み、もっと前に行なっておくべきことを、闇に守られながら開始した。密林の樹幹で鳥が目を覚ますより前に、アナトリオは脱走兵になっていたのである。

そのころ、エレーラ将軍は最初の銃殺刑の知らせを受け取った。戦争省大臣アリスティデス・フェルナンデスが、トマス・ラウソン、フアン・ビダル、ベンハミン・マニョスカおよびその他十四名の革命派将軍の銃殺を命じたのだった。それだけではなかった。パディーリャ司令官号とアグアドゥルセの野営地でも、自由派の最高司令官は、戦争省大臣が政府軍司令官や保守派の市長と知事に対して送った通達を受け取った。そこには、蜂起して捕らえられた革命派の兵士は裁判手続きを経ずに銃殺に処すことを命ず、とあった。しかしアナトリオがそれを知ることはなかった。密林に入り込み、独りで中央山脈を下った。残り少ない銃弾を使って蚊や蛇を追い払い、軍支給のライフルで捕らえた猿を食べたり、チョレーラの先住民を脅し、茹でたキャッサバやココナツミルクを奪ったりしていた。

脱走兵たちの希望とはまったく逆に、戦争は続いていた。パナマ市では、エレーラ将軍が知事に送った書簡が話題になっていた。将軍はその書簡で改めて、「自由派捕虜の尊厳と精神を侮辱し、肉体的に

も ひどく苦しめている虐待」について苦情を申し立てていた。しかしアナトリオはその書簡のことも、知事がその書簡を戦争省大臣アリスティデス・フェルナンデスに転送したときの冷淡さも、それに対する戦争大臣の返答――選り抜きの七名の銃殺刑を、かつては運河会社が建っていて、いまは政府軍兵舎と即席の営倉になったグランド・ホテルがまだ建っている正面の広場で行なうというもの――のことも知らなかった。アナトリオは（コンゴに入り込んだスタンリーのように）ガトゥン湖を発見した。大西洋に出られるのではないかという漠然とした思いで湖畔に沿って歩きだした。しかしすぐに、その月のうちに着きたければ、鉄道を使わないといけないことに気がついた。彼は、臆病の亡霊にとり憑かれて判断力のきかない頭のなかで、こんなことを考えていた。コロン、あのカリブのゴモラに行けば、国外に自分を連れ出してくれる船を、別の世界を見ようとしている船長を見つけられるだろう。キングストンかマルチニーク、ハバナかプエルト・カベーリョで下船して、戦争からはほど遠い新しい人生を始めるのだ。普通の人びと――善き息子たち、善き両親たち、善き友人たち――がズボンでお漏らしをするような場所へ行くのだ、と。彼は思った、コロンの港は誰も人のことを気にしない場所だ、運が少しでもあれば、誰にも見つからないだろう。見つからずに着くこと。貨物船であろうと、どこの船であろうと、蒸気船か帆船を見つけること。それ以上重要なことはなかった。

コロンが政府側の手に落ちて一年を迎えようとしていた。デ・ラ・ロサ将軍率いる自由派大隊は、サン・パブロとブエナ・ビスタでの敗北のあと、大幅に数を減らし、コロンの街は無防備になった。湾に敵軍を載せた砲艦プロスペロ・ピンソン号が姿を現したとき、デ・ラ・ロサは、街はおしまいだと諦めた。砲艦を指揮するイグナシオ・フォリアコ将軍は、街と、そこから手の届くところにあるクリストフ・コロンブのフランス人地区を砲撃すると脅した。デ・ラ・ロサは脅しをはねつけた。「おれの側からは一発も撃たせない」と伝言を送った。「大砲で街を壊しておいて、どの面をさげて入ってくるのか見ものだな。」しかしフォリアコが自分の脅しを実行に移す前、デ・ラ・ロサ将軍は、鉄道施設に被害が及ぶのを避けようと仲介に立った四名の船長――アメリカ人二名、イギリス人一名、フランス人一名――の訪問を受けた。船長たちは対話を提案した。デ・ラ・ロサは受け入れた。イギリスの巡洋艦トリビューンが、フォリアコとデ・ラ・ロサの会合の場にして、交渉の席になった。五日後、デ・ラ・ロサは、地峡の政府軍長官で、本気で「気ちがい」と呼んでいたあのアルバン将軍とマリエッタ号で会談を持った。船長フランシス・デラーノと、巡洋艦アイオワ号司令官トマス・ペリーの臨席のもと、デ・ラ・ロサ将軍は降伏文書に署名した。日が暮れる前に、プロスペロ・ピンソン号の軍隊がプエルト・クリストバルで下船し、市庁舎を押さえ、政府の布告を通知した。政府に占拠されたこの街に、十一カ月後、アナトリオ・カルデロンは向かっていたのである。

アナトリオは深夜になる寸前に線路までたどり着いた。ラ・チョレーラからガトゥン湖の最初の橋に向かう途中で、藁葺きの屋根が芝生にくっつきそうなあばら小屋が十軒か十二軒ほどある集落を見つけ、ライフルで女の顔に狙いをつけながら、（おそらく）夫から、彼の唯一の持ち物と思われる綿のシャツを出させ、軍服として着ていた九つのボタンのついた黒の上着の代わりに身につけた。その格好で、放置された浚渫《しゅんせつ》船の残骸の背後に隠れ、橋の手前で翌朝の列車を待った。機関車が見えると走り出し、最後尾の貨物車に飛び乗ると、身元が露見しないようにフェルトの帽子を水面に投げ捨てた。三百房のバナナの上に仰向けになると、アナトリオの頭上を地峡の空が、グアシモ樹の長い枝が、派手な色の鳥が群生しているココボロ樹が流れていくのが目に入った。雨の降らない日中の熱い風が真っすぐの髪の毛を乱し、シャツのなかに入り込んだ。列車のガタンゴトンという揺れは心地よく、怯えずにすんだ。あの三時間の道中、彼はすっかり落ち着き、予想以上の安らぎを感じて眠り込み、一瞬恐怖の刺し傷を忘れるほどだった。鉄道がギアを変えたときに車両が軋み、目が覚めた。停まろうとしている、どこかに着きそうだ、と彼は思った。車両の端から顔を出すと、湾が光り輝き、カリブ海に反射する午後の陽光のまぶしさに目が痛んだが、つかの間の幸せを感じもした。アナトリオは荷物を摑み、つぶれたバナナの山で苦労して立ち上がり、列車を飛び降りた。着地のとき慣性の法則で体が転がり、アナトリオはポケットの蹄鉄が触れて体が痛み、目に見えないような小石でシャツが切れ、左手の親指にとげが刺さったが、ついに目的地にたどり着いたことで、少しも気にならなかった。あとは夜を過ごす場所を探すだけで、朝になれば普通の乗客か密航者になって、新しい人生を始めるはずだった。

彼はホープ山の麓にいた。彼はおそらく知らなかったが、ほぼ半世紀前、鉄道工事に着手して最初の何カ月かのあいだに死んだ労働者が眠る四千の墓のすぐ近くにいた。アナトリオは暗くなるのを待ってから街に近づこうと思ったが、午後六時の蚊がそれを早めさせた。少し薄暗くなったところで北へ向かって歩き出した。右手にフランスの運河の残骸を、左手にはリモン湾を見ていた。まったく未開墾の土地だった。命令でもなければ政府軍の兵士がこの粘土質の土地——雨でかつては壕だったところから土が流れ出ていた——に足を踏み入れることはないはずで、この道を進むかぎり、誰にも見られないだろうとアナトリオは確信した。ある程度進むと、長靴の革が臭くなり、沼地だったために、それはさらに悪化した。アナトリオは一刻も早く乾いた場所に着いて長靴を脱ぎ、布切れで中を拭きたかった。というのは、足の指のあいだがむずがゆくなっていたからだ。シャツはバナナと苔、前の持ち主の汗と、転げ回ったときの濡れた土の臭いがした。灰色と黒の格子柄のズボン、大隊の仲間の失笑を買ったあのズボンは、哀れな学生というよりは発情期の猫が漏らしたような小便の耐え難い臭気を放ち始めた。アナトリオが自分の臭いのわずらわしい祝宴に気を取られていると、ふと周りに明かりの灯っていない家並みがあることに気がついた。

本能的に、一番近くのポーチに飛び込んで高床の下に身を隠したが、すぐにその地区――コロンの一区画に見えたが実際には違った。コロンはもっと北にあった――が見捨てられたところだと気がついた。再び彼は体を起こした。アナトリオは気兼ねなく、一本しかない泥道を歩き出し、適当に家を選んで中に入った。壁伝いに進み、家の中を漁ったが、食べ物も水も、毛布も洋服も見つからず、その代わり、板張りの床の上を鼠とおぼしき何かが動いている音が聞こえた。頭のなかで、他の生き物のイメージ、蛇あるいは、昼寝をしていると襲ってくるサソリのイメージが満ちあふれた。もう一度外に出ようとしたとき、十軒ほど向こうの家の窓が輝いていることに気がついた。顔を上げた。確かに電柱と電線があった。その輝きは、信じられないことだが、まだ通じている電気によるものだった。アナトリオは不安だけでなく、安らぎも感じた。少なくとも人が住んでいる家がある。手にはライフルを握っていた。ポーチをのぼり（ハンモックが吊るされているのが見えた）、ドアが開いているのを見つけ、網戸を開けた。高価な家具、本や新聞が雑多に入った本棚、きれいなコップが納められたガラス扉の食器棚があった。すると、二人の女の声が、上等な陶器の立てる音にまじって会話をしている二人の女の声が聞こえた。台所まで声を追い、間違っていたことに気がついた。二人ではなく一人で（白人だったが、黒人女が着るような格好をしていた)、彼の知らないことばで歌を歌っていた。彼が入るのを見ると、女は鍋から手を放し、鍋は床にぶつかって割れ、ジャガイモや野菜や煮込んだ魚が飛び散ってアナトリオにかかった。しかし最初、女は動かなかった。動かず、黒い目で彼をじっと見て、一言も声を出さなかった。アナトリオは、危害を加えるつもりはない、ただ一晩過ごさせてもらいたい、服と食事と、ある限りの金を渡せと言った。女はそれを完璧に分かったかのようにうなずき、アナトリオが一瞬女から目をそらすまでは、すべてうまくいきそうだったが、再びアナトリオが見たとき、女は着ていたチュニックのすそを両手でたくし上げ、青白いふくらはぎを見せながら、ドアに向かって駆け出していた。アナトリオは、ほんの一瞬のあいだ、残念だ、と思ったが、自分が捕まれば、いずれにしても待っているのは銃殺だと考えた。ライフルを持ち上げて撃ち、その弾は女の腎臓のところを貫通したあと、居間のキャビネットにおさまった。

アナトリオは自分のいる場所がどこなのかを知らなかったので、クリストフ・コロンブ地区の(一軒を除いてすべて)見捨てられた集落が港から百歩もいかないところにあること、湾にはプロスペロ・ピンソン号を含む四つの異なる国籍の軍艦が五隻以上停泊していること、桟橋では――ほとんど理にかなっていないが――モンポックスとグラナデロスの大隊からなる政府側の歩哨が三十名警護にあたっていることは知らなかった。銃声は誰の耳にも入った。ヒルベルト・ドゥラン・サラサール上級曹長の命令にしたがって、三十名は二グループに分かれ、クリストフ・コロンブ地区に入って敵を包囲することになり、間もなく、一つしかない道の一つしかない電気の明かりを発見し、蛾の大群のように追いかけた。家を包囲し終わる前に窓が開き、武器を持った影が外をのぞいているのが見えた。何人かが、家の横側の壁面に銃声を浴びせ、また別の何人かは、網戸を破って無差別に発砲しながら家に入り、敵の両足に怪我を負わせたが、殺さずに捕らえた。敵は、何年か前、黄熱病で死んだ技師の持ち物が焼かれた通りの真ん中で逮捕され、その家から運び出された椅子のビロードのクッションに座らせられ、小枝で編まれた椅子の背もたれ越しに両手を縛られた。銃殺隊が組まれ、上級曹長が命令を下し、銃殺隊が撃った。そのとき兵士のひとりが家のなかにもうひとりの体を、女の体を見つけ、通りに出して見せつけた。自由派を、つまり臆病者を匿ったらどうなるのかを教えるためだった。こうして、人形のように椅子に置かれ、銃殺された脱走兵の血で汚れた服を着ている彼女を見つけたのは、その日の午後、ハイチ出身の火吹き男、霊魂の恩寵によって火にも耐えられるという目玉の飛び出した男の芸をコロンで見たあとのエロイーサとぼくだった。

8
《大きな出来事》の教訓

痛みに歴史はない。別の言い方をすれば、痛みは歴史の外にある。なぜなら痛みはその犠牲者を、痛みのほかには何も存在しないパラレル・ワールドに置くからだ。痛みは政治とは無関係だ。痛みは保守派でも自由派でもない。カトリックでも、連邦派でも、中央集権派でも、フリーメイソンでもない。痛みは一切を消去する。痛みのほかには何も存在しないとぼくは言った。あのころのぼくにとって——大げさでなくそう主張できるのだが——痛みのほかには何も存在しなかった。男の侵入を受けたぼくの家の前で見つかったあのぼろ人形のイメージ、魂が抜け、内から壊されたあの人形は、夜になるとぼくを脅かし始めた。あの人形をシャルロットとは呼べない。それはできない。あれはシャルロットではない。シャルロットは、撃たれたあの肉体から出て行った。ぼくは恐怖を感じ始めた。具体的な恐怖を(軍隊がいつの日か、任務を完遂させるためにやって来て、娘を殺すという恐怖)。抽象的で触れられないものに対する恐怖を（暗闇や、鼠かもしれない何かの物音、あるいは隣りの通りで地面に落ちる腐ったマンゴー。それらはしかし、ぼくの怯えた想像のなかで、制服を着て、ライフルを摑んだ男たちの影を作っていた）。眠れなくなった。隣りの部屋にいるエロイーサの泣き声を聞きながら夜の時間を過ごし、エロイーサが泣いていても、やり場のない痛みを感じていても、相手にしなかった。娘をなだめるのをぼくは拒んだ。娘の部屋のベッドまで十歩あるき、抱きしめて一緒に涙を流すことは容易いことだっただろう。しかしそうしなかった。ぼくたちはそれぞれ、孤独に過ごした。ぼくたちは急に、取り返しのつかない孤独感を味わった。娘を慰め、自分の孤独を和らげることは容易いことだっただろう。しかしそうしなかった。娘を独りきりにして、彼女なりに、愛する存在の暴力的な死とは何かを、世界に開いたあの黒い穴が何かを理解してもらおうとした。ぼくに言い訳はできない。エロイーサが、ぼくにはできない説明を求めてくるのが怖かったのだ。貧相で無意味な答えだと知りつつも、「ぼくたちはいま、戦時下にいる、戦争にこういうことはつきものだ」と言ってもよかっただろう。もちろんぼくもそんな説明に納得していたわけではない。しかし、そういう空々しい慰めを娘に与えることを拒み、娘に仲間（と、おそらく無意識のうちの庇護）を与えるのを拒んでいれば、ぼくたちは残酷ないたずらにひっかかったのだと種明かしをしてくれるのだと、ぼくのなかの何かが思っていた。何日かすれば、家の戸口に無慈悲ないたずら好きが現れて、残酷ないたずらが望み通りの効果を発揮していないことを残念がって、シャルロットの本当の居場所を教えてくれるのだと信じ続けていた。

そのころのぼくは、夜になると港のほうへ歩き、しばしば鉄道会社まで、そして、会社のあの倉庫フライト・ハウスまで出かけるようになったが、見つかると銃で追い出された。コロンはあの戦時下の夜、冷たく、青かった。孤独に街を歩き回り、戦争の成り行きや雰囲気次第で実際に発令される、あるいは暗黙のうちに発令される夜間外出禁止令に挑戦を挑んだりすれば、たとえ迷える絶望した者であっても市民は、数えきれないほどの危険を犯すことになった。ぼくは、疲れ切った頭のなかで繰り広げられる命知らずの妄想を行動に移すには臆病すぎる人間だったが、それでも告白しておけば、何度か、胸をはだけて手にナイフを握り、モンポックスの大隊の兵士たちに立ち向かい、「自由党万歳」と叫び、連中から銃撃や銃剣で対応される場面を想像したことがある。もちろん、それやそれに類することは実行しなかった。あの夢幻的な夜のあいだにぼくがとった最も大胆な行動と言えば、伝説の**運河の未亡人**がよく訪れたというコロンの路地を訪れることだった。あるとき、シャルロットが帽子を被ったアフリカ人と一緒に角を曲がったのを確かに見たと思い、亡霊を追いかけたが、敷石のあいだで靴を失くしたことに気づき、踵から血が出た。

ぼくは変わった。痛みはぼくたちを修正する。痛みはちょっとした、だが恐るべき混乱を引き起こすのである。次第に夜を信頼できるようになっていった何週間かのち、ぼくはヨーロッパ人の娼館に足を踏み入れる異国趣味を自分に許し、何度かその女たち（レセップス時代の四十代の中年女性と、場合によってはその子供たち、ナポレオン・ボナパルトが誰なのかを、なぜフランス人の運河が失敗したのかを知らないミショーやアンリヨンという姓の小娘）を相手にした。その後、家に戻り、エロイーサが着るようになった母親の服のなかや、顔をキャビネットのガラス扉に近づければまだ見える破片のなかに、シャルロットが無数の幻影になって生き延びているのを見ると、恥としか呼びようのない何かが自分に降りかかった。そういう瞬間、ぼくは、エロイーサを面と向かって見ることができないと感じた。エロイーサは、ぼくに対して最後の敬意のようなものを抱いていたがゆえに、口先まで（はっきりと）出掛かっている質問のうちのたった一つさえ、ぼくに言えなかった。ぼくの行為は、ぼくたちのあいだにあった愛情を壊している。ぼくの振る舞いは、ぼくたちを結びつけていた橋を破壊していると直感した。しかしぼくはそれを受け入れた。ぼくはだんだん、巻き添えという考えに慣れていった。シャルロットは巻き添えの一人だった。娘との関係もそれだった。ぼくたちは戦時下にいる、とぼくは思った。戦争にそういうことはつきものだ。

　こうしてぼくは、橋が崩壊した原因、あの日以降ぼくと娘のあいだに聖書に出てくる海のように開いた裂け目の原因を、はっきりと戦争のものだと見なした。学校が何のおかまいもなしに頻繁に休みになり、ぼくよりもずっと巧みに母の不在と和解したエロイーサは、自由な時間が持てるようになると、ぼくなしでその時間を楽しみ始めた。エロイーサはぼくを人生の一員とはしなかった（ぼくは彼女を責めない。ぼくの悲しみ、悲嘆の底なしの井戸はあらゆる招待をはねつけたからだ）。というよりも、彼女の人生は、ぼくには分からない流れのほうに流れて行ったと言うべきか。明晰さの訪れる奇妙な瞬間――喪と恐怖の夜は啓示に満ちているのかもしれない――、ぼくは、シャルロットの死の痛みよりも具体的な何かがゲームに加わっているのではないかと推測するようになった。しかしその何かに名前を与えることはできなかった。壊れた幸せな思い出や、破片でできた現実を引き受け、混乱した生活の情報を処理し、夜の孤独の苦悩を支配することにかかりきりで、ぼくはその何かに名前を与えることはできなかった……　そしてぼくは気がついた。コロンの長い夜、少し前までは着飾って香水もかけて歩いていた通りを、汗をかいて悪臭を漂わせてさまよっているうちに、いろいろな名前が消えていったのである。不眠とともに少しずつ記憶が消えていった。ぼくは体を洗うことを忘れ、顔を洗うことを忘れ、遅くなってからようやく思い出した（つまり、忘れていることを思い出した）。肉屋の中国人、駅のアメリカ兵、日曜日の市場のために浜辺にテントを建てているサトウキビ売りは、ぼくの挨拶の息を受け取ると、本能的に顔を手で隠すようになったり、ぼくの臭い口から出てくる息の濃密な塊に押されたかのように、一歩後ずさりをするようになった……　ぼくは意識の外で生きていた。自分を取り巻く具体的な世界の外に生きていた。寡夫としての生を、追い出された元の場所と、戻ることが禁じられている場所を決して知り得ない亡命者のように生きていた。気分の良い日には、わずかばかりの希望を抱いた。都会生活の最低限のルールを忘れたのと同じように、悲しみもまた忘れられるだろう。

　こうして、**ゴルゴン的政治**がアルタミラーノ＝マディニエ家に侵入することになった。こうして**歴史**は、道に迷った臆病な一兵士の個人的な運命に化けて、ぼくの中立でありたいという意図、政治と距離をとろうという試み、入念に無関心であろうという入念な意図を粉々にした。**大きな出来事**がぼくに与えた教訓は明確で迅速だった。お前は逃げられない、逃げることは不可能だ、とぼくに告げていた。それだけでなく、それは力の真の行使でもあった。というのは、ゴルゴンはぼくの現世における幸福の夢想的な計画をひっくり返し、ぼくの国の計画もまたひっくり返していたからだ。いまのぼくならば、あの迷いと悲嘆の日々について、ぼくを正面から見た時のエロイーサの顔に彩られた苦悩について、その苦悩を解決することのぼくの無関心について、詳細に説明することもできるだろう。ぼくたちは沈没について話していたのではなかったか？　そのころ、ぼくの沈没は起きていた。しかし、ゴルゴンと**天使**が痛みを伴う教訓を示してくれたいま、そんな俗なことにかかずらってはいられまい。ぼくの痛みと娘の痛みについて、非政治的な涙に暮れた夜について、湿ったポンチョのように重くぼくにのしかかる歴史の外の孤独について、話している場合ではない。シャルロット、ぼくの救命具、ぼくの最後の手段が、千日戦争の手にかかって死んだという事実は、誰かがぼくに、物事には階層秩序があって、それを忘れてはならないのだと思い出させてくれた注意書きだった。天使かゴルゴンのどちらかが、ぼくのちっぽけな人生はコロンビア共和国とその変遷の脇にある一粒の塩、取るに足らないどうでもいい事柄、騒音だらけの愚か者の物語、エトセトラ、エトセトラだということを思い出させてくれた。誰かがぼくを黙らせて、コロンビアではぼくの挫折した幸福よりも重要なことが起きていることに気づかせたのである。

実にコロンビアらしい矛盾が起きた。パナマのほぼ全地峡を取り戻すに至った輝かしい軍事作戦のあと、革命軍のベンハミン・エレーラ将軍は、突然、自分の軍隊と政党がどこから見ても敗北している平和協定に無理矢理署名させられていたのである。何が起きていたのか？　ぼくは、父が一八八五年のどこかで言っていた言葉を思い出した。火と戦争によってコロンは壊滅させられたとはいえ、運河、あの不完全な運河が救われて、ぼくは父に、ぼくたちには幸運があると言ったが、父は、違う、我々にはアメリカの船があると言った、その言葉だ。さて、千日戦争はいくつかの理由から特別であると言える（十万名の死者を出したこと、国庫をすっかり破産させたこと、コロンビア人の半数を辱めたこと、そしてもう半数を、自発的に屈辱を行使する者に変えたことがその理由である）。しかし、（ここにも矛盾があるのだが）あまり目立たないが、もっと重大な事態によって特別なのである。はっきり言おう。本当は千百二十八日続いた千日戦争は、最初から最後まで、外国船の軍隊のなかで解決されたのだ。フォリアコとデ・ラ・ロサ両将軍はプロスペロ・ピンソン号ではなく、イギリス船のトリビューン号で交渉した。フォリアコとアルバン両将軍は、そのころコロンに着いていたカルタヘナ号ではなく、アメリカ船マリネッタ号で交渉した。ぼくの**分裂症の街**の降伏のあと、捕虜の交換はどこで行なわれたのか？パディーリャ司令官号ではなく、フィラデルフィア号だった。大事なことを言い残した《ラスト・バット・ノット・リースト》。ベンハミン・エレーラおよび地峡の革命兵士がさまざまな和平の提案を行なったのち、そして、強情な保守派政府がその提案を根本から拒絶したのち、休戦に導いた交渉のテーブルはどこに設置され、千百二十八日間の容赦ない殺戮に終止符を打った紙っぺらは、どこで署名されたのか？　自由派のカウカ号でもなく、保守派のボヤカ号でもなかった。そのどちらでもないが、それ以上の存在であるウィスコンシン号だった……。コロンビア人は兄たち、**大人の国々**と手をつないで歩いていた。ぼくたちの運命は、他人の家にあるゲームのテーブルの上で操られていた。陪審席の読者よ、ぼくたちの歴史の最も決定的な事柄を決するあのポーカー・ゲームにおいて、コロンビア人は石像のように黙っていたのである。

一九〇二年十一月二十一日。あの忌まわしい日付を記念する絵はがきは有名である。コロンビア人なら誰でも、勝利か敗北かのどちらかを味わった両親か祖父母から、その図像を相続している。国家規模のあの「死を思え《メメント・モリ》」の絵を持っていない者は、コロンビアにはいない。ぼくの絵はがきはパナマの《マドゥーロと子供たち》社の印刷によるもので、横十四センチ、縦十センチの大きさだ。下側に赤い文字で出席した者の名前が書かれている。左の保守派から右の自由派へ、ビクトル・サラサール将軍、アルフレド・バスケス・コボ将軍、エウセビオ・モラーレス博士、ルーカス・カバジェロ将軍、ベンハミン・エレーラ将軍。しかし当時、ぼくたち絵はがきを持っている者が思い起こすのは、これらの人物たち——口ひげの保守派たち、顎ひげの自由派たち——のなかにあるはっきりとした不在、図像の中心に開いた一種の空白である。というのは、サイラス・ケイシー司令官、ウィスコンシン号における休戦協定の偉大なる発案者にして、右派と話し合いを持ち、左派と協議するよう説得する任務を負った者がいないのだ。不在である。しかしながら、彼という北の存在は、黄ばんだ図像のあちこちに、銀の細胞の一つひとつに感じられる。薄暗い色で、どことなくバロック様式のデザインを思わせるテーブルクロスはサイラス・ケイシーの持ち物である。テーブルの上には、コロンビアの歴史を永遠に変え、コロンビア人であることの意味を変える休戦協定の書類が乱雑に、先に挙げた連中とは何も関係がないかのように積み上がっている。それらの書類を何分か前にテーブルに置いたのはサイラス・ケイシーである。ここで他の部分に目を向けてみよう。エレーラ将軍は、まるで年上の子供たちから遊ぶのを禁じられた子供のようにテーブルから離れている。カバジェロ将軍は革命兵士を代表して署名している。ぼくは言う。映写機を持ってきてくれ！　あの場面まで飛んで行き、ウィスコンシン号の天窓から中に入り、テーブルとバロック様式のテーブルクロスの上からあの序文を読むべきだ。そこでは署名者たちが、何食わぬ顔をして以下のことを決めている。すなわち彼らは船上に集い、「血を流すことに終止符を打ち」、「共和国の平和を打ち立て」、また特にコロンビア共和国が、「パナマ運河について未決の交渉に幸せな終止符を打つ」ことにしたのである。

四つの単語だ、陪審席の読者よ、たった四つの単語だ。交渉、未決、運河、パナマ。単語というのは、紙の上にあると、害はなさそうだ。しかしその言葉には作られたばかりの爆弾が、逃げられないニトログリセリンが詰め込まれている。一九〇二年、ホセ・アルタミラーノ、歴史的には無価値の男が自分の下らない人生を取り戻そうと必死に戦い、どこにでもいる娘のどこにでもいる父親が、やもめ暮らし

（と母を失った娘）という糞の川を渡ろうと努力しているとき、アメリカ合衆国とコロンビア共和国のあいだで行なわれてきた交渉、その交渉はすでに、ワシントンの二人の大使の健康を奪っていた。ぼくの国は交渉をカルロス・マルティネス・シルバに委任していたが、何カ月か後、マルティネス・シルバは交渉が少しも進展を見ないうちに職を辞し、肉体疲労によって顔色が悪く、憔悴し、白髪も増え、あまりの疲労で最後の日々には口を開くことさえ拒んだまま亡くなった。交代したのは元戦争省大臣のホセ・ビセンテ・コンチャ、繊細さに欠けるというよりは粗野な男で、鉄の意志で交渉に立ち向かい、何カ月か後に鉄のように敗北した。コンチャは強いストレスから、ボゴタに戻る前に激しい発作に襲われ、ニューヨーク港当局は、彼が誰にも理解できない言葉、**主権**、**帝国**、**植民地主義**と、声の限りに怒鳴っているために、拘束服を着せなければならなかった。コンチャはそれから間もなくボゴタの自宅で病に倒れ、幻覚を見て、時々彼自身にも分からない言葉で罵りの言葉を吐きながら亡くなった（国際条約の交渉人として、彼の無知は主要な問題の一つだった）。彼の妻によると、夫は死ぬ前、一八四六年のマヤリノ＝ビドラク条約について話しているか、あるいは目に見えない対話者、ある時はローズヴェルト大統領、またある時は錯乱のなかでボスと呼んでいたが、素性が永遠に謎のままだった匿名の男と条項や条件について議論していたとのことだった。

哀れなコンチャは、**主権**、**植民地主義**と、誰にも理解されずに叫んでいた。

十一月二十三日、ウィスコンシン号の条約のインクがまだ乾き切らないあいだに、トマス・エランがワシントンにコロンビア代理公使として現れ、**最後の交渉人**として歴史に名を残すだろう。エロイーサとぼくが、カリブのアメリカで途方もない努力ののちに悲しみの迷宮に道を切り開きかけたころ、凍てつく北のアメリカでは、六十代を越えた悲しげで内気な男、四つの言語を操るが、その四つの言語で優柔不断なドン・トマス・エランが条約の迷宮に迷い込み、やはり優柔不断だった。こうしてコロンでクリスマスが過ぎた。パナマ人にとって条約の締結は生死の問題で、戦争で破壊された電信ケーブルがまだ修復されていない一九〇二年のあの最後の日々、ぼくが朝の六時に家を出ると（ほとんど眠れなかった）、港では最初の蒸気船とその積荷であるアメリカの新聞を待っている人の大群に出会ったものだった（フランスの新聞はすでにニュースではなかった）。そのころは特に湿度のない暑さの時期で、一番鶏が鳴く前に、暑さでぼくはベッドを飛び出していた。朝の儀式は一杯のコーヒー、一匙のキニーネ、冷たいシャワーからなり、それをもってぼくは夜の悪魔――銃殺された脱走兵のそばに腰掛けている死んだシャルロットの執拗なイメージ、母の死体を見たエロイーサの、恐ろしいほどの沈黙の記憶、娘の手がぼくに強く押し付けられたときの記憶、娘の涙と震えの記憶、それ以外の記憶……――を追い払えると信じていた。親愛なる読者よ。ぼくの個人的な悪魔祓いは必ずしもうまくいかなかった。そういうとき、ウィスキーという究極の治療薬に手を伸ばし、胃の入り口がアルコールで焼け、恐怖の痛みがおさまることが少なからずあった。

一月、コロンの街路で祝宴が爆発した。アメリカ合衆国国務長官ジョン・ヘイは、疑念と不信、血の流れない押し引きののち、ローズヴェルト大統領の残忍な口から出たと思われる最後通牒、「これに署名しないのなら、運河はニカラグアに建設する」を突きつけた。ボゴタから慌ただしい命令が発せられた。四十八時間後の深夜、トマス・エランは黒いウールのマントで顔を覆い、切るような冬の風に抗ってヘイの自宅に行こうとしていた。条約は彼が到着して十五分後、ブランデーを二杯飲むうちに署名された。運河会社は、運河建設に関わる利権をアメリカ合衆国に売却する権限を認められた。コロンビアは、コロンからパナマ市まで幅十キロに渡る一帯が、アメリカ合衆国の排他的管理下に置かれることを保証した。譲渡期間は百年とする。その代わり、アメリカ合衆国は一千万ドルを支払う。運河の防衛はコロンビアが負担することとする。しかしコロンビアにその能力がない場合、アメリカ合衆国が介入する権利を保持する……

などなど。などなど。長いながいなどなど。

三日後、そのニュースを知らせる新聞の到着は、まるでフェルディナン・ド・レセップスの時代が地峡に戻ってきたかのように歓迎された。ぼくたちは街路を飾る中国の提灯を見た。ぼくたちは熱帯の楽団が自発的に外に出て、トロンボーンやチューバ、トランペットの金属音で風を満たすのを見た。十六歳になりぼくよりも賢くなったエロイーサは、手に持っているどんなものでも乾杯している人びとがいるフレンテ街までぼくを無理矢理引っ張っていった。鉄道会社の大きな石のアーチの前では踊っている人がいて、署名した二つの国の旗が揺れていた。あたりには再び愛国心が充満していた。ぼくは息をするのがまたもや苦しくなっていた。事務所と使われていない客車のあいだを歩いていると、エロイーサは振り返ってぼくに言った。

「おじいちゃんなら、きっと気に入ったでしょうね。」

「お前に何が分かる」とぼくは声を荒げた。「会ったこともないくせに。」

ぼくはそう言った。それは残酷な返事だった。エロイーサはまばたきもせずに、それに耐えた。たぶん、そのときぼくが感じていたことがどれだけ複雑であるかを、ぼくよりもよく分かっていたからだ。

たぶん、悩める男やもめのぼくの反応を、悲しいながらも受け入れようとしていたからだ。娘を見た。シャルロットの生き写しだった（小さい胸、声音）。娘は、ぼくを苦しめていたあの瓜二つを最大限減じようと、男の子のように髪を短くする気遣いをしてくれた。しかしぼくはその瞬間、ぼくたちの間に空白（ダリエンの密林）が開けるのを、あるいはぼくたちの間に乗り越えがたい障壁（シエラ・ネバダ山脈）が立ち上がるのを感じた。娘は別の女になっていた。ぼくのような成り上がり者には想像できない方法で、コロンの土地を自分のものにしていき、そこを植民地にする女になっていた。もちろんエロイーサは間違っていなかった。ミゲル・アルタミラーノが生きていたら、彼はあの夜の証人になり、あの夜について誰かが書かなくても文章を書き著し、来る世代のために大きな出来事を書き残しただろう。ぼくはその晩ずっと、バー《七月四日》で、サン・フランシスコ出身の銀行家とその愛人とウィスキーのボトルを半分空けながら、そのことを考えていた。コロン像のそばで、ハイチの火吹き男がいつもの見せ物をやっていた。ぼくたちがリモン湾に沿って家路につき、黒い夜を背景にして、船の光がホタルのようにきらめいているのを遠くに眺めていると、ぼくははじめて喉の奥に恨みの苦い味を感じた。

エロイーサは子供のときのように、ぼくの腕に両手でしがみついて歩いていた。ぼくたちの足は、脱走兵アナトリオ・カルデロンが踏んだのと同じ土を踏んでいたが、ぼくたちはどちらも、ぼくらに付き添い続け、二度と絶対にぼくらを忘れてはくれない、ぼくらの家でこの世の終わりまでペットのように眠っているあの不幸については話さなかった。しかしクリストフ・コロンブ、ゴーストタウンの黒い街路を横切ると、まるでぼくの人生の幽霊が全員、ぼくに会いに来たかのようだった。そのような言い方でそれを思ったわけではないが、ポーチを上る時、ぼくの頭のなかにはすでに、復讐という概念が居座っていた。二度と**歴史の天使**から逃げまい。**ゴルゴン的政治**からすごすご引き下がる方法を探すことはしまい。それだけでない。ぼくはその両方を奴隷にしてやる。天使の羽根を焼き、ゴルゴンの首を切り落としてやる。一月二十四日の深夜、ハンモックに横たわり、ぼくはその二人に宣戦布告した。

熱帯の暑さのなかでこういうことが起きているあいだ、裏切りのグレートブリテン島の凍てつく霧のなかで、ジョゼフ・コンラッドは小さな癇癪を起こしている。

彼はロンドンに招かれ、アメリカ人（バー《七月四日》の男と同じように、銀行家である。やりとりの内容は下らないが、といって言及に値しないわけではない）と知り合う。銀行家は海洋小説が大のお気に入りだと言う。『オルメイヤーの阿房宮』の冒頭を暗唱し、ロード・ジムの親友だと感じている。もっとも、その小説は彼には「退屈で、難解過ぎ」たようだ。「ミスター・コンラッド、もっと改行を多くしても誰もあなたを責めませんよ。」夕食の途中で銀行家がコンラッドに、「いつ別の海洋小説を書くつもりでしょうか」と尋ねると、コンラッドは爆発する。彼は、冒険作家、南洋のジュール・ヴェルヌと見なされることに飽きあきしている。彼は反論する。文句を漏らす。間違いなく過剰に自己弁護する。しかし最後には、銀行家は犬が恐怖の臭いを嗅ぎ取るように、金に困っている臭いを嗅ぎ付け、取引を提案する。コンラッドは依頼によって海を舞台にする小説を一万語程度で執筆する。その一方、銀行家はコンラッドに金を払うばかりか、「ハーパーズ・マガジン」に掲載できるよう取りはからうというものだ。コンラッドは受諾する（彼の癇癪は終わっていた）。すでに小説のテーマが決まっていたことと、すでにいくつかメモを取っていたことが大きな理由である。

気楽な日々ではない。何カ月か前、コンラッドとフォード・マドックス・フォードは、二人がかりで冒険あり恋愛ありの奇抜な小説を書いていた。その最もはっきりとした目的は、二人の経済的困難を和らげ、（ただちに、即座に）金を得ることだった。しかし共同作業はうまくいかなかった。予定よりも時間がかかり、友人同士、妻同士のあいだに、かつてあった親密な雰囲気を徐々に蝕む緊張状態が生まれた。苦情、謝罪、告発、言い訳が行き交う。「私は出来る限りのことをしているんだ」とコンラッドは書いている。「ブラックウッズ・マガジン」、その小説を出版するはずの雑誌が、今になって掲載を拒否していた。借用証書が書斎机に積み上がり、それらはコンラッドにとって、家族への紛うことなき脅しとなる。責任を怠った罪悪感に苦しめられた彼は、妻が未亡人になり、息子が孤児になるのが見える。彼らは自分に依存しているのに、自分は彼らに何も与えられない。彼の健康状態は事態をさらに複雑にする。痛風の発作があり、痛風でなければ赤痢、赤痢でなければリュウマチである。それでは足りないかというように、海のノスタルジーが次第に彼を苦しめるようになる。そのころ、彼は船長のポストを探し、昔の生活に戻ることを真面目に考えている。「カッター船とフォーシャン川があれば」と彼は書いている。「でなければ、モザンビークとザンジバルの運河を航行するあのすばらしいおんぼろ船でもいい！」そういう状況下にあったので、銀行家からの執筆依頼は彼に、感謝の念を引き起こす。

着想は少しずつ彼の頭のなかで熟していった。おそらく短篇「青春」くらい、最長でも「エイミー・フォスター」くらいの長さだと思って書き始めたが、コンラッドは各要素がうまく噛み合わないと見なし（あるいは、短篇では売れ行きが悪いことにも気づき）、元の構想は月日とともに、二万五千語から八万語へ、一つの舞台から二つか三つの舞台へと大きくなっていったが、それは実際の執筆が始まる前のことだ。そのころ、コンラッドの手紙や会話から、その小説の計画は消える。執筆の提案があったとき、コンラッドはほとんど何も知らない。しかし、そのなかで知っていることの一つは、物語が十万語になるということ、主人公がイタリア人グループになるということである。彼の記憶は、尊敬していた人物ドミニック・チェルボーニ、コルシカのオデュッセウスに戻る。彼の記憶は、一八七六年に、カリブの港を訪れていた年に、パナマで密輸をしていた年に、その経験によって（自分の口からは語られることのない秘密の）自殺未遂に導かれた年に戻る。チェルボーニはコンラッドのあの最初のメモでは、カリブの港で働いているときに命を落とす沖仲仕頭である。名はジャンバチスタ、姓はノストローモである。そのころコンラッドは、ベントン・ウィリアムスという男の海に関する回想録を読み、そこに銀の積荷を盗んだ男の物語を発見する。その物語と、チェルボーニのイメージがコンラッドの頭のなかで混じり合う……　たぶん、そのノストローモが泥棒である必要はない（と彼は考える）。たぶん、状況がノストローモを戦利品に導き、彼はそれを利用するのだ。しかしその状況とはどういうものだろうか？　どんな状況であれば、気品のある男が銀の積荷を盗む必要に駆られるだろうか？　コンラッドはそれを知らない。目を閉じ、その動機を想像しようとする。場面を作り、内面を組み立てようとする。しかし失敗する。

一九〇二年三月、コンラッドは、『『ノストローモ』は第一級の物語になるだろう」と書いていた。何カ月か後に、その熱狂は衰退した。「助けてくれそうな人がいない、希望がない。試みる以外にない。成功するかどうかを気にせず、絶えず試みる以外にはない。」ある日、尋常ではない楽観主義の発作に襲われ、銀行家と会話をした少し後、彼は白い原稿用紙を手に取り、上部の右隅に数字の1と書き、大文字で「ノストローモ。第一部。イサベルたち」と記す。しかし、それ以上は何も思い浮かばない。言葉が彼のところにやって来ない。コンラッドは、何かがうまくいっていないことにすぐに気づく。「イサベルたち」を消し、「鉱山の銀」と書く。すると、よく分からないうちに、数々のイメージと思い出、プエルト・カベーリョで見たオレンジの木とカルタヘナに寄港したときに聞いたガレオン船の物語、リモン湾の水、鏡のように穏やかな水面とムラータ島という島々が彼の頭のなかに押し寄せて来る。再び、本が始まったという例の瞬間だ。コンラッドは興奮とともにその瞬間を生きるが、興奮が続かないことを、興奮は間もなく、彼の書斎に頻繁に訪れる客に取って代わることを知っている。言葉の不確かさ、構造についての苦悩、経済的不安。この小説は成功しなければならない、とコンラッドは考える。でなければ、自分を待っているのは破産だ。

ぼくは、妄想にとり憑かれたように小説の執筆場面を想像して幾夜を過ごしてたか分からなくなった。告白しておくが、一度、コンラッドの書斎机が、「ロマンス」(もしかすると『海の鏡』だったかもしれない。覚えてなんかいられない)を書いているときに燃え出して、原稿の大部分が焼失したときのように、また今回も燃えてしまったと想像した。しかし今回炎のなかに消えたのは、ノストローモ、銀の大泥棒の物語だとぼくは想像した。ぼくは目を閉じ、ペント・ファームの風景を、フォード・マドックス・フォードの父の所有物だった書斎机を、爆発する灯油ランプを、可燃性の紙が何秒かのうちに焦げ、筆跡は非の打ち所がないが、文法にはとまどいが見られるフレーズを呑み込んでいくのを思い浮かべる。ジェシー・コンラッド(病人のために紅茶カップを持って入ってくる)もいる。息子のボリスもいる。彼の泣き声は、ただでさえ困難な小説の執筆をつまずかせる。ぼくはもう一度目を閉じる。コンラッドは燃えなかった書斎机の書き損じた紙の前に座り、コロンで、鉄道の線路で、パナマ市で見たことを思い出している。コンラッドは、コロンビアについて知っているか、覚えているごくわずかのことを、あるいはコロンビアそのものを、フィクションの国に、コンラッドが罰を受けずに歴史をでっち上げることのできる国に変える。コンラッドは、あの遠い記憶から始まった本の出来事が取る道筋に驚いている。そのころ彼は、友人のカニンガム・グレアムに手紙を書いている（五月九日）。「いま私がかかりきりになっている作品について君に話しておきたい。自分の無謀さを打ち明けるのもおこがましいが、作品の舞台を南アメリカに、コスタグアナと名付けた共和国に据えることにした。しかしイタリア人の話が中心だ。」コンラッドは自身の跡を巧みに消して、コロンビアのこと、コスタグアナというものの想像の背後に隠れている、揺れ動く奇妙な共和国のことには言及しない。すぐ後に、彼は、コロンビア／コスタグアナがもたらす苦しみについて訴えている（七月八日）。「この忌々しいノストローモに私は殺されそうだ。中央アメリカの私の思い出が、すべてすり抜けていきそうだ。」さらに、「私は二十五年前に一目見ただけだ。それだけでは、小説を組み立てるのに十分ではない。」もし『ノストローモ』が建物であれば、建築家コンラッドは素材の新たな供給者を獲得する必要がある。彼にとって幸運なことに、ロンドンにはコスタグアナ人がたくさんいる。そうした男たち、彼のような亡命者、世界を動き続け、居場所の不確実な――まさしく彼のような――男たちに助けを乞うべきだろうか？

日々が過ぎ、原稿用紙の束が机に積み上がるうちに、ノストローモ、イタリア人船乗りの物語が目的地を失っていることに彼は気づく。基礎は弱く、筋書きは通俗的だ。夏が、弱々しい面白味のない夏が来て、コンラッドは乏しい記憶に味わいを添えようと、必死に本を読み漁る。どんな本を読んだのか列挙していいだろうか？　フレデリック・ベントン・ウィリアムスが書いた海とカリブの回想録、ジョージ・フレデリック・マスターマンが書いたパラグアイ地方の回想録を読む。カニンガム・グレアムの本（『エルナンド・デ・ソト』、『消えたアルカディア』）を読み、カニンガム・グレアムはコンラッドに、ラモン・パエスの『南アメリカにおける野生の風景』、サンティアゴ・ペレス・トゥリアナの『ボゴタから大西洋へ』を勧める。自分の記憶と読書が混じり合う。コンラッドは何を経験し、何を読んだのかを知るのを止める。脅迫的な抑鬱が長く黒い不眠の大洋に変貌する夜、彼は両者の相違を確立しようとする（そして失敗する）。日中は厄介な英語と必死に闘う。この間ずっと、彼は自問する。その歴史を語ろうとしている共和国とはいったい何で、どういうものなのだ？　コスタグアナとは何だ？　コロンビアとは何なんだ？

九月の初頭、コンラッドは旧敵である痛風の訪問を受ける。姪が示しているように、遺伝で受け継いでいる、あの貴族階級の病だ。彼の病気にまつわる長い歴史のなかで、最も辛かったものの一つであるあの発作は、彼が取り組んでいる物語、彼が向き合っている手に負えない題材が引き起こす苦悩と恐怖と亡霊に由来する。コンラッドは関節の痛み、右足が燃えるように熱く、その親指が火事の中心だという確信にほとほと参り、九十日間をベッドで過ごす。その十日のあいだ、書けないページを口述できるように秘書役を務めた献身的な女性、ミス・ハローズの助けを必要とする。ミス・ハローズはその傲慢な男の理解不能の癇癪を我慢する。秘書は知らないが、コンラッドがベッドから口述させている内容、夜の寒さも気にせず足を外に出して——足があまりに痛み、毛布の重さも我慢できないので——口述させている内容が、彼もその時まで知らなかったレベルの神経の緊張、圧力、抑鬱を彼に引き起こす。

「綱渡りをしているような感じがする」と、そのころ彼は書いている。「よろめいたら、おしまいだ。」秋の到来とともに、バランスを失い、綱が千切れそうな感覚を次第に強く感じるようになる。

そのとき彼は助けを乞うことにする。

カニンガム・グレアムに手紙を書き、ペレス・トゥリアナのことを尋ねる。

ハイネマンの出版人に手紙を書き、ペレス・トゥリアナのことを尋ねる。

少しずつぼくたちは近づいている。


アメリカ合衆国上院がエラン・ヘイ条約を承認するまで二カ月かからなかった。リモン湾に新しい新聞が届き、コロン＝アスピンウォールの街路で再び長い祝宴が繰り広げられ、唯一必要な手続きであるコロンビア議会の承認もほぼ自動的に行なわれるだろうとの観測がしばし流れた。しかし一歩ひいて、少しでも冷淡に（ぼくがクリストフ・コロンブ地区の家から眺めていたように。冷笑的とは言わないが、そう言う人がいても反論はしない）事態を眺めれば、あの祝宴の喜びに満ちた街路には、鉄道の枕木には、公共の建物の一つひとつの壁には、コロンビア人が記憶を持って以来、常にコロンビア人を分断してきた地理上の断層があることに気づけたのである。保守派は無条件に条約を支持していた。いつも水を差す自由派は、値段が安い、あるいは譲渡期間が長過ぎるといった、とても奇妙な考えを口にしていた。そして最も大胆な者は、十キロに渡るあの地帯をアメリカ合衆国の法律が支配することを、少し、ほんの少しだが、困惑を招くものと見ていた。

「主権」とホセ・ビセンテ・コンチャ、あの年老いた狂人はどこかから闇雲に叫んでいた。「植民地主義」と。

陪審席の読者よ。秘密を打ち明けさせてもらうと、即席バンドの音楽と色とりどりのランプの下では（要するに、コロン＝ゴモラを支配していたアルコールの熱狂の下では）、千百二十八日戦争の深刻な分断状況が、そのままプレートのように揺れ続けていた。しかし奇妙なことに、それを見分けることができたのは冷笑家だけである。あらゆる形の和解や仲間意識に耐性のある者だけ、ウィスコンシン号の聖なるお言葉を密かに冒瀆しようという者だけ、真の啓示を受け取ることができた。要するにパナマの戦争は、終わるにはほど遠かった。人目につかないように戦争は続いていた。ぼくは先を読んだのだが、いつの日か、潜行するその戦争が、邪悪な白鯨のように水面に出て来て、息を吸い、食べ物を探し、小説の主人公を殺すだろう。結果は間違いなく悲惨なものとなるだろう。

こうして五月の半ばに白鯨が出てきた。戦争で自由派に合流して戦い、政府派を混乱に陥れるゲリラ群を組織するに至った先住民ビクトリアノ・ロレンソが蒸気船ボゴタ号の牢獄から脱走した。彼に不吉な知らせが届いていたのだった。全地峡の勝利者たち、特に彼の生まれ故郷の者たちは、彼が戦争犯罪で裁かれるのを希望しているというのだ。ロレンソは、腐敗していると分かっている裁判を座して待つのをやめ、一週間、逃げるのに最適の夜が来るのを待った。金曜日、暗くなると、パナマに殺人的なにわか雨が降り注いだ。ビクトリアノ・ロレンソはこれ以上の機会はないと、雲がかかった闇夜、雨のカーテン（頭を痛めつけるあの重い雨粒）越しに海に飛び込み、パナマ市の港まで泳ぎ、ドミンゴ・ゴンサレス将軍の邸宅を隠れ家にした。しかし難民生活は続かなかった。二十四時間しないうちに、執拗な政府軍が邸宅の門を打ち壊した。

ビクトリアノ・ロレンソはボゴタ号の牢屋には戻らず、パナマ軍司令官のペドロ・シカール・ブリセーニョ将軍が街に到着するまで、密閉された丸天井の一室まで連行され、鎖に繋がれた。シカール将軍側の執行能力が異常であることを示そう。五月十三日の夜、シカール将軍は、先住民ビクトリアノ・ロレンソには口頭軍法会議で裁判を受けさせる決定を下した。十四日正午、それを一般に告知するビラが掲示された。十五日午後五時、ロレンソは、銃殺隊が十歩離れた距離から放った三十六発の銃弾によって処刑された。シカール将軍側の狡猾さが正常であることを示そう。被告側の弁護を任されたのは、十六歳の研修生だった。被告に有利な証人の出廷は認められなかった。判決は、両陣営のパナマ当局が送った寛大な処分を求める電報を大統領に受け取らせないように、わざと急いで宣告された。裁判全体はコロンの自由派にとっては、どこか新鮮味のない味がした(というよりも腐った味がした)。銃殺隊が判決を遂行したことは、多くの者たちに、鉄道線路の上に組まれた横木と、そこにぶら下がり、まだ帽子をかぶっているペドロ・プレスタンの体を思い出させた。

保守派の規律に縛られていたパナマ各紙は、当初、礼儀正しく沈黙した。しかし七月二十三日、夜が明けると、コロンの街は隅々までビラだらけだった。ぼくは、我々にとっては通りだった沼地を歩き、貨物用桟橋に沿って進み、市場の果物売り場をかわし、病院を訪れてみたが、そのどこにでも同じものを見た。電信柱にビラが貼られ、自由派の新聞「エル・ラピス」(八十五号、八ページの号外)に、ビクトリアノ・ロレンソの殺害を扱う記事が掲載されることを予告していた。その予告は、二つの反応をすぐに引き起こした(その代わり、その反応はどの電柱にも貼られなかった)。アリスティデス・アルホーナ政府長官は決議百二十七第二項を公布し、軍事法廷により下された判決を「殺害」と表現することは、一月二十六日法令第四条第六項に違反することであると通知した。決議は、同法令第七条第一項に基づき、新聞社社長に対して警告処分を下し、その処分によって、次の通知まで新聞の刊行は中止された。その間、カルロス・ファハルド大佐とホセ・マリア・レストレポ・ブリセーニョ将軍はより迅速に行動し、パシフィコ・ベガの印刷所を訪れ、活字を床にばらまいて踏みつけ、印刷機を壊し、煽動的な「エル・ラピス」(八十五号、八ページの号外)の残部を公然と燃やしてから、新聞社社長と名乗った男を、軍靴、刀、杖で痛めつけた。判決は以上。

こうしてコップから水が溢れた。時間が過ぎるにつれて、ぼくの共和国の地図に亀裂が入り始めたのは、あの瞬間、七月のあの夜九時十五分だったことが分かってくる。どんな地震にも震源があるだろう? というわけで、この震源にぼくは関心がある。先住民ビクトリアノ・ロレンソの処刑に憤激した自由派の新聞は、軍靴(と刀と杖)による攻撃を相当不快なものと受け止めた。しかしぼくたちコロンの住人には、翌土曜日に「エル・イストゥメーニョ」紙に掲載され、朝一番の鉄道でコロンに運ばれた言葉を受け止める覚悟はなかった。ぼくは、あの新しいダイナマイトの内容を、そのまま寛容な読者にぶつけるつもりはない。以下のことを知れば十分である。その記事は、スペイン王国の時代、コロンビアの名前が「比類なき名声とともに人の耳に響き渡り」、パナマは「黄金の未来」を求め、喜んでその国に加わった時代にさかのぼっていた。記事の残り(体重を増やすための薬草の宣伝広告と、催眠術を学ぶ指南書の広告のあいだに掲載された)には、恨みつらみが長々と連ねられていた。パナマが与えてきた愛情に、果たしてコロンビアは応えてくれたのだろうか、とひがんでいる愛人のように自問したのち、恥知らずの書き手——一文ごとに悪趣味という語に新しいニュアンスを加えていた——は、パナマ地峡はコロンビアに属していて幸せなのかどうかを自問した。「共和国から分かれ、独立した主権国家を作ることがずっと幸せなのではないだろうか?」 即座に答えが出された。アリスティデス・アルホーナ政府長官は西暦一九〇三年決議三十五を公布し、それらの記事は「国家の統合に転覆を企てる思想」を表しており、同年布告八十四第四条第一項に違反していると通告した。これにより、「エル・イストゥメーニョ」紙には相応の処分が下り、六カ月間刊行を停止された。判決は以上。

処分、罰金、刊行停止にもかかわらず、どうしようもなかった。思想は観測用気球のように空中を飛んでいた。見たわけではないが誓ってもいい。ダリエンの密林で大地が裂け始めた(政治が下す命令を地理が受け取っている)。中央アメリカは海に向かって浮かび始めた。一連の成り行きを知ったうえで誓うのだが、コロンでは、市民の辞書に、新しい言葉が加わったようだった……フレンテ街の乱痴気騒ぎと臭いをかき分けて歩いていると、カルタヘナのスペイン語から純粋なボゴタのスペイン語、キューバのスペイン語からコスタリカのスペイン語まで、あらゆるスペイン語の発音のなかに、その言葉を聞き分けることができた。分離だって? 人びとは通りで尋ね合っていた。独立だって? まだ抽象的で、まだ生々しいそれらの言葉は、北のほうへも進んでいった。何週間かのち、コロンに蒸気船ニューハンプシャー号が雑誌「ニューヨーク・ワールド」の特別号を載せてやってきた。運河問題に関する長い記事は、数ある爆発物のなかに、次のような爆発物を含んでいた。

運河の計画地帯をすべて含むパナマ州がコロンビアから分離し、運河に関する条約をアメリカ合衆国と署名する準備が整ったとの情報がこの街に届いた。パナマ州は、コロンビアが現在の条約を批準しなければ分離するだろう。

この匿名記事はボゴタで広範に読まれ、間もなく政府が見た最悪の悪夢となった。「グリンゴはおれたちを怖がらせたいだけだ」と、あの百戦錬磨の議員のひとりは言った。「連中を悦に入らせてはいかん。」八月十七日、その悪夢が無意識から現実に飛び出した。耐え難いほど強く風の吹く日、代議士の頭の帽子を飛ばし、上等の傘を開かせ、女性の髪を無神経に乱す――恥ずかしい思いをした女性もいた――風の吹く日、コロンビア議会は満場一致でエラン・ヘイ条約を否決した。地峡の二人の代表者は議決に欠席したが、このことを甚だしく重大だと見なした者はいなかった。ワシントンは怒りで震えていた。「ボゴタのあの軽蔑すべき連中には、自分たちの未来がどれほど危ういかを分かってもらわないとな」と、ローズヴェルト大統領は言い、何日かたってこう付け足した。「たぶん、連中に教訓を与えないといけないんだな。」

八月十八日、コロンは喪に服して朝を迎えた。無人の街路では、州の葬儀を執り行う準備が整っているかのようだった（現実も、さほど遠からずといったところだった）。何日か後、アリスティデス・アルホーナの粛清を生き延びた数少ない自由派の新聞の一つが風刺画を掲載した。ぼくはまだそれを持っていて、書いているとき、目の前に置いている。雑多で、あまりはっきりとしない場面を描いたものだ。奥にコロンビアの議事堂が見える。少し下に棺桶が霊柩車に載っていて、棺桶には「エラン・ヘイ条約」と書かれている。コロンビアの農民が被るような帽子を被った男が岩に腰掛けてさめざめと泣き、彼の脇に杖で支えて立っているサム叔父さんは、女がニカラグアのほうを人差し指でさすのを眺めている……　細かく説明したのは、親愛なる読者よ、気まぐれからではない。八月十七日より後の何週間というのは、いずれ起きると思われていたことが次々に起き、ほとんどマゾヒスティックな緩慢さで過ぎたのだが、パナマ中では条約の死亡、逝去は話題になったものの、否決や不承認は話題にならなかった。条約は旧友のようなもので、それが突然発作で死んでしまった。そしてコロンでは資産家が、生者の世界から旅立ってしまったのを悼むミサに寄付をし、別の者たちは、ミサで司祭が復活を約束してくれるように、もっと多額の寄付をした。その日々は、ぼくたちの頭のなかで運河条約が、救い主イエス・キリスト——奇跡を起こすことができ、不信心の者の手にかかって死に、死者のなかから立ち上がる——のようになった日々だったが、ぼくの記憶のなかでは、風刺画と結びついていた。

その風刺画は、誓ってもいいが、鉄道会社の桟橋に着いた十月の終わりのあの朝、ぼくのポケットに入っていた。前の晩、ぼくは娼婦通りをうろつき、家のポーチで眠りながら過ごしていた（ハンモックではなく木の床板で寝た。ハンモックに横たわったときに梁の軋む音でエロイーサを起こしたくなかったからだ）。打ち明けなくてはならないが、容易な夜ではなかった。シャルロットの死を乗り越え、ひときわ心痛を覚える日々はすでに過ぎ去っていた。あるいは過ぎ去ったように見えた。当たり前の日常が、ごく普通に喪を分かち合う日々が、娘とぼくのあいだでもう一度起こりそうだった。しかし、クリストフ・コロンブ地区が暗くなったころに家に帰ると、よく聞いたことのある鼻歌、シャルロットがいつもより快活になったとき（彼女がパナマに残る決心を嘆かないとき）に歌っていたメロディが耳に入った。シャルロットが歌詞を覚えていなかったので、ぼくにも分からない歌詞のついた子供向けの歌だった。言うことを聞かない子供を寝つかせるにしては悲しすぎるメロディだった。ぼくは鼻歌を追いかけて進み、エロイーサの部屋に着き、妻の恐ろしいイメージにぶつかった。死者のなかから舞い戻った妻は、これまでになく美しかった。化粧の下のエロイーサの容貌、アフリカ民族衣装のような長いドレスの下のエロイーサの若々しい肉体、緑のアフリカ式スカーフの下のエロイーサの髪、これらに気づくのに、ぼくはほんの少し時間がかかった。エロイーサは死んだ母の服を着て遊んでいたのだった。ぼくは彼女のほうにぐっと身を乗り出し（エロイーサはぼくが抱擁するのだと思ったに違いない）、娘の顔を、さほど強くはないけれども、スカーフの端がほどけ、髪がほつれて右肩に垂れるほどの強さでひっぱたいた。そのときの娘のとまどいを、ぼくはほとんど想像できない。

暑くなりかけた時刻になると、ぼくはもう潮風に胸を叩かれながら、アメリカから最初の蒸気船がやって来るのを待っていた。ニューヨーク発のユカタン号だった。沖仲仕が港に外国の新聞を降ろすあいだ、ぼくはエロイーサとのあいだに起きたことを嘆き、考えたくないのにシャルロットのことを考え、あの熱い空気を吸っていた。そのとき桟橋にマヌエル・アマドール医師が降り立った。おそらくぼくは彼を見なかっただろう。おそらくぼくは彼に気を留めなかっただろう。彼に気づいていたとしたら、おそらくぼくは、自分が推測したことを推測できなかっただろう。

これから語るべきことは痛ましい。ぼくが目をそらして、これからするように、苦しみを繰り延べにしようとしても、誰にもとがめられまい。ぼくには分かっている。起きた順番に出来事を語るべきなのだろうが、すぐ近くの未来を語ることを禁じられているわけではない……　マヌエル・アマドールとのあの偶然の出会いからわずか一週間（忌まわしい一週間）後、ぼくはロンドンに向けて出発していた。ぼくがこの手品のトリックを使って、記憶のなかで最も唾棄すべき日々を隠したり先延ばしたりすることを禁ずることは何をもってしてもできない。ぼくにその日々を語ることを強いる契約でもあるというのか？　もしかして、あらゆる個人は、自分に不利なことを言わなくてよい権利を有していないとでも？　いずれにしろ、それら不快な出来事を隠したり、忘れた振りをするのは初めてではないだろう。すでにロンドンに到着したこと、サンティアゴ・ペレス・トゥリアナと出会ったことは話した。さて、というわけで、ここまでぼくが語ってきた物語は、一九〇三年十一月の午後、ペレス・トゥリアナに語ったものである。ペレス・トゥリアナに語った物語はここまでだ。ここで止まり、ここで終わる。残りも彼に語れとぼくに強いる者はいなかった。そうすればぼくのためになると示唆してくれる者はいなかった。ペレス・トゥリアナが知っている物語はこの行、この語で終わる。

サンティアゴ・ペレス・トゥリアナは、ぼくの検閲済みの物語を、昼食から食後のデザート、そしてほぼ四時間におよぶ散歩——リージェンツ・パークからセント・ジョンズ・ウッドを渡り、ハイド・パークへ入り、サーペンタイン・レイクの岸辺で迂回して、スケートに挑む人びとを眺め、クレオパトラの針に行った——のあいだ、ずっと聞いていた。ここまでの物語が、それだった。ペレス・トゥリアナは大変な関心を寄せ、その日の午後の終わりには、亡命者はみな兄弟であり、自分から国を出た者も、追放を強いられた者も、同じ種であると言い、無期限で彼の家に泊まっていいとぼくに申し出てくれた。ロンドンでの生活を軌道に乗せるまでのあいだ、彼の秘書役になることと引き換えに。もっとも彼は、依頼する仕事について詳細には話さなかった。その後彼は、トレントンズまでぼくに付き添い、前の晩のぼくのホテル代を払い、その日の晩のホテル代も払ってくれた。「ゆっくり休んでください」と彼はぼくに言った。そして、「荷物はまとめておいて。私もそうしないといけないね。残念ながら私の家も妻も、こんなに急に、間借り人を受け入れる準備が出来ていないからね。あなたの荷物は誰かに取りに来させましょう。それは明日の昼前かな。あなたは午後の五時ちょうどに来てください。そのときまでに準備は整えておきます。あなたはまるで、育った家のように我が家に加わるのです。」

翌日五時までに起きたことは、大したことではない。世界は午後五時まで存在しなかった。夜の霧にまぎれてホテルに到着。興奮の疲労。十一時間の睡眠。ゆっくりとした目覚め。遅くなってからの軽い昼食。外出、バス、ベイカー街、街灯のガスランプに照らされる寸前の公園。恋人同士が腕を組んで歩いている。霧雨が降り始めていた。

午後五時、ぼくはアヴェニュー・ロード四十五番地の正面にいた。家政婦がぼくを迎えてくれた。彼女は声を出さなかったので、コロンビア人なのかどうかは分からなかった。主人が降りてくるまで三十分待った。そのとき彼が見たに違いないものをぼくは想像する。年齢は彼よりもわずかに年下なだけだが、階級にはかなり隔たりがある。彼はコロンビア支配階級では名の通った人物で、ぼくは宿無しだ。その宿無しが、彼の読書用の椅子に腰掛けて、腿の上に丸い帽子を載せ、彼の著書『ボゴタから大西洋へ』を手に持っている。ペレス・トゥリアナは、ぼくが眼鏡をかけずに本を読むのを見て、ぼくが羨ましいと言った。ぼくが着ていたのは……　その日ぼくは何を着ていたのか？　若者のような服装だった。襟の低いシャツ、光り輝く靴。街路の灯が、革靴の上に銀色の線を描いていた。結び目を大きくして目立たせていたネクタイ。そのころぼくはまだ金色の髭――もみあげと顎のところはいっそう暗い色をしており、隆起した頬のところはほとんど目につかないような――を伸ばしていた。ペレス・トゥリアナが着くのが見え、ぼくは急いで立ち上がり、本をサイドテーブルに積まれた三冊の上に戻し、勝手に取り出したことを詫びた。「そのためにあるのですから」と彼は言った。「しかし、もっと新しい本と取り替える必要がありますね？　君はボワレーヴの最新作やジョージ・ギッシングの本は読みましたか？」彼はぼくの答えを待たなかった。彼は独りでいるかのように話し続けた。「取り替えなくてはね。私のようなアマチュア作家の愚行でお客さんを苦しめてはいけません。その愚行が何カ月にも及んでいるのなら、なおさらですね。」そして病み上がりの人にするように、彼はぼくの腕を優しくとり、家の奥にある別のもっと小さな居間へ導いた。書棚の横で、肌がひび割れ、口元と顎に黒く濃い髭をはやした男がチェックの上着のポケットに左手を突っ込んで、革の背表紙を調べていた。ぼくたちが入る気配を感じて振り返り、ぼくのほうに右手を伸ばした。ぼくは握手をしたとき、その手が経験豊かで、まめだらけであること、華麗な筆跡と八十九種類のロープの結び方を知っているあの手にしっかりと握られているのを感じた。二人の手の接触は、二つの惑星の衝突のようだと感じた。

「私はジョゼフ・コンラッドです」と男は名乗った。「あなたに質問をさせていただきたいのですが。」

9

ホセ・アルタミラーノの告白

ぼくは話した。言うまでもなく、ぼくは話した。とめどなく、必死になって話した。すべてを、国の歴史のすべてを、暴力を好む人びとと、平和を好む犠牲者からなる歴史のすべて、つまり、国の発作の歴史を語った。一九〇三年の十一月のあの晩、リージェンツ・パークでは急激に気温が下がり、秋の木々が葉を落としていた。サンティアゴ・ペレス・トゥリアナは片手にティーカップを持ち——彼が飲もうとしてカップを近づけるたびに、湯気が眼鏡を曇らせていた——、ぼくたちを見つめていた。彼は、その出会いを目の前で見られたという数々の偶然に驚いていた。そのあいだ、ぼくを黙らせる者は誰もいなかった。ぼくは彼の家で、自分の場所が世界のどこにあるのかを知った。サンティアゴ・ペレス・トゥリアナの居間、コロンビア政治と、その遊戯と不誠実と、一度として分別のあったことのないその果てしない残酷さとが堆積した場所が、ぼくが顕現する舞台だった。

陪審席の読者よ、愛しのエロイーサよ、あの秋の夜の、いつだとははっきり言えない瞬間に、ジョゼフ・コンラッドという人物、ぼくに質問を投げ、その後ぼくの答えをコロンビアの歴史、コスタグアナの歴史、あるいはコロンビア＝コスタグアナ、コスタグアナ＝コロンビアの歴史を書くことに用いる人物が、ぼくにとって予期せぬ重要さを帯びてきた。ぼくは何度もその瞬間を、ぼくの人生の年譜のなかに定めようとして、その瞬間を記録するとき、**ぼくは大きな出来事の参加者になった**という仰々しい表現を使いたくなった。たとえば、「ロシアで労働党がボリシェヴィキとメンシェヴィキに分かれているあいだ、ロンドンでぼくはポーランドの作家に胸襟を開いていた」。あるいは「キューバがアメリカ合衆国にグアンタナモ基地を貸していたその瞬間、ホセ・アルタミラーノはジョゼフ・コンラッドにコロンビアの歴史を引き渡していた」。しかしぼくにはそれはできない。こういう表現は不可能だ。というのは、いつどの瞬間にぼくが胸襟を開いたのか、ぼくの共和国の歴史をいつ彼に引き渡したのかが、ぼくには分からないからだ。ペレス・トゥリアナの女中が焼いたボゴタ風のクッキーが届いたときだろうか？　そうかもしれないが、そうではないかもしれない。みぞれがかすかに家のポーチに落ちてきて、ロンドンの空が、あらゆる生者と死者のうえに最初の雪を降らせる準備を整えたときだろうか？　ぼくには分からない。言うことはできない。しかしそれは重要ではない。重要なのはぼくが抱いた直観だ。それはこのようなものだ。ぼくはあのアヴェニュー・ロード四十五番地で、サンティアゴ・ペレス・トゥリアナの援助のもと、コンラッドの質問に答え、彼の好奇心を満たしてやり、ぼくの知っていることをすべて、見てきたことも、してきたことも、すべて語ってやろうと思った。そうすれば、代わりに彼が（忠実さと気品さをともなって）ぼくの人生を語るだろう。そうすればその後……　その後、人の生が黄金の文字で運命の板に書かれるときに起きることが起きるだろうと思ったのだ。「歴史はぼくに無罪を宣告するだろう」とぼくは考えた。あるいはそう考えたと思う（この言い方はオリジナルなものではない）。しかし本当のところ、ぼくはこう言いたかった。「ジョゼフ・コンラッドよ、ぼくに無罪を宣告してくれないか。」なぜならぼくは彼の手のなかにあったからだ。ぼくは彼の手中にあった。

さてついにそのときが来た。繰り延べにしても意味がない。あの罪について話さなくてはならない。「あなた方を驚かせる分離運動のエピソードについて話してもいいですよ」と、あの忌々しいコンラッドの本の登場人物は言っている。ぼくにも同じことができる。ぼくもそうしようと思う。したがってユカタン号のイメージに戻ろう。マヌエル・アマドールに戻ろう。

アマドールのことなら、ぼくは、パナマ市が何年も前にフェルディナン・ド・レセップスのために催した宴会で、父と一緒に面識を得ていた。ドン・マヌエル・アマドールは何歳だったのか？　七十歳？　七十五歳？　旅が嫌いで有名なこの男がニューヨークで何をしていたのか？　なぜ誰も彼を迎えに来ていないのか？　どうしてあんなに急ぎ足で、話す気もほとんどなかったのだろう？　どうして緊張しているように見えて、なぜパナマ市に出発する最初の鉄道に乗るつもりなのだろう？　そのときぼくは、彼が独りではないことに気がついた。彼を迎えに来て、彼の下船に付き添おうと、ユカタン号に乗り込んでいた男が一人いた（間違いなくアマドールの年齢を考慮してのことだ）。その男は、ハーバート・プレスコット、鉄道会社の監督補佐官だった。プレスコットはパナマ市の鉄道会社の事務所で働いていたが、その彼が旧友アマドールを迎えに、地峡を横断してきても不思議だとは思わなかった。プレスコットは、ぼくのことをよく知っていた（父が長い間鉄道会社の主要な宣伝部員だったからだ）が、ぼくがマヌエル・アマドールに挨拶しようと近づいても、プレスコットは止まろうともしなかった。しかしぼくは、それをたいしたことだとは思わなかった。ぼくは医者のほうに集中した。かなり弱々しかったので、ぼくは本能的に手を伸ばし、重そうに見えたブリーフケースを持つのを手伝おうとした。しかしアマドールは腕を素早く動かし、ぼくからブリーフケースを遠ざけた。ぼくは諦めた。その日に会社の桟橋で起きたことを理解するのに何年もかかった。あのブリーフケースに入っていた歴史的な内容を調べるのにかなり待たなくてはならなかった。その代わり、ほんの何日かのうちに、ぼくの分裂症の街で起きていることが理解できた。

現実を理解するとき、善良な読者と悪質な読者がいる。他の人よりも上手に、隠された出来事のささやき声を聞き取ることのできる人がいる……　アマドール医師が会社の桟橋から逃げるのを見て以来、ぼくは一瞬たりとも彼について考えるのをやめなかった。彼の神経質な態度には、間違いなく何か裏がある。パナマ市に急いで行こうとすることにも裏がある。ハーバート・プレスコットの鉄道会社にも裏がある。というのは、ハーバートはそれから何日か後（十月三十一日か十一月一日だが、正確には分からない）、四人の機関士を伴ってコロンに戻ってきて、コロン駅にあった空の列車を全部パナマ市に持ち帰ったからだ。空のまま列車が出発するのを誰も彼もが見た。しかし、定期的な点検作業だと誰も彼もが思った。アメリカ人はいつもひときわ奇妙に振る舞うことで他の国の人びとと異なっていたので、何時間もしないうちに、それを見た者でさえも、その件を忘れてしまった。しかし列車は行ってしまった。コロンに列車はなくなった。

しかし、十一月二日になると、出来事の力を無視していることは、ぼくにはできなくなった。旅客蒸気船に乗って新聞が来るのを港で待っているあいだ、水平線に見えたのは、まったく異なるものだった。それは、アメリカ合衆国の国旗をはためかせた砲艦だった。それは、ナッシュヴィル号で、キングストンから記録的な早さで到着し、まだコロンの港では告知されていなかった（ナッシュヴィル号の到着がもう一つの出来事として、湾にのんびり停泊する出来事として加わり、解釈される用意が整った）。とり憑かれたような観察者のぼくのために、歴史の教科書は翌朝完成をみる。夜明けの最初の光が出る前に、すでに港からは蒸気戦闘艦カルタヘナ号と、商船アレクサンデル・ビクシオ号の光が見えた。どちらももちろんコロンビアの船でもあり、パナマの船でもあった。よく晴れた日だった。リモン湾の穏やかな水面はのどかに輝き、ぼくは学校にエロイーサを迎えに行ってから、船を見ながらモハーラ魚を一緒に食べるつもりだった。ぼくは昼食前、積み荷が何かを調べた。ほどなく、千百二十八日戦争を戦ったあの二隻の船は、フアン・B・トバールとラモン・アマーヤ将軍が指揮する五百人の政府軍兵士を、パナマの土地に連れて来ていることが分かった。

エロイーサには何も話さなかった。ぼくは寝る前にはすでに、ほとんど秘密裏に突如訪れた五百人の兵士の存在を、プレスコットがパナマに運んだ列車と結びつけていた。夜明け前、その日のうちにパナマ市で革命が起きるという確信をもってぼくは目覚めた。夜になる前に、パナマ地峡——父が隆盛と衰退を生きた場所、ぼくが父を知り、恋に落ち、娘を持った場所——は、コロンビアから独立を宣言することになるだろう、とぼくは思った。地図が壊れるという考えにはもちろん怯えを感じた。あらゆる革命につきものの、血と死者を予想して怯えた……　ぼくは綿のシャツを着て、フェルト帽を被り、鉄道会社のほうに歩き始めた。七時になる前だった。告白しよう。頭のなかには意図と呼べる何か複雑なものがあったかもしれないが、ぼくの意図ははっきりしていなかった。しかし、そのとき、鉄道会社の事務室よりも適切な場所は、世界のどこを探してもないことが分かっていた。あの十一月の朝、自分がいたいと思った場所はそこ以外になかった。

鉄道会社の事務室、植民地時代の牢獄を思わせるあの石造りの建物に着いたとき、中は人気がなかった。当然と言えば当然だった。ターミナル駅には列車がないわけで、ということは、機関士も操作士も、切符売りも客もいるわけがなかった。しかしぼくは引き返さず、また誰かを探そうともしなかった。どこか薄ぼんやりとだけれど、その場所で何かが起こりそうだ、そこの建物の壁が**歴史の天使**に触れていると直観していた。こうした根拠のない考えに囚われていると、石造りのアーチの下から、三つの人影が入ってきた。トバール将軍とアマーヤ将軍が、ほとんど足並みをそろえて並んで歩いていた。着ている制服が、ベルトや肩章、勲章、刀の重みでずり落ちそうだった。三人目の男はジェームス・シェイラー大佐だった。鉄道会社の監督官で、地峡で最も愛され、尊敬されているアメリカ人の一人でもあり、父の古い知り合いでもあった。彼はぼくに、不安と愛情のこもった様子で挨拶をしてきたが、その挨拶の仕方から、シェイラー大佐がぼくとそこで出会うとは思っていなかったことがはっきりした。しかしぼくは動くつもりはなかった。暗に出て行って欲しいと言っているような態度を無視して、政府側の将軍と握手しようと手を伸ばしさえした。ちょうどそのとき、建物の反対側で電信機がカタカタ音を立て始めた。すでに言ったかどうか分からないが、鉄道会社の電信機がコロンとパナマ市を結ぶ唯一の通信手段だった。シェイラー大佐は、入って来るメッセージを読みに行った。仕方なく、ぼくを将軍たち二人のところに残した。ぼくたちは建物の玄関口にいて、朝八時を過ぎると幅広の門から入り始める殺人的な暑さに触れかかっていた。誰も口を開かなかった。しゃべり過ぎることを恐れていた。将軍二人は、売り子に騙されそうだと警戒しているときの子供のように、眉をひそめていた。その瞬間、ぼくは分かった。

ぼくは、ジェームス・シェイラー大佐とハーバート・プレスコット補佐官が陰謀団の一味だということが分かった。マヌエル・アマドール医師が彼らのリーダーの一人だということが分かった。陰謀団がすでに、カルタヘナ号とアレクサンデル・ビクシオ号に乗った政府側軍隊の到着の知らせを受け取っていたことが分かった。陰謀団が援助を求めたこと(誰に求めたのかは知らない)が、また、砲艦ナッシュヴィル号の予想外の到着が、その援助、あるいはその援助の一部だと分かった。パナマ市でその時刻に始まりつつあった革命が成功するか否かは、トバールとアマーヤ両将軍の指揮下にあるティラドーレス大隊の五百名の兵士が、列車に乗って地峡を渡り、手遅れにならないうちにパナマ市を支配するかどうかにかかっていることが分かった。パナマ市にいる陰謀団にもそれが分かっているのだと分かった。ハーバート・プレスコットはすでに、空の列車をコロンから外に移動させていた。そしていま、シェイラー大佐は電報を受け取り(電報の内容を想像するのはぼくにとってさほど難しくない)、トバールとアマーヤ両将軍に対し、指揮する軍隊とは別行動で、一つだけ残っている空の列車に乗ってゆっくりパナマ市に向かうよう説得していることが分かった。「あなたたちの軍隊は、私が列車を手に入れ次第、あなたたちに追いつくでしょう、約束します」、とシェイラー大佐はトバール将軍に言った。「こう暑くては、あなたたちがここにいる意味はありません。」そう、彼はそう言った。ぼくはなぜ彼がそう言ったのかが分かった。朝の九時半ちょうど、トバールとアマーヤ両将軍が罠にかかり、監督官の個人車両に十五名の助手、下士官、あるいは郵便配達人と一緒に乗り込んだとき、ぼくはあの鉄道駅で、歴史がパナマ地峡の分離を、それと同時にコロンビア共和国の不幸、途方もなく、また取り戻しのつかない不幸を成し遂げつつあるのを理解した。陪審席の読者よ、愛しのエロイーサよ、ぼくの告白の時が、誇りに満ち、また罪深くもある告白の時が来た。ぼくはそれらすべてを理解した。ぼくが一言発して陰謀団を告発すれば、革命は回避されるのだと理解した。しかしぼくは沈黙を守った。これまでに経験したことのないような沈黙のなかの沈黙、最も有害で、最も悪意のこもった沈黙を守った。なぜならコロンビアはぼくの人生を崩壊したからだ。なぜならぼくは、ぼくの国と、そのおせっかいで、横暴で、人殺しの国の歴史に復讐をしたかったからだ。

口を開くタイミングは何度もあった。今日、以下のように自問してみる。もしあのとき、まったくの他人であるぼくが、トバール将軍に、列車がないのは革命派の戦略によるものであって、次の列車で大隊を送るという約束は嘘で、将軍は五百人の部下と離れることで革命を受入れ、おめおめと地峡を失っていると言ったとして、彼はぼくを信じただろうか？　彼はぼくを信じただろうか？　といっても、こう問うてみる気はぼくにはなかったので、意味はない。ぼくは、彼ら（トバール将軍とアマーヤ将軍、そして彼らの部下）がシェイラー大佐の豪勢な客車の椅子に腰掛けて、出発までのあいだ、歓待のジュースと食べやすく切ったパパイヤに口をつけ、特権的にもてなしてくれることを喜び、とうとうアメリカ人からも敬意を得たことに満足している様子を目の当たりにしたことを覚えている。親愛なる読者よ、ぼくは嫌みからでも、加虐趣味からでも、単なるエゴイズムからでもなく、客車に上がり、政府側の二人の将軍と握手をしようと手を伸ばした。大きな出来事の近くにいること。あまりよく分からない何かが、間違いなく説明のつかない何かが、ぼくを突き動かしていた。もちろん「それにぼくが参加している」こと。パナマの独立において、あるいはもっと正確に、もっと誠実に言えば、コロンビアの不幸においてぼくが沈黙することで役割を果たしているということ。これらがぼくを突き動かしていた。口を開くタイミングを、口を開くというおそるべき誘惑をもつこと。しかしそうしないこと。ぼくの歴史的な運命、政治的な運命とは、煎じ詰めて言うなら、あのときの、あの微妙な、破滅的な、とりわけ復讐的な沈黙のことであり、これからもそれは変わらないだろう。

ジェームス・シェイラー大佐の個人用客車は何秒か後に煙を放った。サイレンが耳障りな音を何回か鳴らした。窓の風景が後方に動き始めたとき、ぼくはまだ客車にいて、自分が囚われているとてつもなく大きなアイロニーに驚いていた。ぼくは急いでお別れの挨拶をして、将軍二人に幸運を祈り、フレンテ街のほうに飛び降りた。客車は将軍二人を運び始めた。道では、シェイラー大佐が人類史上最も偽善的にハンカチを振りながら立っていた。ぼくは彼のそばまで行くと、二人してあの奇妙な革命の仕事、すなわち客車を見送ることに従事した。客車の後ろの扉は次第に小さくなっていき、線路上の黒い一点と灰色の煙の雲だけになり、最後にはそれもなくなった。鉄の二本の線は、執拗に、決然と、緑の地平線になっていく。シェイラー大佐はぼくを見ず、まるで話しかけているのがぼくではないように、ぼくに言った。「アルタミラーノ、君の父親のことなら何度も聞いた。」

「そうですか、大佐。」

「彼に起きたことは残念だ、正しい方向に進んでいたわけだから。我々は困難な時代にいる。それに私は、ジャーナリズムについてよく分かっていないんだ。」

「ええ、大佐。」

「我々が望むことを彼は望んでいた。彼は進歩を望んでいた。」

「ええ、大佐。」

「独立を見るまで生きていれば、独立を支持してくれただろうね。」

ぼくは、大佐が、嘘や中途半端な真実や隠蔽を用いて工作しようとしないことが嬉しかった。ぼくの才能（事実に基づく読者としての才能、目の前の現実の解釈者としての才能）を尊重してくれることが嬉しかった。ぼくは彼に言った。

「大佐、父は運河を建設する人を支持したでしょう。」

「アルタミラーノ、質問していいか？」とシェイラーは言った。

「どうぞ、大佐。」

「君はこれが本気だというのが分かっているか？」

「分かりません。」

「君は、人が命を賭けていることが分かっているだろう？」

ぼくは答えなかった。

「もっと簡単に言おう。そもそも君は我々に、独立と進歩に味方をしてくれるのか？　それとも敵なのか？　今すぐに決めてくれないか。この君のコロンビアは遅れた国だ……」

「ぼくのコロンビアではありません、大佐。」

「残りの連中を遅れたままにしていいと思っているのか？　泥棒だらけのあの国会が、運河からうまい汁を吸えないというただそれだけで、ここの連中が搾取されてもいいと思っているのか？」

「いいとは思いません、大佐。」

「本当によくないな？」

「本当によくありません。」

「わかった。意見が一致して嬉しいよ、アルタミラーノ。君の父親はいい男だった。彼なら、この運河を見るために何でもやっただろう。いいか《マーク・マイ・ワーズ》、アルタミラーノ。運河はできる。我々が造るんだ。」

「あなたたちが造るんですよ、大佐。」

「だがそのためには君の助けが必要だ。愛国者、いや、パナマ市の英雄たちが、君の助けを必要としている。助けてくれるだろう、アルタミラーノ？　君をあてにしていいか？」

ぼくの頭は動いたと思う、うなずいたと思う。いずれにしろ、シェイラーの声と顔には、ぼくの同意に満足する様子が映っていた。ぼくの頭の底で、復讐の渇望が満たされ、下層にある本能が再び満足していた。

老いて疲れたラバが荷車を引いて通り過ぎた。後部には、汚れた顔の子供が裸足をぶらぶらさせながら座っていた。ぼくたちに手を振った。しかしシェイラー大佐は子供を見なかった。すでに通り過ぎていたからだ。

そのことがあった後では、もう後退はなかった。シェイラー大佐には魔法の力でも備わっているに違いない。あのわずかの言葉でぼくを魅了し、ぼくを衛星に変えてしまったのだ。続く何時間かのあいだ、ぼくは自分の意志に反しながらも、革命の水に触れることになり、そのことでは、そうするよりほかなかった。いま思うと、ぼくの意志は、そのことにはさほど参加していなかった。出来事の竜巻——いや、大渦——がどうしようもないまでにぼくを包みこみ、**ゴルゴン的政治**がぼくをその領域に連れて行くために、どんなメカニズムを用いるのだろうかと自問し始めた。無邪気な将軍たちは、パナマ市へ出発した。コロンにはティラドーレス大隊が残っていた。指揮するのは、エリセオ・トーレス大佐だった。傲慢な口の聞き方をする小男で、蛇のような形の口の両脇に、影を作る口ひげを蓄えているにもかかわらず、顔立ちは幼かった。陪審席の読者よ。ぼくはみなさんに、人類史上最も物音の少ない革命の音を聞かせてあげよう。かすかだが、とてもはっきりとした音だ。時計という不可避のリズムに刻まれる進行。みなさんは、あの耐え難い機械仕掛けの証人になるはずだ。

あの十一月三日の朝九時三十五分、ハーバート・プレスコットはパナマ市で、「将軍タチハ出発シタ、十一時ニ到着予定、予定ドオリ行動セヨ」という電報を受け取る。十時半、マヌエル・アマドール医師は、自由派のカルロス・メンドーサとエウセビオ・モラーレスを訪問する。二人の役割はそれぞれ、独立宣言と暫定政府評議会宣言を起草することである。十一時。トバールとアマーヤ将軍は、州知事のドミンゴ・ディアスと七名の著名な市民による長々とした丁重な挨拶で迎えられる。十五時、トバール将軍は一通の匿名の手紙を受け取る。そこには、誰も信用しないようにとの助言が書かれている。パナマ市で革命派の集会が開かれるという噂が広まり、将軍はディアス州知事に、ティラドーレス大隊をパナマ市に即座に移送させるよう鉄道会社監督官に取りはからってもらう旨の依頼をする。十五時十五分。トバールはその返事を受け取る。それによれば、コロンにいるジェームス・シェイラー大佐は、ティラドーレス大隊を移送するために列車を使うことを認めない。理由は、政府が鉄道会社に多額の借金を負っているからである。遅かったかもしれないが嗅覚の鋭いトバール将軍は、何かを嗅ぎ付け、国防本部のあるチキリー司令部へ向かい、そこの長であるエステーバン・ウエルタス将軍と詳細に状況を検討する。

十七時、トバール、アマーヤ、ウエルタス将軍の三人は、オーク材の扉から少し離れたところ、司令部の外に据えられた松材のベンチに座っていた。トバールとアマーヤは革命の不安におびえながら、借金のかたとして囚われているティラドーレス大隊の援助なしでも遂行が可能な軍事的な打開策について、検討を開始する。ウエルタスがこのとき立ち上がり、何か言い訳を言って引き下がる。将軍たちは特に疑いを持たない。と、そこに、グラース銃を抱えた八名の兵士からなる小分遣隊が登場する。将軍たちは特に疑いを持たない。そのあいだ、ウエルタスは司令部にいて、マルコ・サラサール大尉に対し、トバール、アマーヤ両将軍を逮捕するように命じている。サラサールは兵士に対し、逮捕を遂行するように命じる。その瞬間、八つのグラース銃がぐるりと空中で回り、トバールとアマーヤの頭に狙いを定める。「何かおかしいような気がする」とトバールかアマーヤのどちらかが言う。「裏切り者！　売国奴！」とアマーヤかトバールのどちらかが叫ぶ。いくつかの解釈によれば、そのとき二人が声をそろえ、「おかしいと思っていたんだ」と言ったという。

十八時五分、革命派の行進がパナマ市の街路を占拠し始める。「自由パナマ万歳！　ウエルタス将軍万歳！　ローズヴェルト大統領万歳！」と、集団が叫ぶ声が聞こえる。特に「運河万歳！」の声が聞こえる。政府派の軍人たちは、怯えながら武器に弾を込める。そのうちのひとり、フランシスコ・デ・パウラ・カストロ将軍は、臭い便所に隠れているところを発見される。ズボンはしっかりと上まで穿き、制服のボタンもきちんと留まっていたので、彼の言い訳（腸の調子が悪いというもの）は嘘だと分かる。しかしこのフランシスコは、「恐怖でお漏らしした将軍」として歴史に登場することになるだろう。二十時七分。革命の街の湾に停泊中のボゴタ号を指揮していたホルヘ・マルティネス大佐は、陸で起きていることの知らせを受け、蜂起集団のリーダーであるマヌエル・アマドール医師に、以下のメッセージを送る。「将軍を引き渡せ、さもなければパナマ市を砲撃する。」アマドールは革命に興奮して冷静さを失い、「弾があるなら、好きなようにしてみるがいい」と返信する。二十時三十八分。マルティネス大佐は弾を調べ、十五リブラの重さの弾があるのを確かめる。陸地に船を寄せ、砲に弾を込め、九発発射する。一発目はエル・チョリーリョ地区に命中し、サン・アオ・ワ（中国人、衝撃で死亡）に届き、オクタビオ・プレシアド（パナマ人、恐怖の発作で死亡）から数メートルのところに落ちる。二発目はイグナシオ・モリーノ（パナマ人、そのとき留守）の家を破壊し、三発目は西十二番街の建物を壊し、バビエカ（パナマ産のペルシュロン種の馬）を死なせる。四発目から九発目による被害はなし。

二十一時一分。革命評議会は、パナマ市のセントラル・ホテルに集まり、共和国の国旗を飾る。マヌエル・アマドール医師がデザインし（拍手）、マヌエル・アマドール医師の妻が縫製したものである（拍手と感嘆の眼差し）。二十一時三分。国旗のシンボルについての説明。赤い四角は自由派を意味する。青い四角は保守派を意味する。星はつまるところ、両党間の平和を意味する何か、あるいは新しい共和国における永遠の和解、あるいはそれと似た美しい何かである。彼らは合意に達するか、投票で決めるだろう。二十一時三十三分、マヌエル・アマドール医師は、パナマ分離に関するアメリカ合衆国の援助を求めて自らがニューヨークに出発する旨を、そのことを知らない人びとに明かす。アマドールはフランス人、フィリップ・ブノー・バリージャという男のことを話題にする。この男が革命の実際的なあらゆる側面についてアマドールに助言し、独立宣言、新しい国のモデルとなる憲法、軍事的な指南書が入ったブリーフケースを渡してくれたのだった。出席者は感嘆の拍手を送る。フランス人は物事をよく分かっている、まったく。二十一時四十五分。革命評議会はアメリカ合衆国大統領宛に、「コロンビアノ一部デアルパナマ分離運動ハ 我ラノ大義ノタメニ 貴政府ノ承認ヲ希望スル」という電報を送ることを決定する。

しかし陰謀団の歓喜は時期尚早だった。革命はまだ完遂していなかった。ぼくの関与を必要としていた。それは副次的なものであり、また表層的なものであり、いずれにしても、ぼくの裏切りの沈黙がそうだったように、無視していいことではある。しかしそれはぼくを汚し、コレラ菌が水を汚すように、ぼくを永遠に汚した。十字架に架けられたぼくの国（あるいは新しく蘇った国だったのか？）は、福音史家としてぼくを選んだのだ。

「お前が証言しろ」とぼくは言われた。だからぼくはそうしている。

十一月四日の夜明けは曇り空だった。午前七時前にぼくは、仰向けに寝ていた愛しのエロイーサ、お前には別れを告げずに家を出た。お前に近づいて額にキスをしたとき、お前の汗ばんだ髪に、首元の白い肌にはりついた髪の束に、日中苦しみのもととなる蒸し暑さの最初の兆候を認めた。その後ぼくは知ることになるのだが、ちょうどぼくがエロイーサにキスしていたころ、エリセオ・トーレス大佐、ティラドーレス大隊の委任司令官は、栗の木の下で、木の幹で手を支えて小便をしながら、パナマ市で将軍たちが逮捕されていることを知らされた。トーレス大佐は直ちに鉄道会社の事務室に向かった。憤激していた大佐は、ティラドーレス大隊と一緒に地峡を横断する列車を用意するようシェイラー大佐に命じた。シェイラー大佐はマヤリノ＝ビドラク条約を引用することもできただろう——のちに実際そうした——。彼の任務はその条文に定められているとおり、いかなる政治的な闘争においても中立を守ることだったが、そうしなかった。トーレス大佐への答えとしてシェイラー大佐は、政府はまだ鉄道会社への借金を返していない、また率直に言って、自分に向かってそういう口調で話されるのは気に入らないと言った。「申し訳ないが、お手伝いはしかねる」とシェイラー大佐が言ったそのとき、ぼくは娘にキスしようと（目を覚まさないように気をつけながら）体を傾けていた。ぼくが娘にキスするとき、シャルロットのことや、コロンビアの戦争によって奪われた幸福のことを思い出したとしても仕方がない。愛しのエロイーサよ、ぼくは君の口に近づき、君の息の臭いを嗅いで、君が孤児になることを気の毒に思った。君が孤児になることが、ぼくのせいなのかどうかを薄ぼんやりと自問した。時とともにぼくは学んだが、あらゆる出来事はすべてつながっている。あらゆることは、それ以外のあらゆることの帰結なのだ。

鉄道会社の事務室で、七時に電話が鳴った。ぼくがゆっくり間を取って、朝の充満する空気を吸い込み、革命が始まった次の日に、分裂症の我が街がどんな表情をしているのかを自問しながら、クリストフ・コロンブの通りを歩いているころ、陰謀団のうち三名が、エリセオ・トーレス大佐と連絡を取り、武器を捨てるように提案していた。「革命を受け入れろ。事実を認めるがいい」と、うち一人が言った。「中央政府による抑圧は打ち倒されたんだ。」しかしトーレス大佐は、分離主義者の目論見に屈する気はなかった。パナマ市を攻撃すると脅した。ペドロ・プレスタンが火を放ったように、コロンに火を放つと脅した。そのとき、陰謀団のスポークスマンだったホセ・アグスティン・アランゴは大佐に、パナマ市はすでに自由に向かって歩き出している、だから衝突を恐れていないと言った。「あなたの攻撃は正義の力に跳ね返されるだろう」とアランゴは言った（コロンビア人はここぞというときに立派な言葉を使うのを得意とする）。電話での通話は、エリセオ・トーレス大佐が電話を思いきり投げつけ、木でできた机の端が欠けたとき、唐突に終わった。衝撃音は、鉄道会社の高い壁をのぼって響き渡り、ぼくの耳まで届いた（ぼくは会社の入り口までおよそ二十メートルの港にいた）が、何の音かは知らなかった、知りようがなかった。自問すらしなかったのか？　しなかったと思う。そのときぼくはぼんやりしていた。あるいは曇り空のカリブ海の色に気を取られていた。リモン湾は広大な大西洋の一部ではなく、緑がかった灰色を映す鏡になっていて、遠くその鏡の上に、装甲艦ナッシュヴィル号のおもちゃのようなシルエットが浮かんでいた。カモメの鳴き声がかすかに聞こえ、防波堤と人気のない桟橋に波が打ち寄せる音がかすかに聞こえた。

コロンは包囲された街を思わせた。ある意味でそれは正しく、ティラドーレス大隊の兵士が泥だらけの街路をパトロールしている間は変わらないだろう。それに、パナマ市の革命兵士たちも、政府軍が地峡にとどまっているかぎりは、独立がつかの間の夢に過ぎないことが十分に分かっていた。それゆえ、二つの都市の間で電報がしきりに行き来することになった。「トーレス大佐がコロンにいるかぎり、パナマに共和国はない」、とホセ・アグスティン・アランゴはシェイラー大佐に言った。七時半ごろ、ぼくがたまたまバナナ売りに近づいた時刻だが、アランゴはパナマ市で、コロンにいる独立派革命軍リーダーのポルフィリオ・メレンデス宛の電報文を書き取らせていた。ぼくはバナナ売りに、地峡で起きていることを知っているかと聞いた。彼は首を振って否定した。「パナマはコロンビアから分かれようとしているのさ」、とぼくは言った。バナナ売りの肌は、革のように固く、声はかすれていた。臭い息の波がぼくに吹き付けられた。

「鉄道で果物を売って五十年になるが、金持ちのアメリカ人がいるかぎり、関係ないってこった」、とぼくに言った。

ぼくたちから何メートルか離れたところで、ポルフィリオ・メレンデスは以下のような電報文を受け取っていた。「トーレス大佐とティラドーレス大隊がコロンを出発次第、ただちにパナマ独立を宣言せよ。」鉄道会社の建物のなかは、電話の鳴る音、電報が届くときの音、張りつめた声、木の床を歩く靴音で満ちていた。「スター&ヘラルド」紙の社主にして編集長のホセ・ガブリエル・ドゥケは、現金で一千ドルを供出し、革命におけるコロンの負担として使ってもらおうとした。その金をポルフィリオ・メレンデスは、鉄道会社のタイプライターで以下のようなテキストが書かれる少し前に受け取っていた。「トーレス大佐に連絡せよ。革命評議会は、軍隊のバランキーリャまでの移動費用を負担する。条件として、武器を捨てることと戦闘を行なわない旨の宣誓をすること。」

「トーレスが受け入れるわけがない」、とメレンデスは言った。それは正しかった。

トーレス大佐は通りの真ん中に駐留キャンプを立てていた。駐留キャンプという表現は、壊れているか隆起しているフレンテ街の敷石の上に立てられたあの軍事用テントを指すには当然のことながら少々大げさである。バー《七月四日》から、あるいはマッグズ＆オーツ質店から通りを越えて、五百名の兵士と、さらに興味をかき立てられることに、最も階級の高い士官の妻たちがいた。女たちは夜明け前に外に出て、川の水で鍋を一杯にして戻った。女たちがペチコートの下で足を組み、手を口に当てて、笑いながら会話を交わすのが見られた。その即席の駐留キャンプに、ポルフィリオ・メレンデスが遣わした二人のメッセンジャーがやって来た。二人はサンダル履きに痩せ細った若者で、軍人の妻たちに目を向けないようにするため、地面にちらばっている牛の糞を見た。エリセオ・トーレス大佐は二人の手から、鉄道会社の紙に急いで書かれた手紙を受け取った。「パナマの革命は、無駄な流血の回避を望んでいる。このような和解の精神と、きたる平和の精神とともに、尊敬すべき大佐におかれては、貴殿の威厳をいささかも損なうことのないように、武器を降ろすよう要請する次第である」、と書かれているのをトーレス大佐は読んだ。

トーレス大佐はメッセンジャーの若い方の男に、手紙を開いたまま返した（脂ぎった指の跡が紙の端に残った）。トーレスは、「革命なんて糞食らえと裏切り者に伝えてくれ」、と言った。しかし考え直した。「いや、待ってくれ。こう伝えてくれないか。私、トーレス大佐は、パナマで囚われている将軍たちの解放に二時間の猶予を与える。さもなければ、ティラドーレス大隊はコロンに火を放つだけでなく、ここにいるアメリカ人を、妻と子供もろとも、全員裁判にかけずに銃殺する。」陪審席の読者よ。その最後通牒が鉄道会社に届くまでのあいだに、つまりシェイラー大佐がこれまで聞いたなかで、最も野蛮な伝言が彼の耳に届くまでに、ぼくはすでにバナナ売りとの会話を終え、港の散歩も終え、死んだ魚が横向きに浮いて浜辺に打ち寄せられるときに放つつかの間の輝きも見終わり、渡るときに線路を足の裏で踏み、まるで指をしゃぶる子供のような喜びを感じながら、フレンテ街のほうへ進んでいるところだった。人気のない包囲された街の空気を、歴史を変える日々の空気を、吸い込みながら。

いっぽう、ジェームス・シェイラー大佐は、在コロン・アメリカ合衆国副領事ジェシー・ハイアット氏を呼び出し、二人でトーレス大佐の脅しが本物なのか、それとも死にかけた政治家の癇癪なのかを判断していた。難しい判断ではなかった（コロンビア人兵士の手によって斬首された子供や、強姦された女のイメージが彼らの頭をよぎったからだ）。そういうわけで、何秒か後、ぼくが鉄道会社事務室の敷居をまたいだときには――事務室で起きていることをぼくはまだ知らなかった――、ハイアット副領事はすでに命令を下したあとだった。パナマに着いて二十五カ月が過ぎていたが、まだスペイン語を話せない秘書は階段を上り、青、白、赤の旗を屋上で振った。ぼくはいま思うのだが、もしあのとき頭上を見ていたら、旗を見ることができただろう。しかしそれは重要ではない。旗はぼくという証人なしに、湿った空中にひるがえった。ただちにシェイラー大佐は、アメリカ合衆国の最も著名な市民たちを、貨物置き場フライト・ハウスに連れて行くよう命令を下した。装甲艦ナッシュヴィル号はボイラーから大きな音を立て、カリブの海水を大移動させながら、コロンの港に接岸した。真っ白な制服を着た七十五名の海兵隊員――膝まで届く長靴を履き、ライフルを胸の前で斜めに構えている――は整然と下船して貨物置き場を占拠し、アメリカ合衆国市民を攻撃から守るため、鉄道入り口のアーチ下にある貨物車に陣取った。地峡の反対側からは、即座に反応があった。ナッシュヴィル号の接岸を知ると、マヌエル・

アマドール医師は、二人の将軍を捕らえたエステーバン・ウエルタス将軍と合流した。アマドールとウエルタスは、海兵隊を援護するため革命軍をコロンに送るつもりだった。まだ朝の九時にもなっていなかったが、コロン＝アスピンウォール＝ゴモラ、あの分裂症の街は、爆発寸前の火薬だった。十時に爆発はなかった。十一時に爆発はなかった。しかしおよそ十二時二十分、エリセオ・トーレス大佐はフレンテ街に着き、召集ラッパでティラドーレス大隊に陣形を取るように命じた。目的は、ナッシュヴィル号の海兵隊員を排除し、暴力で鉄道会社の数少ない空き車両を奪い、地峡を渡り、祖国を裏切った者たちの反乱を打倒することだった。

トーレス大佐は人の話が聞こえなくなっていた。彼の習慣を裏切らない時計は、冷静な歩みを続けた。午後一時ごろ、アレハンドロ・オルティス将軍は、総司令部からトーレスを説得しようとやって来たが、相手にされなかった。一時半に、オロンダステ・マルティネス将軍は説得を試みたが、トーレスは理屈も分別も届かないパラレル・ワールドにいて、そこから動こうとしなかった。

「アメリカ人はもう庇護されている」、とマルティネス将軍は言った。

「おれからは庇護されていない」、とトーレスは言った。

「女と子供は中立船に乗り込んで、湾に停泊している。トーレス大佐、君は愚かなことをしている。私が来たのは、君の評判がこれ以上傷つかないようにするためだ」、とマルティネスは言った。マルティネスはナッシュヴィル号が大砲を備え、ティラドーレス大隊に狙いを定めていると説明した。「カルタヘナ号は脱兎のごとく逃げたよ。君と君の部下たちは孤立している。頼むから、賢明な行動をとってくれたまえ。この馬鹿げた陣形は解除して、ホテル・スイスで一杯やろうじゃないか。」

その事前の交渉は、昼のうんざりするような暑さのなか、日晒しにされた果物のように、兵士たちを脱水状態にする環境のなかで行なわれた。百五分要した。こうしてトーレス大佐はトップによる会談を受け入れた(会談は、フレンテ街を渡ったすぐのところにあるホテル・スイスの最上階で行なわれた)。トーレス大佐はホテルのレストランでパパイヤジュースを三杯飲み干し、スイカも食べたが、それでもまだ、マルティネス将軍に向かって、非愛国者という理由で頭に一発撃ち込むぞと脅す時間はあった。ラッパ手はその代わり、何も給仕されなかったので、何も食べなかった。上官が許可しないかぎり、話すことを禁じられていた。そこに、アレハンドロ・オルティス将軍が合流した。彼はトーレス大佐に事態を説明した。ティラドーレス大隊は指揮官がいないこと。トバールとアマーヤ両将軍は、革命が勝利を収めたパナマ市で解放される見込みがないこと。独立に抵抗することは、アメリカ軍およびローズヴェルト政府が新しい共和国の大義に供出した三十万ドルとの対決を意味するゆえに徒労であること。トーレス大佐がそういう現実を受け入れることもできるし、あるいはコロンビア政府がすでに敗北を認めている無謀な聖戦に挑むこともできること。トーレス大佐は四杯目のパパイヤジュースを飲み、譲歩を始め、午後三時が過ぎると、鉄道会社でシェイラー大佐と会うことを受け入れた。午後五時前になると、(一触即発の)ティラドーレス大隊をフレンテ街から退却させ、街の外に駐留キャンプを立てることも受け入れた。選ばれた場所は、とある父娘が暮らしているだけの、クリストフ・コロンブの廃墟だった。

エロイーサとぼくは、ティラドーレス大隊がやって来たとき、昼寝をしているところで、大きな物音にそろって目を覚ました。ぼくたちの通りに五百人の兵士が入るのが目に入った。制服を着込んだ暑さに窒息しかけ、首元は腫れ、汗が頬を伝っていた。やる気のなさそうにライフルを抱え(銃剣は地面を向いていた)、一歩一歩が大遠征であるかのように長靴を引きずっていた。地峡の反対側から、分離主義者は宣言書を発した。パナマ地峡は、「遥か昔にヨーロッパ諸国が植民地に適用した厳しい基準で」コロンビアに支配されてきた。このことを鑑みるに、パナマ地峡は「主権を取り戻し」、「自らの運命を築き」、「領土の状況が求めるところの役割を果たす」決意を下した、と。そのあいだ、ぼくたちのゴーストタウンは、火薬筒と鍋の立てる大きな物音、銃剣が外されるときの音や、ライフルが丁寧に磨かれるときの金属音で満たされていた。父が暮らし、シャルロットと技師マディニエが暮らした集落、コロンビアの内戦がやって来てシャルロットを殺し、そのついでにぼくに大きな出来事がもつ力についての貴重な教訓を与えてくれた場所はいま、再び歴史の表舞台になろうとしていた。あたりは、汚れた体の臭い、日々の重みを訴えている服の臭いでいっぱいだった。慎みある兵士たちは、隠れて用を足そうと支柱の下に潜り込んだが、あの十一月の午後は、兵士たちが家の周囲を歩き回り、通りの正面でズボンを下し、ヤシの木の下に居場所を定め、挑発的な眼差しで周囲を眺めてかがみこむのが普通だった。かつてフランス製の香水の匂いが漂ったのと同じ厚かましさで、人間の糞尿の臭いがクリストフ・コロンブに漂った。

「いつまで居座るつもりかしら?」、とエロイーサは尋ねた。

「アメリカ人に追い出されるまでさ」、とぼくは言った。

「武器を持ってるわ」、とエロイーサは言った。

そうだった。危険は去っていなかった。爆破装置はまだ解除されていなかった。エリセオ・トーレス大佐は、あのレストランでの一件、つまり横に地区を三つ行くと湾があり、反対側ではコロンと接している古い家並みの廃墟地区に大隊と自分を閉じ込めることは、すべて罠に違いないと疑っていた。あるいは彼はそう予想していたので、十人の歩哨に地区全体をパトロールさせていた。したがって、その晩ぼくたちは、囚われた野獣の足音、ぼくたちのポーチの前を定期的に通る足音を我慢しなければならなかった。エロイーサとぼくがコロンビアの軍人と、そのもっと向こうからは、分離主義者の革命に包囲されて過ごしたその晩、はじめてぼくは、地峡での人生は終わったのではないか、ぼくが知っていたような、ぼくの人生は存在を止めていたのではないか、という思いに囚われた。コロンビア、あるいはコロンビアの歴史と政治の悪魔的結びつきは、ぼくからすべてを奪い取っていた。それより前のぼくの人生、ぼくの人生だったかもしれないが、そうでなかったものの最後の残余は、十七歳のこの娘だった。彼女は、外から兵士の声や、「誰かいるか」と敵意むき出しの偏執的な声が聞こえ、その次に空砲が、母を殺したような（とエロイーサは思っているとぼくは思った）空砲が鳴るたびに、ぼくを怯えた表情で見つめていた。「お父さん、怖い」、とエロイーサはぼくに言った。その晩彼女は、子供のときのようにぼくと一緒に寝た。ぼくのエロイーサは、ナイトガウンが膨らむほどの体格だったが、少女だった。陪審席の読者よ、まだ少女のままだった。

陪審席の読者よ、ぼくは一睡もせずに夜を明かした。シャルロットの思い出に話しかけ、どうするべきなのかを聞いてみたが、答えは得られなかった。シャルロットの思い出は謎めいて近寄りがたく、ぼくの声を聞くと、反対側を向き、ぼくに助言するのを拒んでいた。パナマはそのあいだに、ぼくの足の下で動いていた。かつてパナマは、「コロンビアの肉の肉、コロンビアの血の血」だと言われた。ぼくたちが一緒に眠るベッドからわずか数キロのところで切断されそうな地峡の肉を思っていると、ぼくは、横でもう怖がらずに眠っている（ぼくがどんなことをしてでも守れるということに騙されて）エロイーサのことを思わずにはいられなかった。お前はぼくの肉の肉、ぼくの血の血なんだよ、エロイーサ。ぼくは横向きになって、肘で頭を支えながら、そんなことを考えていた。未熟児の危険を免れたばかりで、抱っこしていたころよりも近くからお前を見ていた……　そのときぼくは気がついた。

ぼくは、お前もまた、お前の土地の肉の肉であることに気がついた。動物がこの国の小さな風景（何らかの色合い、何らかの温度、何らかの果物や獲物からなる風景）に属しているように、お前はこの国に属しているのだと気がついた。愛しのエロイーサ、お前は、ぼくが一度もなったことがないコロンの人間なのだ。お前の振る舞い、アクセント、食べたがる物は、まるで尼僧の固執と狂信のように、お前がコロンの人間であることを思い出させた。お前の動きの一つひとつがぼくに、「私はここの人間よ」、と言っていた。お前を近くから見て、トンボの羽のように動くまぶたを見て、初めてお前がうらやましいと、お前の根を張る本能的な力強さをうらやましいと思った。その力強さは決断ではなかった。お前はその力強さを、まるでホクロか、違う目の色のように持って生まれた。こうしてお前が、お前の体と一体になっているかのようなこのコロンの土地で心地よく眠っているのを見て、ぼくは、お前の夢が何なのかを尋ねたいと思った。そして最後にもう一度、ぼくは、一度としてコロンやパナマ州はおろか、自分の家族を皆殺しにした国コロンビア発作共和国に属することがなかったシャルロットのことを思った……

ぼくは、チャグレス川の底で、生き続けるだけの価値があるとシャルロットが決めた、あの午後に起きたことを思った。シャルロットはあの秘密を墓まで持って行った。いや、彼女がぼくに明かす前に、墓が彼女を見つけ出したと言うべきか。しかし、川底でのあの計り知れない決定にぼくが何がしか関わっていたことを思うと、ぼくはいつも幸せを（つかの間の、ひそかな幸せを）感じた。こういうことを思いながら、ぼくはお前の胸に頭を載せた。するとむき出しの腋の匂いがぼくに届き、一瞬ぼくは、落ち着きを、嘘くさい不自然な落ち着きを感じ、眠りに落ちた。

エロイーサによれば、ぼくを起こしたのは、ぼくたちの家の目の前でティラドーレス大隊が遂行する軍事行動ではなかったらしい。ぼくは夢を見ず、時間の感覚もなしに眠った。そこにパナマの現実がなだれ込んできた。午後十二時ごろ、シェイラー大佐はポーチに上がり、父の所有物だったハンモックの横に立ち、蝶番から外れてもおかしくないほど網戸を強く叩いた。全ての学校が閉鎖されたこの特別な日に、エロイーサがどこに行ったのかを疑問に思うよりも前に、台所で用意している魚の煮込み料理の匂いがぼくに届いた。長靴を履いて、まともなシャツを着てから応対する余裕はなかった。シェイラーの背後には、声が聞こえないくらいの距離をとって、エリセオ・トーレス大佐がいた。もちろんラッパ手を伴っていた。シェイラーはぼくに言った。

「テーブルを貸してくれないか、アルタミラーノ。それからお願いだ、コーヒーを頼む。後悔はさせない。誓うよ。このテーブルで歴史が作られる。」

それは、がっしりとしたオーク材のテーブルだった。丸脚で、長いほうの辺にはそれぞれ、鉄輪つきの引き出しが備わっていた。シェイラーとトーレスは、向かい合ってそれぞれ引き出しの前に座り、ぼくはいつもの上座に場所を取ることになった。ラッパ手はポーチで立ったままで、ティラドーレス大隊の兵士が占拠している通りを眺めていた。大隊は、革命軍か海兵隊による裏切りの攻撃を期待しているかのようだった。ぼくたちが座りかけたところで、シェイラー大佐はテーブルに大きな蜘蛛のような両手を載せ、話し始めた。アクセントをはっきりさせようとして舌がもつれたが、催眠術師のような説得力があった。

「敬愛するトーレス大佐に率直に申し上げる。あなたがたの大義は敗北している。」

「何ですと？」

「パナマの独立は事実です。」

トーレスは即座に立ち上がり、怒りで眉にしわを寄せ、説得力のない抵抗を試みた。「私はそのことを話すために来たのではないが……」しかしシェイラーが口を挟んだ。

「お掛け下さい。どうか馬鹿なことは言わないで下さい。あなたにひとつ提案があるのです。大佐、私はとてもよい案を持ってきたんです。」

トーレス大佐は口を挟もうとした。手を振り上げ、喉からはうなり声がもれていた。しかし巧みな催眠術師シェイラーは目線で彼を黙らせ、説明した。この日のうちにリモン湾に装甲艦ディクシー号とメリーランド号が海兵隊を載せてやってくること。カルタヘナ号は武装衝突の可能性がほんのわずかあっただけで逃亡し、これが中央政府の立場を説明していること。いっぽうで、ティラドーレス大隊が地峡にいるかぎり、独立とは叫べないこと。したがって、カルタヘナ号が大隊を運ぶ唯一の手段だったこと。「しかし、今朝事態は変わりました、トーレス大佐」、とシェイラーは言った。「港に行けば、遠方に、コロンビア国旗を掲げた蒸気船が見えます。旅客船オリノコ号です。」シェイラー大佐は、赤っぽいオークのテーブルの上に載せた蜘蛛のような手で、フランス製の陶器に入ったコーヒーを両側から握りしめながら、オリノコ号がバランキーリャへ夜七時半に出航すると言った。「トーレス大佐。あなたと大隊がその時間に乗船するなら、我が国から八千ドルをあなたに差し出す許可を私は受けています。」

「しかしそれでは賄賂じゃないか」、とトーレスは言った。

「もちろん違います。その金は兵士に支給する分です。連中はもらって当然ですから。」

その瞬間、劇作品で都合良く現れる端役のように、ポーチにポルフィリオ・メレンデス、コロンの革命軍スパイが現れた。陪審席の読者よ、もうぼくたちは、ぼくたちの劇の、天使のような監督が誰か分かっている。メレンデスに付き添っていたのは貨物置き場の人夫で、子供を載せるように、肩にトランクを載せていた（まるで人夫は満足している父親で、革のトランクはパレードを見たがる子供のようだった）。

「これか？」、とシェイラーは聞いた。

「これだ」、とメレンデス。

「もう昼食よ」、とエロイーサ。

「わかった」、とぼく。

人夫がテーブルにトランクを下すと、コーヒーカップがソーサーの上で跳ねてコーヒーがこぼれ、割れそうになった。シェイラー大佐は、トランクの中には、パナマ市ブランドン銀行が保証する、パナマ鉄道会社の金庫から出された八千ドルが入っていると説明した。トーレス大佐は立ち上がり、ポーチまで歩き、ラッパ手に何かを言うと、ラッパ手はすぐに姿を消した。その後トーレスは、交渉のテーブル（魚の煮込みを待っていたぼくの食卓は、望まぬうちに交渉のテーブルになっていた）に戻った。一言も言わなかったが、催眠術師シェイラーはその瞬間、何も言葉を必要としなかった。彼は分かっていた。

完璧に分かっていた。

ポルフィリオ・メレンデスがトランクを開いた。

「数えろ」とトーレスに言った。しかしトーレスは、腕を組んだまま動かなかった。

「アルタミラーノ、君がこの交渉のホストだ。君は中立で、判事のようなものだ。数えてくれないか。」

陪審席の読者よ。**歴史の天使**、あの傑出した喜劇役者のユーモア感覚が、未来のパナマ共和国、クリストフ・コロンブ地区のアルタミラーノ＝マディニエ家で、一九〇三年十一月五日の午後一時から四時のあいだ、何度目かは分からないが、このときも確かめられた。その何時間かのあいだ、ぼくは、コロンビアの磔刑の福音史家として、これまで見たことのない額のアメリカドル札をいじることに専念した。その日の午後、ドル紙幣のつんとくる金属的な臭いが、扱ったものを扱うことに慣れていない両手に染み付いた。ぼくの手は、ポーカーのトランプを切ることができない。一度も切ったことがない。読者におかれては、そのときたまたま触れることになったものに、手がどんな感触を覚えたのかを想像していただきたい……　エロイーサは、手に木のスプーンを持って台所の戸口に突っ立っていたが、彼女は、まるで公証人がやるようなぼくの作業の証人になった。そのとき何かが起きた。ぼくは彼女の目を見ることができなかった。「わたしはコロンの肉の肉よ。」　エロイーサは声に出してそれをぼくに思い出させようとはしなかったが、そうする必要はなかった。ぼくに聞こえるように、その言葉を口に出す必要はなかった。「わたしはパナマの血の血よ。」　ぼくたちはそれを共有していない、愛しいエロイーサよ。それがぼくたちを分かつものだ。パナマで遂行されようとしている革命の真っただ中で、お前もまたぼくから遠くに引きずられていくことに、ぼくは気づいた。地峡は大陸から剝がれ、捨てられた木造平底船のように、カリブ海を漂いながら、コロンビアから離れようとしていた。そして娘を連れて行こうとしていた。マグダレナ川で商売をやっていて幸せだったころ、継父がしていたように、牛の皮をかぶせたコーヒー箱の上で眠っていた娘を、ヤシの葉の下で眠っていた娘を……　ぼくの手は、使い古された紙幣を数え、束を作っていた。少し間をとって、エロイーサに昼食を食べるように言うか、共犯者として、そしてたぶん笑みを浮かべて目線を交わし、分かり合うこともできたが、そういうことは起きなかった。ぼくは斬首される寸前の中世の泥棒のように、頭を下に向けて数え続け、ある瞬間からその動きは自動化し、ぼくの頭のなかは、次々に襲ってくる別の考えに満たされていった。ぼくは、母が死ぬ時に痛みを感じたのかどうかを、ぼくがこんなことをしているのを見たら、父がどう考えるのかを考えていた……　ぼくは死んだ技師のことを、死んだ彼の息子のことを、黄熱病がぼくの一つしか知らない愛を贈ってくれたという、とてつもない皮肉のことを考えた……　あらゆるイメージが、ぼくを圧倒していた際限のない屈辱感を避ける方法だった。そのとき、どの瞬間かは分からないが、辱められたぼくの声が勝手に数をかぞえ始めた。七千九百九十七。七千九百九十八。七千九百九十九。終わり。

シェイラー大佐は、トーレスが兵士への支給分として金を受け取ることに満足すると、すぐに立ち去った。出て行く前に、彼はトーレスに言った。「部下の一人に、六時前に鉄道会社の事務室に立ち寄って切符を受け取るように言ってくれ。私が待っているから、私を尋ねてくれとね。」その後、ややぞんざいな軍隊式の敬礼でぼくに別れを告げた。「アルタミラーノ、君は我々に大いなる働きをしてくれた。パナマ共和国は君に感謝する」、とぼくに言った。エロイーサのほうに振り返り、かかとを鳴らした。「お嬢さん、知り合えて光栄です」、と言った。彼女はまだ手にスプーンを持ったまま首を横に振り、すぐに台所に戻って昼食の支度を始めた。人生は続けなければならない。

いまのお前には分かるだろう、エロイーサ。あれほど苦い魚の煮込みは初めてだった。キャッサバと根菜のアラカチャは人の手を渡った硬貨の味がした。魚の肉は、タマネギや香菜ではなく、古い紙幣の味がした。エロイーサとぼくが昼食を食べているあいだ、通りには、兵士たちの動き、テントを片付け、用具をしまい、クリストフ・コロンブ地区を後にして、鉄道会社の桟橋に向けて重々しい足取りで出発する大隊の動く音が響いていた。もっと後になると、空が晴れ渡り、容赦ない陽光が乾季を伝える使者のように、コロンを照らした。エロイーサ、ぼくははっきりと覚えている。お前が部屋に戻り、読みかけのホルヘ・イサークスの『マリア』を持ってハンモックに横たわったときの、平静と信頼の満ち足りた表情を。「暗くなったら起こしてね」、とお前は言った。何分もしないうちに、お前は受胎告知を受けるマリアのように、小説のページに人差し指を挟んだまま眠りに落ちた。

愛しのエロイーサよ。ぼくがしていることをお前に見つけてもらえるように、出来ることは全部した。本当に存在するとしたら、神はそれを知っている。ぼくの体、ぼくの手は、納戸（クリストフ・コロンブの高床式の家では、台所の隅のことだ）から一番小さいトランクを、誰の助けも借りずに運べるトランクを引っぱり出そうとして、念を入れてゆっくり動いた。物音でお前が目を覚ましてほしいという思いもあって、持ち上げずに引きずって、ベッドの上に落とすときに、木が軋む音を立てても気にしなかった。エロイーサ、ぼくは服を選び、ある物は処分し、ある物は丁寧に折り畳む手間をかけさえした……すべてお前に目を覚ましてほしいと思ってのことだ。ミゲル・アルタミラーノの書斎机から革のしおりを探した。読んでいるページが分からなくならないように注意して本を取ったことに、お前は気がつかなかった。ぼくは、ハンモックの上で揺れずに眠っているお前のそばに立ち、お前がとても穏やかに息をして、胸と肩が一目見ただけでは分からないくらいに動いているすぐそばで、小説のなかのあの手紙、マリアがエフラインに、自分は病気で少しずつ死に向かっていると告白するあの手紙の場面を探した。エフラインはロンドンにいて、自分が戻れば彼女を助けられると思い、すぐに出発する。その後、パナマを通り、地峡を横断して、スクーナー船エミリア・ロペス号でブエナベントゥーラまで運ばれる。その瞬間、ぼくは、しようと思っていることをする寸前になって、エフラインに対し、それまで誰にも感じたことのない強烈な同情の思いを感じた。エフラインの虚構の運命のなかに、それとは逆を行く、歪んだぼくの現実の運命が映し出されたような気がしたからだ。エフラインはパナマを通り、最愛の人に会うためにロンドンから戻った。ぼくは、自分の人生のすべてであった、あの大人になりかけの女を置いて、パナマから逃げようとしていた。ロンドンが、ぼくが行こうとしている場所の一つだった。

ぼくはお前の腹に本を載せ、ポーチの階段を降りた。午後六時。太陽はガトゥン湖に沈み、オリノコ号、あの糞ったれ船は、糞ったれ大隊の糞ったれ兵士で満員だった。ある客室に、大陸を二つに割り、地質学の断層を切り開き、人びとの生活ばかりでなく、国境線を変更するのに十分なドルが運び込まれていた。ぼくはコロンの港が見えなくなるまで、何年も前にぼくたちの港に着いたとき、コジェニョフスキが見たクナ族の光が見えなくなるまで甲板にいた。ぼくが四半世紀以上、その一部だった風景は、距離と夜の霧に呑み込まれて、一瞬にして消え去り、と同時に、そこで送ったぼくの人生も消えた。そう、陪審席の読者よ、動いているのが、ぼくの船であることはよく分かっている。しかしあのオリノコ号の甲板、ぼくの目の前では、パナマ地峡が大陸から離れ、例えるなら、木造平底船のように浮かんでいるのが見えたと誓ってもいい。そしてその木造平底船のなかで、娘が漂流しているのが分かった。ぼくは喜んで告白する。エロイーサよ、もしお前に会えたとして、お前が目を覚まし、聡明さか予知力のきらめきですべてを理解して港まで来て、手か眼差しで、ぼくに行かないで、たった一人の娘を置いて行かないで、まだぼくにいてほしいとお願いしたとして、そのとき何をしたのか、ぼくには分からない。

オリノコ号は、地峡からコロンビア中央権力の最後の残り物を持ち去った。船は、出立することにより、パナマ独立が決定的かつ覆せない事実であることを確固たるものとした。その後、船は、カルタヘナの港に接岸し、何時間か停泊した。ぼくは、ポーカーで最後の給料を賭けている伍長のにきび面を覚えている。ぼくは、食堂で中尉夫人が起こした大騒動を覚えている（女性問題が持ち上がっていたらしい）。ぼくは、トーレス大佐が部下に、三十日間の営倉処分を言い渡したことを覚えている。その部下は、船のどこかに逃亡と引き換えに払われたアメリカの金があり、兵士は分け前をもらえるのだと仄めかしたのだった。

翌朝、ピンク色の水平線の最初の陽光とともに、オリノコ号はバランキーリャに着いた。

十一月六日の午後までに、セオドア・ローズヴェルト大統領政府は、パナマ共和国の独立を最初に承認し、合衆国の太平洋船団マーブルヘッド号、ワイオミング号、コンコード号が、コロンビア側による取り戻し工作から若い共和国を守ろうと、地峡に向けて出発した。そのあいだぼくは、英国ロイヤル・メールの蒸気乗客船フッド号――バランキーリャとロンドン、つまりマグダレナ川の口とテムズ川の腹を結ぶ——の切符を手に入れ、娘がいないあの旅に乗り出した。娘を故郷喪失と根無し草の状態に留めるなど、よくできたものだと思うかもしれない。しかし、ぼくの国がばらばらになったことで、ぼくは内側から崩壊したが、娘のほうは十七歳にして、あの破壊の重みを免れた人生を営む権利、進んで国を出て行ったり、故国を失ったりした亡霊から解放された生活を営む権利があった（ぼくはそうではなかったが、彼女はコロンの肉の肉だった）。もちろんぼくの力では、彼女にそういう生活は与えられまい。ぼくの愛するエロイーサよ。もしお前がこの文章を読むことがあれば、もしこれより前に書かれた文章を読むことがあれば、お前はぼくたちの力を上回るあのすべての力を見たわけで、その力に打ち勝つために、男が起こさねばならない極端な行動を理解してくれるだろう。お前は、ぼくが天使やゴルゴンについて語るのを、またそういう連中に対し、ちっぽけで俗な人生を守ろうとぼくが挑んできた絶望的な戦いについて語るのを聞いてきた。だからきっと、ぼくの個人的な戦争が誠実なものであることを証明してくれるだろう。この戦争がぼくに行なわせた残酷さも許せるはずだ。何よりも、ぼくが逃げおおせた不毛の土地には、自分が誰だか分からない、ぼくのものではなくなったあの食人の土地には、ぼくの居場所がないということも分かるだろう。祖国というのは、満ち足りた人間、穏やかな良心に属するものなのだから。

その後、ロンドンへの到着、サンティアゴ・ペレス・トゥリアナとの出会いがあった。読者のために、その出来事については、すでに出来る限り事細かに語ってきた……　ジョゼフ・コンラッドはぼくの話を徹夜で聞いたあと、アヴェニュー・ロード四十五番地の家を、朝の六時ごろに出た。ぼくは、長い時間をかけて、それ以降の彼の日々を再現してみた。彼はぼくに会ったあと、ペント・ファームの自分の家ではなく、ケンジントン・ハイストリート近くのアパートに向かった。そこは妻と借りていたみすぼらしい薄暗い場所で、フォード・マドックス・フォードを迎え、共同で（しかも何の努力もせずに）、貧困から抜け出させてくれるような冒険小説を書いていた。アパートに着いたころのジョゼフ・コンラッドは、懸案の『ノストローモ』が、そのときまで構想していたような、カリブのありふれたイタリア人物語ではなく、傷だらけのラテンアメリカに、新しい国が傷つきながら誕生する過程を近くから検討した物語になると分かっていた。たったいま聞いたばかりの、大仰な用語が用いられ、熱帯の魔力や、政治が分からない貧しい人びとを圧倒する伝説に汚染されているような物語だ。ジェシーは泣きながら彼を迎えた。子供のボリスが三十九度の熱を出していたからだった。医者は来ない。ボリスは何も食べず、何も飲まない。お互いに人が助け合ったりしない、よそよそしい街ロンドン。しかしコンラッドは、妻の不平に耳を貸さなかった。すぐに自分のものではない書斎机に向かった。夜明けが遅くなったことが分かり、自分のものではないランプを灯し、夜通し聞いた内容についてメモを取り始めた。翌日、味のしない朝食を食べたあと、原稿に新しい情報を加え始めた。興奮していた。ポーランド、子供のころのポーランド、両親が命を落としたポーランドのように、このパナマの小さな土地、よくわからない技術によって共和国に変えられたこの小さな地方は、国際政治のチェス盤のコマ、コマを飛び越える力の犠牲者だった……「パナマにいるヤンキー征服者のことをどう思う？」、とコンラッドは、クリスマス前、カニンガム・グレアムに書いた。「素晴らしいとは思わないか？」

『ノストローモ』の第一回が「ティーピーズ・ウィークリー」紙に掲載されたのは、一九〇四年一月、パナマ運河会社が、コロンビア人代表者を交渉に参加させず、すべての権利をアメリカ合衆国に売却したのとほぼ同時期のことである。死に物狂いのコロンビアがパナマに対し、地峡がコロンビアに戻るならパナマ市をコロンビアの新しい首都とするという屈辱的な提案を行なってから、三週間後のことだった。パナマはその提案を、恨みを忘れられない愛人（目をパチパチさせ、両手で握りこぶしを作り、腰に当てて、過去の屈辱を言い立てる）のようにはねつけた。ちょうどそのころ、サンティアゴ・ペレス・トゥリアナは、近くにある新聞スタンドの場所をぼくに教え、ポケットにぼくがまだ慣れない名称の通貨が入っていること、またもう片方のポケットに、「ウィークリー」紙に掲載された分の正確な額が入っていることを教えてくれた。それが終わると、彼は、ぼくの背中を優しく叩きながら通りに追い出した。「敬愛なるアルタミラーノ君。あの雑誌を買ってきてくれ」、とぼくに言った。そしてもっと深刻な口調でこう言った。「君を祝福するよ。君はもはや人類の記憶の一部なのだから。」

しかしそうではなかった。

ぼくは人類の記憶の一部ではなかった。

ぼくは新聞スタンドを見つけたときの、斜めに輝きながら街路に差している光を覚えている。影ができないほど弱々しいが、売られている新聞紙と、角度によってはショーウィンドーの磨かれたばかりのガラスに反射して、ぼくの目を眩ませる冬のあの光だ。支払いを終え、もう一度街路に出たときの興奮と恐怖（声にならない冷たい恐怖、新しいものがもたらす恐怖）の混じり合いをぼくは覚えている。他の世界が、歩行者や街灯、時折通り過ぎる車や公園の威嚇するような鉄格子が、ぼくにとっては霧のように非現実的になっていったのを覚えている。その代わり、読むのを遅らせた理由は覚えていない。雑誌の内容がぼくの期待するものではないと直観で思ったことは覚えていない。ありえそうもないその直観がぼくの頭に入り込むのを許す隙があったことは覚えていない。リージェンツ・パークの周囲を歩き回っているあいだに、ぼくに付き添っていたのが猜疑心や被害者意識だったことを覚えていない……そう、ぼくは雑誌を一日中ポケットに入れ、雑誌が脇腹に触れるたびにその存在を確認していた。まるでぼくが買った雑誌は、世界で一冊しかないというように。まるでその内容の危険さは、ぼくの支配下にあれば溶けるかのように。しかし(世界中で知られているように)、起きるべきことは起き続けている。永遠に遅らせることはできない。本を読むという、これほど無垢で平和的で無害の行為を、永遠に遅らせる理由はない。

したがって午後四時ごろ、空が暗くなり始めたとき、最初の雪がロンドンと、おそらく大英帝国中に落ち始めたのと同時に、ぼくは公園のベンチに座った。雑誌を開き、人生の最後までぼくにつきまとうことになるあの言葉を読んだ。『ノストローモ』。素っ気ない三音節。ぼくたちを見張る目のように、しつこく繰り返される一種類の母音……　ぼくはオレンジの木とガレオン船のあいだを、沈んだ岩と頂が雲のあいだに沈む山のあいだを先に進んだ。夢遊病者のように、あの虚構の共和国の歴史をさまよい、ぼくが知っている、また知らないでいる、自分のものでもあり、また自分のものではない細部と出来事を巡り、コロンビアの戦争を、コロンビア人の死者を、コロンとサンタ・マルタの風景を、海とその色、山とその危険を見た。そしてそこには、要するに、いつでも不和があった……　しかし何かがその物語には欠けていた。存在するあのすべてのものよりも、はっきり目に見える不在だった。ぼくは懸命になって探したことを、目が雑誌のページを巡るときの必死さを、痛々しい真実に自分が飛び込むときの腋の下と髭に感じる汗を覚えている。

そのときぼくは知った。
ぼくはコンラッドにもう一度会うことになるのを知った。
その対面は遅らせられないことを知った。

何分かのち、ぼくはケンジントン・ハイストリートに着いた。新聞の売り子が、小説家の住んでいる家のドアを教えてくれた。ドアをノックしたとき、外は真っ暗に近かった（老人が、梯子の移動式ステップを上り下りしながら街灯をつけていた）。女がドアを開けてくれた。予期せぬ来客に驚く女の質問には答えなかった。女のエプロンにかすりながら中に入り、出来る限り大股で階段を駆け上がった。ドアを開け、廊下を通り抜けていくときに、どんなことを考えていたのか、どんな怒りがぼくの頭をよぎっていたのかは覚えていないが、その後向き合うことに何の準備もできていなかったのは確かだ。

もしかすると、一月の早い夜がもたらす暗さかもしれないが、薄暗い部屋が二つあった。部屋をつなぐドアが一つあり、ぼくが着いたとき開いていたが、そのドアは、通常は頑固に閉じ続けられていることが明らかだった。奥の部屋には、ドアの枠に収まって、濃い色をした木製の書斎机があり、書斎机には書類の束と灯油ランプが載っていた。もう一部屋、ぼくが自分でも気づかぬうちに入っていた部屋には、栗色の長い髪をした男の子がみすぼらしい外観の小さなベッドで眠っていた（息づかいが荒く、鼻から小さないびきがもれていた）。部屋にあるもう一つのベッドには、よそ行きの服を着た女が一人いた。あか抜けない表情の、どちらかと言うと丸顔の女で、ベッドに横たわっているのではなく、背もたれに寄りかかり、膝の上に板のようなものを載せていたが、それは一瞬にして（部屋のランプにぼくの目が慣れるころに）、携帯用の机になった。握った手からは黒いペン先が出ていて、ぼくが、彼女と文字に覆われた紙を見たとき、声が聞こえた。

「あなたはここで何をしているのですか？」

ジョゼフ・コンラッドは部屋の入り口に立っていた。革のスリッパを履き、黒い絹のガウンを羽織っていた。何よりも、張りつめた、人間とは思えないような表情をしていた。ぼくは頭のなかで整理した。自分は闖入者だった。もっと正確に言えば、彼が書き取らせているところに闖入していた。もっと正確に言えば、ぼくのポケットで『ノストローモ』の最初の場面がしわくちゃになっているとき、コンラッドはその部屋で、最後の場面を書き取らせていた。妻ジェシーが白い紙に物語――ホセ・アルタミラーノの物語――を書く役割だった。

「あなたはぼくに説明するべきだ。」

「私に説明する義務はない。すぐに出て行きたまえ、誰かを呼ぶよ。警告だ。」

ぼくはポケットから「ウィークリー」を取り出した。「これは嘘だ。これはぼくが話したのとは違う。」

「これはね、小説だよ。」

「ぼくの話とは違う。ぼくの国の歴史とは違う。」

「もちろん違う。**私**の国の歴史だ。コスタグアナの歴史だ。」

ジェシーはぼくたちを見ていた。顔には、観劇に遅れてやって来た者の注意深いとまどいが読み取れた。彼女が口を開いた。「誰……？」その声はぼくが予想していたよりもずっと小さかった。だが、言い終わらなかった。動こうとして、ばねが体内で爆発したかのように、顔は痛みでしかめ面になった。

コンラッドはぼくを奥の部屋に通した。ドアを閉じたが、ドア越しに女のすすり泣きが届いた。「妻は怪我をしていてね」、とコンラッドは言った。「両膝を脱臼したんだ。症状はよくない。」「ぼくの人生ですよ。あなたを信用して話したんです。あなたを信用しました。」「転んでしまってね。買い物に出て、ベーカー街で滑ってしまった。やれやれだ。だから私たちはロンドンにいるのです。毎日検査があって、医者の診察がある。もう一度手術することになるのかどうか分かりませんが。」

一晩ぼくの話を聞き通したこの男は、もう聞く気はない様子だった。「あなたは、ぼくの人生からぼくを取り除いている。ジョゼフ・コンラッド、あなたはぼくを盗んでいる」、とぼくは言った。もう一度「ウィークリー」を空中で振り回し、書斎机の上に落とした。「ここには」、とぼくは嗚咽をもらしながら、泥棒に背を向けて言った。「ぼくは存在していない。」

それは確かだった。コスタグアナ共和国に、ホセ・アルタミラーノは存在していない。そこにはぼくの話が、ぼくの人生と土地の話があったが、土地は別のものになり、別の名前がつけられ、ぼくはそこから排除され、告白できない罪であるかのように消去され、危険な証人であるかのように、無慈悲に抹消されていた。ジョゼフ・コンラッドはぼくに、いま物語を書き取らせること、ジェシーに書き取らせることは、痛みによってしかるべき集中力が奪われるために、とてつもない労苦になっていると話した。「一時間で千語は口述できたでしょう。容易いことです。小説は容易い。しかしジェシーは集中できない。泣いてしまう。歩けなくなるのだろうか、松葉杖をついて生きることになるのかと、私に尋ねるのです。いずれ秘書を雇わないとなりません。息子は病気です。つけがたまっていますから、まずいことにならないうちに、この原稿を渡さないといけません。そこにあなたが来た。数々の質問に答えてくれて、おおむね役に立ちそうな話をしてくれた。私はその話を、直観と、小説家としての知見が私に命じるとおりに利用したわけです。アルタミラーノさん、考えてください。あなたの取るに足らない感情が、少しでも価値があるなどと本当に思っているのですか？　本当にそう思っているのですか？」、とぼくに言った。別の部屋でベッドの板が軋む音がしていた。正真正銘の痛みに引き起こされているらしい、あのうめき声をおずおずとこぼしているのはジェシーだろう。「あなたの痛々しい人生が、この本と何かしらの関わりがあると本当に思っているのですか？」

ぼくは書斎机に近づいた。書類の束が一つではなく、二つあることに気がついた。片方の束には、消した跡や欄外のメモ、無神経な矢印、段落を丸ごと消した×印が書かれた紙があった。もう片方の束には修正を終え、タイプで打たれた紙があった。「修正されたぼくの人生だ」、とぼくは思った。さらに、「横領されたぼくの人生」とも思った。「止めてくれませんか」、とぼくはコンラッドに言った。

「それは無理です。」

「あなたにはできます。止めてください。」ぼくは原稿を持ち上げた。ぼくの両手は、自分にも分からない震えで揺れていた。「燃やしますよ」、とぼくは言った。二歩あるいて窓際に着いた。窓の締め金具に手を置いて、言った。「外に投げ捨てます。」

コンラッドは背中に腕を組んでいた。「私の物語はもう進行しています。もう公開されています。いま、あなたと私が話しているあいだにも、人びとはあの国の戦争と革命の物語を、銀山が原因で分離する地方の物語を、存在しない南米の共和国の物語を読んでいるのです。あなたにできることはありません。」

「でも共和国は確かに存在している」、とぼくは乞うように言った。「その地方は存在しています。しかし銀山は、本当は運河、大洋を結ぶ運河のことだ。ぼくにはそれが分かる。なぜかといえば、ぼくは知っているからです。ぼくはその共和国で生まれた。ぼくはその地方に住んだ。ぼくはその不幸に責任がある。」

コンラッドは答えなかった。もう一度ぼくは原稿を机に置いた。それはまるで譲渡、戦争指導者が行なう武器の放棄のようなものだった。人はどの瞬間に敗北を認めるのか？　敗北を認めるとき、頭のなかには何が起きているのか？　そういうことを尋ねてみたかった。その代わり、こう尋ねた。

「どんな風に終わるのですか？」

「何ですって？」

「コスタグアナの物語はどのようにして終わるのですか？」

「アルタミラーノさん、あなたはとっくにご存知かと」、とコンラッドは言った。「すべてはこの章にありますが、あなたが期待する内容ではないかもしれません。しかしあなたの知らないことは、絶対にありません。」　彼は一呼吸おいて付け足した。「もしよろしければ、あなたに読んで聞かせてもいいですよ。」

ぼくは、すでに黒い枠でしかなかった窓に近づいた。どうしてか分からないが、そこで通りを見つめ、子供のように、後ろで起きていることを拒みながら、自分は生きているのだと感じた。もちろん偽りの感覚だったが、気にならなかった。気にしても仕方なかった。

「読んでください」、とぼくは言った。「どうぞ。」

街路で人の動きが消えかけていた。歩行者の顔から、相当な寒さだと想像した。ぼくの眼差しと理解力は気を取られ、凍てつく歩道で犬と遊ぶ少女——深紅のコート、遠くからは上等に見えたマフラー——を見ていた。あのよどみない声が、例の登場人物の運命について話している（そしてある意味で、ぼく自身の運命の啓示にぼくを立ち会わせている）あいだ、雪が歩道の樹幹に落ち、それはすぐに溶け、小さな氷の星になり、それもすぐに消えた。ぼくはそのときお前、エロイーサのことと、ぼくがぼくたちにしたことを考えた。ぼくは許可も求めずに窓を開け、身を乗り出して顔を上げ、雪で目を濡らした。目に雪が入り、泣いていることを隠してくれるだろう。そうすれば、サンティアゴ・ペレス・トゥリアナに会ったとき、泣いていたことに気づかれないだろう。急に、お前だけが気になった。ぼくはそのとき、恐怖とともに、お前だけが気になっていることに気がついた。そしてぼくは、凍てつく風が吹きすさぶなかで、ぼくの罪が何かを知った。何年も経った後、歳月がぼくとジョゼフ・コンラッドとの会話を過去のものにしたとき、ぼくは、魔法の力によってぼくが歴史から消えたあの午後のことを思い出し続けるだろう。ぼくは、ぼくの喪失の大きさだけでなく、ぼくの人生の出来事がぼくたちに引き起こした傷がどれほど大きいものだったのかも分かるだろう。何より、夜になると目を覚まし、いま自問しているように、自問し続けるだろう。エロイーサ、お前はどこにいるのか、どんな人生を送ったのか、コスタグアナの不幸な歴史で、お前は、どんな位置を占めたのか、と。

著者による注記

『コスタグアナ秘史』誕生のきっかけは、フランシスとシュザンヌ・ローランティの家（オリ、ベルギー）で一九九八年の夏に初めて読んだ『ノストローモ』にあるのかもしれない。あるいは、バルセロナで二〇〇〇年の初頭に読んだマルコム・ディーズの「ジョゼフ・コンラッドの『ノストローモ』」（『権力と文法について』所収）にあるのかもしれない。あるいは、アレハンドロ・ガビリアがコロンビアの雑誌「エル・マルペンサンテ」（二〇〇一年十二月号）に寄せた詳しい論考にあるのかもしれない。いや、この小説の最初の胸騒ぎは、友人のコンラード・スルアガに頼まれてジョゼフ・コンラッドの短い伝記を書いているあいだの二〇〇三年に起きていたのかもしれない（ぼくが気に入っているのはこれだ）。タイミングのよいスルアガの依頼のおかげで、ぼくはディーズやガビリア、その他多くの文章のみならず、コンラッドの書簡と小説を厳密に、そして好奇心に駆られて検討することになった。そしてぼくはあるとき、このような小説がこれまで書かれていないことはあり得ないと思い、間違いなくその確信が、この小説が誰かによって書かれることになった最大の理由である。この本を書くために読んだおよそ五十冊のうち、以下のものを挙げないのは不誠実になるだろう。フレデリック・カールの『ジョゼフ・コンラッド——三つの人生』、デヴィッド・マカローの『海にかける道』、イアン・ワットの『十九世紀のコンラッド』、ホセ・アベリャノスの『失政五十年史』、そして、エンリケ・サントス・モラーノ『一九〇三年──さらば、パナマ』である。さらに、小説を書いているときに、案内役や保護者として付き添ってくれたいくつかのフレーズを忘れることも不公平だろう。それらのフレーズは、ぼくの物語の時代設定を台無しにしてしまうのでなければ、エピグラフになってもよかったものである。ボルヘスの短篇「グアヤキル」の一節──「あのカリブ海の国について語ろうとすれば、その高名な歴史家、ユゼフ・コジェニョフスキ船長の荘重な文体を、たとえ遠隔の地からでも反映せざるをえないということだろうか」。そして、ジュリアン・バーンズの『10 ½章で書かれた世界の歴史』の一節──「われわれは、理解あるいは容認できない事実を処理するために作り話をする。二、三のほんとうの事実を残しておいて、そのまわりに新しい物語をつむぐ。われわれの恐慌、われわれの苦痛は慰安を与える作り話によってのみ軽減される。われわれはそれを歴史と呼ぶ」。さらに、リカルド・ピグリアの『人工呼吸』の一節──「私がその歴史についてよく知っているものだけが、私の所有物なのです」。ジョイスの『ユリシーズ』の最も有名で、引用の多い一節である「歴史は私が目覚めたいと願っている悪夢だ」は、ぼくには役に立たなかった。スティーヴン・ディーダラスにとって歴史は悪魔でけっこうだが、ホセ・アルタミラーノだったら、笑劇か風俗劇《ヴォードヴィル》の概念に、より身近さを感じるだろう。

いずれにせよ、この小説の最初の部分は二〇〇四年一月に書かれた。最終的に仕上がるまでにかかったおよそ二年のあいだ、多くの人が意識的に、あるいは無意識のうちに、直接的あるいは(とても)間接的に、小説の組み立てに加わってくれた。ぼくの執筆を助けてくれたこともあるし、ぼくの人生を助けてくれたこともある。とても稀ではあったが、その両方をしてくれたこともある。そこで、以下に名を記して謝意をあらわしておきたい。最初に、エルナン・モントーヤとソコーロ・デ・モントーヤ。お二人の寛容について、わずか数行で言い表すことはできない。そして、エンリケ・デ・エリス、ジョランダ・セスペドーサ、ファニー・ベランディア、ジャスティン・ウェブスター、アスンプタ・アジューソ、アルフレード・バスケス、アマーヤ・エレスカノ、アルフレード・ブライス・エチェニケ、メルセデス・カサノバス、マリア・リンチ、ジェラルド・マーティン、ファン・ビジョーロ、ピラール・レイエス、マリオ・フルシッヒ、ファンチュ・エルゲーラ、マティアス・エナール、ロドリゴ・フレサン、ペレ・スレーダ、アントニア・ゴンサレス、エクトル・アバッド・ファシオリンセ、ラモン・ゴンサレス、マグダ・アングレ、ヒメーナ・ゴドイ、ファン・アレニージャス、ニエベス・テベス、イグナシオ・マルティネス・デ・ピソン、ホルヘ・カリオン、カミーラ・ロエブ、イスラエル・ベーラ。

この本が誕生したのは、幾分かはここに挙げた人たちのおかげである。と同時に、すべては(ぼくと同じくらい)マリアナのおかげである。

J・G・V

二〇〇六年五月、バルセロナ

訳者あとがき

この小説がコロンビアの作家フアン・ガブリエル・バスケスによって書かれるにあたっては、少なくともひとつ重要な文脈があったことは間違いがない。タイトルにある「コスタグアナ」と聞いてぴんとくる読者ならお分かりかもしれないが、この小説はジョゼフ・コンラッドの長篇小説『ノストローモ』の存在を前提に書かれている。コスタグアナとは、『ノストローモ』の舞台となった南米の架空の国である。

とはいえ、『ノストローモ』を知らない、読んだことがないからといってこの本が読めないということはまったくない。むしろ読者は、この本をきっかけにして、コンラッドを読むようにけしかけられるかもしれない。「コンラッド」という固有名詞は読者に対して置かれた厄介なハードルではなく、作品を読み進めれば、なぜコンラッドなのか、なぜコスタグアナなのか、なぜ秘史なのか、すべてが語られていることが分かるだろう。
バスケスのいくつかの小説の特徴を大雑把に言っておけば、まず何かしらの事件で読者の関心を引き（センセーショナルなネタであることが多い）、核心のようなものがあるように匂わせて、その種明かしを繰り延べにしながら読者を予想もつかないところに連れ回す。この小説では、大作家ジョゼフ・コンラッドと名もないコロンビア人とのあいだにつながりがあったというネタである。読者はそれを駆動力としてページを捲り、コロンビア史についての語りを浴びながら最終部まで導かれるだろう。

バスケスの作品が最初に日本語になったのは、短篇「野次馬」である（「すばる」二〇一四年四月号）。そこでは本書の訳者が簡単に著者の略歴を触れただけなので、『コスタグアナ秘史』に至るまでの経歴について、もう少し詳しく書いておきたい。

フアン・ガブリエル・バスケスは一九七三年にコロンビアのボゴタに生まれ、同じくボゴタのロサリオ大学の法学部で学んだ。法律を学んではいたものの、家族の期待とは裏腹に法律家になるつもりはなく、いつか作家になりたいと考えていた（八歳にして最初の短篇を書いたという）。そのきっかけを作ったのが『百年の孤独』の読書体験だそうである。しかし作家になったとき、とくに『コスタグアナ秘史』の執筆に際しては、『百年の孤独』を（コロンビアの）一読者として読んでいたのとは異なる方法、場合によっては意図して誤読する必要に駆られたと言っている。確かに本書の至るところで『百年の孤独』と距離を置こうとする姿勢が見られる。大学を卒業するとパリに渡り、ソルボンヌ大学の学生として学業に専念し、文学博士号を取得する（専門はラテンアメリカ文学）。もっとも、学術論文の執筆がついに彼を、本当に書きたいものであった小説に向かわせ、パリ滞在時代に当たる二十世紀の終わりごろ、二篇の小説を出すことになる（この二冊を彼自身は未熟なものと見なし、忘れたい作品だと言っている）。またこの頃には、ヴィクトル・ユゴーの『死刑囚最後の日』をフランス語から、E・M・フォースターの『インドへの道』を英語からスペイン語に翻訳している。こういった経歴からも分かるように、コロンビアの作家にわりと多く見られる、高い教育を受けた知的エリートである。

その後、ベルギー、バルセロナと居を移し、二〇一二年にボゴタに帰るまでのあいだに、三冊の長篇小説を出す。順に、自身が認める最初の作品であるところの『密告者たち』（二〇〇四）、本書『コスタグアナ秘史』（二〇〇七）、そして『物が落ちる音』（二〇一一）である。この三作はどれも、何らかの文学賞の候補作や受賞作になっているが、最後の作品でアルファグアラ小説賞を受賞し、いちやく名をあげた。この三作は連作ではないけれども、どれもコロンビアの歴史に題材を採り――『密告者たち』は第二次世界大戦期、本作は十九世紀から二十世紀の境目、『物が落ちる音』はより身近な八〇、九〇年代――、三部作のように読むこともできる。

したがって、本書は『密告者たち』に次ぐコロンビアもの第二作ということになるのだが、そこになぜ、コンラッドとその作品『ノストローモ』が登場するのだろうか。

そもそもコンラッドとラテンアメリカ文学というと、ホセ・エウスタシオ・リベラ『大渦』やオラシオ・キローガの一連の短篇、あるいはアレホ・カルペンティエル『失われた足跡』といった作品に『闇の奥』とのかかわりが指摘されている。ボルヘスの短篇「グアヤキル」（『ブロディーの報告書』所収）

では『ノストローモ』そのものがほのめかされ、二十一世紀に入ってからはバルガス＝リョサが『ケルト人の夢』でコンラッドに挑んでいる。

コンラッド作品のスペイン語への翻訳について触れておけば、最初にスペイン語にしたのはチリ人のマリアノ・ラトーレと言われ、彼はコンラッドが亡くなった一九二四年にチリの大学の雑誌に『密偵』の翻訳を掲載している。同じ年、あのオルテガ編集の雑誌「レビスタ・デ・オクシデンテ」にはコンゴを題材にした短篇「進歩の前哨基地」が載っている。翌一九二五年からバルセロナの出版社がコンラッド全集の刊行をはじめ——完結することはなかったようだが——、『ノストローモ』は一九二六年に出ている。翻訳者はファン・マテオス・デ・ディエゴというスペイン人で、この人物は『西欧の眼の下に』も翻訳している。『闇の奥』も、同じ出版社から一九三一年に刊行されている。

その後、『ノストローモ』にしても『闇の奥』にしても、二十世紀終わりごろから二十一世紀にかけて、新しいスペイン語訳が何種も刊行されることになる。現在のスペイン語圏でコンラッドを入手しようとすれば、ボルヘスの序文による『闇の奥』や、メキシコの作家セルヒオ・ピトルの序文による『ノストローモ』、そして本書により新たなコンラッドの紹介者として名乗りを上げたファン・ガブリエル・バスケスが序文を寄せた『ノストローモ』などが割と手軽に手に入るようになっている。

このようにコンラッドの存在は、ラテンアメリカ作家と結びついて、さまざまな形でスペイン語圏に反響を残しているわけだが、バスケスは『ノストローモ』をどう評価しているのか。

『ノストローモ』は、今になってみると、スペイン語以外で書かれたラテンアメリカについての最良の小説だ。それどころではない。ぼくは時に思うのだが、『ノストローモ』はラテンアメリカ文学のブームの最もはっきりとした先駆的な作品だが、ほとんど指摘されたことがない。（……）『ノストローモ』というポーランド人が英語で書いた小説は、『ペドロ・パラモ』よりも前に書かれたラテンアメリカのどの小説よりも、人間の行動様式において要を得ており、政治に関して知的であり、語《ナラティブ》りも現代的である。

バスケスは『歪曲の芸術』（二〇〇九年）という文学論でこのように述べ、『ノストローモ』が南米の人や社会状況を適切に把握しているということを大きな理由として、現代ラテンアメリカ小説の嚆矢と位置づけている。ラテンアメリカ作家で言えば、たとえばカルロス・フェンテスも『ノストローモ』をラテンアメリカ作家には書けなかったラテンアメリカ小説だとしばしば言及し、同じ系譜の小説として、グレアム・グリーンの『権力と栄光』、マルカム・ラウリー『火山の下』を挙げている。

バスケスの見方で興味深いところを言うと、彼は上記引用箇所のあとで、ヘミングウェイにとってのスペイン、アンドレ・マルローにとってのインドシナを引き合いに出しながら、作家が自身とのかかわりの薄い地域を書くことにともなう問題が潜んでいるのではないかと考えていることである。そしておそらく、そのように考えるに至って、『コスタグアナ秘史』を書こうとしたのである。

コンラッドはコンラッドになる前、船乗りのユゼフ・コジェニョフスキだった時代にカリブ地方を訪れたことがあった。『ノストローモ』はその経験に部分的に基づいている。だがその経験はとても薄っぺらなものに過ぎず、当然コンラッドは別の資料に訴えて書き上げた。『ノストローモ』が多くの文献を参照して書かれたことは、幾多の研究者が指摘している。そうして書かれた小説について、コンラッドは本書にも言及があるカミンガム・グレアムへの書簡で、「自分が大変な詐欺師のように感じてしまう」と、かなり弱気な内容の告白を行なっている。「詐欺師」という表現には、執筆に際して他人の手を借りた負い目の大きさを感じ取ることができる。

「著者による注記」にあるように、バスケスはこうしたコンラッドの『ノストローモ』執筆のいきさつを、コンラッドの伝記『ジョゼフ・コンラッド――どこからでもない男』の執筆によって知ることになる。この伝記は専門書というよりは、主に教科書の出版に強いパナメリカーナ出版（コロンビア）が企画した一般読者向けのシリーズの一冊で、二〇〇四年に刊行されている。『コスタグアナ秘史』誕生の三年前である。この伝記を書いているうちに、おそらくバスケスは、『ノストローモ』執筆の背景のみならず、「作者の覚書」に仕組まれた、一種の「仕掛け」に気づいたのではないか。

その「作者の覚書」は一九一七年に書かれ、現在は作品冒頭、まるで作品の一部であるかのように置かれている。コンラッドはそこに、『ノストローモ』執筆の情報源を以下のように記している。

> コスタグアナの歴史に関してわたしが主として頼りにしたのは、いうまでもなく、大英帝国、スペイン王国その他の諸国の大使を勤めた、尊敬おく能わざる、今はなきドン・ホセ・アベリャノス氏であり、彼の著した公正にして雄弁な『失政五十年史』である。この本はかつて出版されたことはない――読者諸賢はその理由はお分かりになることであろう――そして事実上、その内容を知っているのは世界でこのわたし一人だ。
>
> （コンラッド『ノストローモ』、「作者の覚書」より）

アベリャノスが実在の人物であるかのようにも読めるが、この人物は『ノストローモ』本篇に出て来る、虚構《フィクション》=小説の存在に過ぎない。コンラッドがさりげなく記しているために、うっかり読み落としてしまいそうになるが、『失政五十年史』も当然のことながら虚構の存在である。となると、ホセ・アベリャノスは誰なのか？　『失政五十年史』とは何のことなのだろうか？　と疑問が湧いてくる。少なくともコンラッドはこの部分で、コスタグアナ史を書く際に参照した真の典拠を隠蔽している。あるいは少なくともぼかしているのではないか。

コンラッド研究者が指摘しているところによれば――バスケスもまたその一人だが――、『ノストローモ』執筆時にコンラッドの情報提供者《インフォーマント》になったのは、コロンビア人サンティアゴ・ペレス・トゥリアナである。元コロンビア大統領マノサルバを父とし、国を追われ、マドリードやロンドンで大使をつとめた人物である。「作者の覚書」でホセ・アベリャノスのものだと述べている経歴とほとんど一致するサンティアゴ・ペレスこそが、コンラッドが隠蔽したインフォーマントであり、アベリャノスのモデルは彼である。『失政五十年史』とはしたがって、本書でもたびたび言及のあるペレス・トゥリアナの『ボゴタから大西洋へ』をさしていることになるだろう。コンラッドは先に引用した書簡でさらに、『ノストローモ』執筆後の気持ちをこのように述べている。

気が咎めていますのは、ペレス・トゥリアナ閣下のお人柄から得ました印象の使い方に関してであります。大兄〔カニンガム・グレアム〕は私が、あそこで赦し難い過ちを犯したとお考えになりますか。

恐らくあの方は、この本のことをご覧になったりお聞きになったりなさらないでしょうが。

（「コンラッドからカミンガム・グレアムへの書簡」、一九〇四年十月三十日付け）

『ノストローモ』脱稿直後の一九〇四年十月、このようにコンラッドはペレス・トゥリアナに対して「気が咎め」る思いに苦しみ、『ノストローモ』を彼が読まないことを望んでさえいる。コンラッドの告白は何とも赤裸々で、人類学者や外国文学研究者のように、現地で仕入れた資料を別の言語で書くことのある立場の人間には耳の痛い内容で身につまされる。コンラッドにとって、ペレス・トゥリアナとは影の執筆者、ゴーストライターのような存在で、その人物が表に出てくることを極度に恐れている。「作者の覚書」が書かれたのは、先述したように、一九一七年なのである。ペレス・トゥリアナはその前年の一九一六年に亡くなっている。ペレス・トゥリアナがこの世からいなくなって気が楽になり、「作者の覚書」が書けたのだろうか？

バスケスはこのコンラッドの弱さ《ヴァルネラビリティ》に目をつけ、サンティアゴ・ペレス・トゥリアナとコンラッドの接点を描きつつ、そこにもう一人のインフォーマントを登場させている。それが本書の語り手ホセ・アルタミラーノである。したがって、『コスタグアナ秘史』とは、コンラッドが『ノストローモ』で語らなかったとされる物語、つまり十九世紀から二十世紀初頭のパナマ分離までのコロンビア史である。

アルタミラーノの歴史解釈についての詳細な解説は機会を改めるにしても、ひとつ指摘できるのは、コロンビアが独立国家にもかかわらず、植民地状態にあることが強調されているということだろうか

（たとえば一四〇頁）。運河建設計画から世紀の変わり目を経てパナマ分離に至るどの時点においても、欧米の大きな力が及び、小国コロンビアはそれに翻弄されるしかない。とくにパナマ運河をめぐっては、フランスからアメリカ合衆国へと、ある意味での「宗主国」の交代が起き、そこにコロンビアが当事者として巻き込まれている。その「ポストコロニアル」性の強調がおそらく、たとえば『百年の孤独』にはない、この小説の鍵と言えるかもしれない。もっともこのような読みは、バスケスが作り出したアルタミラーノの歴史解釈を訳者なりにまとめたものに過ぎない。バスケスは本書の読みの審判を陪審員としての読者に委ねており、さまざまな解釈がありうるだろう。

本書は、Juan Gabriel Vásquez, *Historia secreta de Costaguana*, 2007, Alfaguara の全訳である。アンヌ・マクレーン（Anne McLean）による英訳、イザベル・ギュニョン（Isabelle Gugnon）による仏訳を適宜参照した。『ノストローモ』からの引用は、上田勤、日高八郎、鈴木建三訳（『筑摩世界文學大系50　コンラッド』、筑摩書房、一九七五年）を用いた。また書簡からの引用は、外狩章夫編訳『ジョウゼフ・コンラッド書簡選集――生身の人間像を求めて』（北星堂書店、二〇〇〇年）を、ドストエフスキー『賭博者』からの引用は、原卓也訳（新潮文庫、二〇一二年）を参照した。文脈に合わせて文体や表記などを改めてあることをお断りしておく。コンラッドについては長年の研究の蓄積があり、全部を参照することはできなかったが、貴重な研究成果にたびたび助けられた。パナマにかかわるものとしては、グアドループの作家マリーズ・コンデ『生命の樹』（管啓次郎訳、平凡社、一九九八年）やパナマの作家ファン・ダヴィ・モルガン『黄金の馬――パナマ地峡鉄道――大西洋と太平洋を結んだ男たちの話』

（中川晋訳、三冬社、二〇一四年）、山本厚子『パナマ運河　百年の攻防』（藤原書店、二〇一一年）も参照させていただいた。本書とあわせて読むことをおすすめする。

本書にはさまざまな歴史上の固有名詞が頻出し、訳注をつける誘惑に何度も駆られた。できるかぎり調べて正確な表記を心がけたつもりだが、至らぬところがあるかもしれない。読者諸氏のご指摘を待ちたい。そのいっぽうで、架空の固有名詞もまた本書の魅力であり、そこはバスケスの「仕掛け」に乗せられるのがいいのだろう。たとえばガルシア＝マルケスの『コレラの時代の愛』のほのめかしなどがそれに当たるが、お気づきになった読者はいるだろうか。最終的にはフィクション性を尊重し、読書の妨げになりかねない訳注は用いないことにした。

訳書の完成までには、同僚、友人、多くの方にお世話になった。お名前は挙げないが、感謝申し上げたい。水声社編集部の井戸亮さんは細かく訳文をチェックしてくれて、その過程で訳者同様、コンラッドの世界にも引き込まれていった。この場を借りて、心よりお礼申し上げる。

二〇一五年十二月

久野量一

ファン・ガブリエル・バスケス
Juan Gabriel Vásquez

一九七三年、コロンビアに生まれる。
ロサリオ大学法学部卒業後、ソルボンヌ大学へ進学。
ラテンアメリカ文学で博士号を取得。
ヴィクトル・ユゴーやE・M・フォースターの翻訳、
さらにジョゼフ・コンラッドの伝記などを執筆。
その後、スペイン（バルセロナ）で長篇小説『密告者たち』（二〇〇四）、
『コスタグアナ秘史』（二〇〇七）、『物が落ちる音』（二〇一一）を発表。
『物が落ちる音』でアルファグアラ小説賞などいくつかの文学賞を受賞。
書き溜めていた文学論をまとめたものとして、
『歪曲の芸術』（二〇〇九）がある。
現在はボゴタに居を定め、最新作として『名声』（二〇一三）がある。

久野量一
くの・りょういち

一九六七年、東京生まれ。
東京外国語大学大学院地域文化研究科
博士後期課程単位取得退学。
現在、東京外国語大学大学院総合国際学研究院准教授。
専攻はラテンアメリカ文学。
主な訳書には、
フェルナンド・バジェホ『崖っぷち』（二〇一一年、松籟社）、
ロベルト・ボラーニョ『２６６６』（共訳、二〇一二年、白水社）、
『鼻持ちならないガウチョ』（二〇一四年、白水社）
などがある。

Juan Gabriel VÁSQUEZ, Historia secreta de Costaguana, 2007.
Este libro se publica en el marco de la "Colección Eldorado", coordinada por Ryukichi Terao.

フィクションのエル・ドラード

コスタグアナ秘史

二〇一六年一月二〇日　第一版第一刷印刷
二〇一六年一月三〇日　第一版第一刷発行

著者　ファン・ガブリエル・バスケス
訳者　久野量一
発行者　鈴木宏
発行所　株式会社　水声社
東京都文京区小石川二―一〇―一　郵便番号一一二―〇〇〇二
郵便振替〇〇一八〇―四―六五四一〇〇
電話〇三―三八一八―六〇四〇　ファックス〇三―三八一八―二四三七
http://www.suiseisha.net
印刷・製本　モリモト印刷
装幀　宗利淳一デザイン

ISBN978-4-89176-959-8

フィクションのエル・ドラード

Colección Eldorado

四六判上製　価格税別

襲撃	レイナルド・アレナス	山辺 弦訳	（近刊）
バロック協奏曲	アレホ・カルペンティエル	鼓 直訳	（近刊）
時との戦い	アレホ・カルペンティエル	鼓 直訳	（近刊）
方法再説	アレホ・カルペンティエル	寺尾隆吉訳	（近刊）
対岸	フリオ・コルタサル	寺尾隆吉訳	二〇〇〇円
八面体	フリオ・コルタサル	寺尾隆吉訳	二二〇〇円
境界なき土地	ホセ・ドノソ	寺尾隆吉訳	二〇〇〇円
ロリア侯爵夫人の失踪	ホセ・ドノソ	寺尾隆吉訳	二〇〇〇円
夜のみだらな鳥	ホセ・ドノソ	鼓 直訳	（近刊）
ガラスの国境	カルロス・フエンテス	寺尾隆吉訳	三〇〇〇円